最受读者喜爱的120篇美文

青影 主编

精美散文好比一杯清茶，
很淡很淡，
然而，
当你以一种特有的心情
去品尝时，
你会发现越品越香，久久不忘。
读一本好书，
如同伟人对话，
智慧之光映射心灵，
细细品味，
点燃智慧的澄净心灯，
慢慢诵读，
开启人生的芳香之旅……

团结出版社

UNITY PRESS

图书在版编目(CIP)数据

最受读者喜爱的120篇美文 / 青影主编. —北京：
团结出版社，2014.1(2017.10 重印)
ISBN 978－7－5126－2332－3

Ⅰ.①最… Ⅱ.①青… Ⅲ.①散文集－中国－当代
Ⅳ.①I267

中国版本图书馆 CIP 数据核字(2013)第 302532 号

出　　版：团结出版社
　　　　　(北京市东城区东皇城根南街 84 号　邮编：100006)
电　　话：(010)65228880　65244790(出版社)
　　　　　(010)65238766　85113874　65133603(发行部)
　　　　　(010)65133603(邮购)
网　　址：http://www.tjpress.com
E － mail：65244790@163.com (出版社)
　　　　　fx65133603@163.com (发行部邮购)
经　　销：全国新华书店
排　　版：北京文贤阁图书有限公司
印　　刷：北京中振源印务有限公司

开　　本：710 毫米×1000 毫米　16 开
印　　张：15
印　　数：5000
字　　数：180 千
版　　次：2014 年 1 月　第 1 版
印　　次：2017 年 10 月　第 2 次印刷

书　　号：978－7－5126－2332－3/I.881
定　　价：39.80 元

前　言

　　你想要怎样的生活？你想有怎样的命运？你是否还在人生的路上徘徊……这些隐于我们内心的问题，正是构成我们人生的轮廓。为了寻求幸福，寻求梦想，为了滋养贫弱，摆脱平庸，我们需要那些美好的文字。

　　幸福是所有人努力的目标，更是我们勇往直前的动力。然而，在奔向幸福的这一过程当中，我们却时常为忙碌的生活损耗着我们的时光和激情。随即而来的，是迷茫，是懒怠，是失去自我。我们的内心需要养分，我们的人生需要思考。

　　美好的生活，从阅读开始。阅读是生命当中不可或缺的，它提升认知，是生命燃料。通过阅读，我们就能抛弃世间的浮华，学会拒绝平庸，把最美的情感留驻心中。

　　此刻，在你面前的是一本充满哲理，饱含思想的经典。随便翻开一页，你面对的都是一个大师，你看到的都是一篇哲理美文。它令你自问，是否每天都在虚掷生命，是否自己已远离幸福。翻开此书，你便是与伟人、大师一同前行的人。

　　本书特地挑选了国内外名家的百余篇哲理美文，他们各具特色，各有各的思考方式，句句都是思想的结晶、人生的哲理。品读智慧的圣经，犹如亲视别人的人生，看他们的思想在生命中挥洒，听他们的心声在时代里荡漾。

　　找一些闲暇的时间，用一个你觉得舒服的姿势，品读一本饱含人生哲理的书。相信，总有一个声音会让你心旌动摇，总有一段文字能令你如沐春风。它们如珍珠，熠熠生辉；又如香茗，沁人肺腑。

目　录

从罗丹得到的启示 ················· 1

一片树叶 ······················· 4

我家的财富 ····················· 6

花未眠 ························· 8

蒲公英 ························· 11

鼠　笼 ························· 13

向情人坦白 ····················· 19

懒惰哲学趣话 ··················· 22

你们不要忘记翠鸟的名字 ··········· 25

秋 ··························· 29

马 ··························· 35

一个树木的家庭 ················· 38

时　钟 ························· 42

果园里 ························· 44

大旱的消失 ····················· 46

三天所见 ······················· 48

我的梦中城市 ··················· 58

最受读者喜爱的120篇美文

鹰之歌 ·· 61

小树林中的泉水 ····························· 66

瞬 间 ·· 69

燕子的目光 ····································· 71

论"爱祖国" ····································· 77

最好的书 ··· 84

夜 莺 ·· 86

烧炭人 ··· 88

我们是怎样过母亲节的 ················ 91

写在一本复仇记的前面 ················ 95

听 泉 ·· 101

歌声与枪 ·· 103

塔德奥·伊西多罗·克鲁斯传 ········ 107

论贵族 ·· 110

论礼节与仪容 ································· 112

论称誉 ·· 114

论司法 ·· 116

初秋四景 ··· 120

我的伊豆 ··· 122

女 性 ·· 125

美 德 ·· 128

精神胜过物质 ································· 129

量 ·· 130

生活在大自然的怀抱里 ················ 132

美和崇高 ··· 134

变化的美 ··· 136

美与实用有关 …………………………………… 138

天道自然 ……………………………………… 140

论真理 ………………………………………… 141

论结婚与独身 ………………………………… 144

离开比利时 …………………………………… 146

《诺曼底号》的沉没 ………………………… 151

塔莱朗 ………………………………………… 153

莱茵河的瀑布 ………………………………… 155

论自然美 ……………………………………… 160

云与波 ………………………………………… 162

信仰自由 ……………………………………… 164

从百草园到三味书屋 ………………………… 166

雪 ……………………………………………… 170

社　戏 ………………………………………… 172

原始的媒妁 …………………………………… 180

随感录五一 …………………………………… 182

中国之美 ……………………………………… 186

滑稽剧中的惨痛教训 ………………………… 195

匆　匆 ………………………………………… 198

给亡妇 ………………………………………… 200

我所见的清华精神 …………………………… 204

春 ……………………………………………… 206

春晖的一月 …………………………………… 208

可怕的冷静 …………………………………… 212

"儿时"课外学习 …………………………… 215

轿　夫 ………………………………………… 217

乐观的故事 ………………………………………………… 220

林　子 ……………………………………………………… 224

此刻的生活 ………………………………………………… 225

幸福是什么 ………………………………………………… 226

拉丁美洲的孤独 …………………………………………… 228

从罗丹得到的启示

[奥地利]茨威格

伟大的灵魂具有的品质，总是能给我们启示。

我那时大约25岁，在巴黎研究与写作。许多人都称赞我发表过的文章，有些我自己也喜欢。但是，我心里深深感到我还能写得更好，虽然我不能断定那症结的所在。

于是，一个伟大的人给了我一个伟大的启示。那件仿佛微乎其微的事，竟成为我一生的关键。

有一晚，在比利时名作家魏尔哈仑家里，这位年长的画家慨叹着雕塑艺术的衰落。我年轻而好饶舌，热炽地反对他的意见。"就在这城里，"我说，"不是住着一个可与米开朗基罗媲美的雕刻家吗？罗丹的《沉思者》《巴尔扎克》，不是同他用以雕塑它们的大理石一样永垂不朽吗？"

当我倾吐完了的时候，魏尔哈仑高兴地拍拍我的背。"我明天要去看罗丹，"他说，"来，一块儿去吧。凡像你这样赞美他的人都该去见他。"

我充满了喜悦，但第二天魏尔哈仑把我带到雕刻家那里的时候，我一句话也说不出。在老朋友畅谈之际，我觉得我似乎是一个多余的不速之客。

但是，最伟大的人是最亲切的。我们告别时，罗丹转头向着我。"我想你也许愿意看看我的雕刻,"他说,"我恐怕这里简直什么也没有。可是礼拜天,你到麦东来同我一块吃饭吧。"

在罗丹朴素的别墅里,我们在一张小桌前坐下吃便饭。不久,他温和的眼睛里发出的激励的凝视,以及他本身的淳朴,宽释了我的不安。

在他的工作室,那是有着大窗户的简朴的屋子,有完成的雕像和许许多多小塑样。一支胳膊,一支手,有的只是一支手指或者指节,他已动工又搁下的雕像,堆着草图的桌子,这是他一生不断的追求与劳作的地方。

罗丹罩上了粗布工作衫,因而好像就变成了一个工人。他在一个台架前停着。

"这是我的近作。"他说,把湿布揭开,现出一座以粘土美好地塑成的女正身像。"这已完工了。"我想。

他退后一步。我仔细看着这身材魁梧、阔肩、白髯的老人。

但是在审视片刻之后,他低语着:"就在肩上这线条还是太粗。对不起……"

他拿起刮刀、木刀片轻轻滑过软和的粘土,给肌肉一种更柔美的光泽。他健壮的手动起来了,他的眼睛闪耀着。"还有这里……还有这里……"他走回去又修改了一下。他把台架转过来,含糊地吐着奇异的喉音。时而,他的眼睛高兴得发亮;时而,他的双眉苦恼地蹙着。他捏好小块的粘土,粘在像身上,刮开一些。

这样过了半点钟,一点钟……他没有再向我说过一句话。他忘掉了一切,除了他要创造的更崇高的形体的意象。他专注于他的工作,犹如创世之初的上帝。

最后,带着舒叹,他扔下刮刀,一个男子把披肩披到他情人肩上那种温存关怀般地把湿布蒙在女正身像上。于是,那身材魁梧的老人转身就走。

在他快走到门口之前,他看见了我。他凝视着,就在这时他才记起,他显然因他的失礼而惊惶。"对不起,先生,我完全把你忘记了,可是你知道……"我握着他的手,感谢地紧握着。也许他已领悟了我所感受到的,因为在我们走出屋子时他微笑了,用手搂着我的肩头。

在麦东的那天下午，我学得的比在学校所有时间学到的都多。从此，我知道人类的工作应该怎样做，假如那是好而又值得的。

再没有什么像亲见一个人全然忘记时间、地方与世界那样的工作使我感动。那时，我参悟到一切艺术与伟业的奥妙——专心，完成或大或小的事业的全力集中，把易于弛散的意志贯注在一件事情上的本领。

于是，我察觉至今在我自己的工作上所缺少的是什么——那能使人除了追求完整的意志之外把一切都忘掉的热忱，一个人一定要能够把他自己完全沉浸在他的工作里。我现在才知道，没有别的秘诀。

一片树叶

[日本]东山魁夷

　　人应当谦虚地看待自然和风景。为此固然有必要出门旅行,同大自然直接接触,或深入异乡,领略一下当地人们的生活情趣。然而,就是我们住地周围,哪怕是庭院的一木一叶,只要用心观察,有时也能深刻地领略到生命的涵义。

　　我注视着院子里的树木,更准确地说,是在凝望枝头上的一片树叶。而今,它泛着美丽的绿色,在夏日阳光里闪耀着光辉。我想起当它还是幼芽的时候,我所看到的情景。那是去年初冬,就在这片新叶尚未吐露的地方,吊着一片干枯的黄叶,不久就脱离了枝条飘落到地上。就在原来的枝丫上,你这幼小的坚强的嫩芽,生机勃勃地诞生了。

　　任凭寒风猛吹,任凭大雪纷纷,你默默等待着春天,慢慢地在体内积攒着力量。一日清晨,微雨乍晴,我看到树枝上缀满粒粒珍珠,这是一枚枚新生的幼芽凝聚着雨水在闪闪发光。于是我感到百草都在催芽,春天已经临近了。

　　春天终于来了,万木高高兴兴地吐翠了。然而,散落在地面上的陈叶,早已腐烂化作泥土了。

　　你迅速长成了一片嫩叶在初夏的太阳下浮绿泛金。对于柔弱的绿叶来说，初夏，既是生机旺盛的季节，也是最易遭受害虫侵蚀的季节。幸好，你平安地迎来了暑天，而今正同伙伴们织成浓密的青荫，遮蔽着枝头。

我预测着你的未来。到了仲夏，鸣蝉将在你的浓荫下长啸，等一场台风袭过，那吱吱蝉鸣变成了凄切的哀吟，天气也随之凉爽起来。蝉声一断，代之而来的是树根深处秋虫的合唱，这唧唧虫声，确也能为静寂的秋夜增添不少雅趣。

你的绿意，不知不觉黯然失色了，终于变成了一片黄叶，在冷雨里垂挂着。夜来秋风敲窗，第二天早晨起来，树枝上已经消失了你的踪影。只看到你所在的那个枝丫上又冒出了一个嫩芽。等到这个幼芽绽放绿意的时候，你早已零落地下，埋在泥土之中了。

这就是自然，不光是一片树叶，生活在世界上的万物，都有一个相同的归宿。一叶坠地，绝不是毫无意义的。正是这片片黄叶，换来了整个大树的盎然生机。这一片树叶地诞生和消亡，正标志着生命在四季里的不停转化。

同样，一个人的死关系着整个人类的生。死，固然是人人不欢迎的。但是，只要你珍爱自己生命，同时也珍爱他人的生命，那么，当你生命渐尽，将回归大地的时候，你应当感到庆幸。这就是我观察庭院里的一片树叶所得的启示。不，这是那片树叶向我娓娓讲叙的生死轮回的真谛。

我家的财富

[日本]德富芦花

一

房子不过三十三平方,庭院也只有十平方。人说,这里既褊狭,又简陋。屋陋,尚得容膝;院落小,亦能仰望碧空,信步遐想,可以想得很远,很远。

日月之神长照。一年四季,风雨霜雪,轮番光顾,兴味不浅。蝶儿来这里欢舞,蝉儿来这里鸣叫,小鸟来这里玩耍,秋蚤来这里低吟。静观宇宙之大,其财富大多包容在这座十平方的院子里。

二

院里有一棵老李树,到了春四月,树上开满了青白的花朵。碰到有风的日子,李花从迷离的碧空飘舞下来,须臾之间,满院飞雪。

邻家多花树,飞花随风飘到我的院子里,红雨霏霏,白雪纷纷,眼见满院披上花的衣衫。仔细看有桃花,有樱花,有山茶花,有棠棣花,有李花。

三

院角上长着一棵栀子。五月黄昏，春阴不晴，百花盛开，清香阵阵。主人沉默寡言，妻子也很少开口。这样的花生在我家，最为相宜。

老李树背后有棵梧桐，绿干亭亭，绝无斜出，似乎告诉人们："要像我一般正直。"

梧叶和水盆旁边的八角金盘，叶片宽阔，有了它，我家的雨声也多了起来。

李子熟了，每当沾满了白粉的琥珀般的玉球骨碌碌滚到地面的时候，我就想，要是有个孩子，我拾起一个给他，那该多高兴啊！

四

蝉声凄切之后，世界进入冬季。山茶花开了，三尺高的红枫像燃着一团火。房东留下的一株黄菊也开了。名苑之花固然娇美，然而，秋天里优雅闲寂的情趣，却荟萃在我家的庭树上了。假若我是诗翁蜕岩，我将吟咏"独怜细菊近荆扉"，使我惭愧的是我不能唱出"海内文章落布衣"的诗句来。

屋后有一株银杏，每逢深秋，一树金黄，朔风乍起，落叶翩翩，恰如仙女玉扇坠地。夜半梦醒，疑为雨声；早起开门一看，一夜过后，满庭灿烂。屋顶房檐，无处不是落叶，片片红枫相间其中。我把黄金翠锦都铺到院子里了。

五

树叶落尽，顿生凄凉之感。然而，日光月影渐渐增多，仰望星空，很少遮障，令人欣喜。

花未眠

[日本]川端康成

　　我常常不可思议地思考一些微不足道的问题。昨日一来到热海的旅馆，旅馆的人拿来了与壁龛里的花不同的海棠花。我太劳顿，早早就入睡了。凌晨四点醒来，发现海棠花未眠。

　　发现花未眠，我大吃一惊。有葫芦花和夜来香，也有牵牛花和合欢花，这些花差不多都是昼夜绽放的。花在夜间是不眠的，这是众所周知的事，可我仿佛才明白过来。凌晨四点，我凝视着海棠花，更觉得它美极了。它的盛放，含有一种哀伤的美。

　　花未眠这众所周知的事，忽然成了新发现花的机缘。自然的美是无限的，人感受到的美却是有限的。正因为人感受美的能力是有限的，所以说人感受到的美是有限的，自然的美是无限的。至少人的一生中感受到的美是有限的，是很有限的，这是我的实际感受，也是我的感叹。人感受美的能力，既不与时代同步前进，也不伴随年龄而增长。凌晨四点的海棠花，应该说也是难能可贵的。如果说，一朵花很美，那么我有时就会不由得自语道：要活下去！

　　画家雷诺阿说：只要有点进步，那就是进一步接近死亡，这是多么凄惨啊。他又说：我相信我还在进步。这是他临终的话。米开朗基罗临终的话也是：事物好不容易如愿表现出来的时候,也就是死亡的时候。米开朗基罗享年八十九岁。我喜欢他的用石膏套制的脸型。

毋宁说,感受美的能力,发展到一定程度是比较容易的。光凭头脑想象是困难的。美是邂逅所得,是亲近所得。这是需要反复陶冶的。比如惟一的古美术作品,成了美的启迪,成了美的开光,这种情况确是很多。所以说,一朵花也是好的。

凝视着壁龛里摆着的一朵插花,我心里想道:与这同样的花自然开放的时候,我会这样仔细凝视它吗? 只摘了一朵花插入花瓶,摆在壁龛里,我才会凝神注视它。不仅限于花。就说文学吧,今天的小说家如同今天的歌人一样,一般都不怎么认真观察自然。大概认真观察的机会很少吧。壁龛里插上一朵花,要再挂上一幅花的画。这画的美,不亚于真花的当然不多。在这种情况下,要是画作拙劣,那么真花就更加显得美。就算画中花很美,可真花的美仍然是很显眼的。然而,我们仔细观赏画中花,却不怎么留心欣赏真的花。

李迪、钱舜举也好,宗达、光琳、御舟以及古径也好,许多时候我们是从他们描绘的花画中领略到真花的美。不仅限于花。最近我在书桌上摆上两件小青铜像,一件是罗丹创作的《女人的手》,一件是玛伊约尔创作的《勒达像》。光从这两件作品就能看出罗丹和玛伊约尔的风格是截然不同的。从罗丹的作品中可以体味到各种的手势,从玛伊约尔的作品中则可以领略到女人的肌肤。他们观察之仔细,不禁让人惊讶。

我家的狗产下的小狗东倒西歪地迈步的时候,看见一只小狗的形象,我吓了一跳。因为它的形象和某种东西一模一样。我发觉原来它和宗达所画的小狗很相似。那是宗达水墨画中的一只在春草上的小狗的形象。我家喂养的是杂种狗,算不上什么好狗,但我深深理解了宗达高尚的写实精神。

去年岁暮,我在京都观察晚霞,就觉得它同长次郎使用的红色一模一样。我以前曾看见过长次郎制造的称之为夕暮的名茶碗。这只茶碗的黄色带红釉子,的确是日本黄昏的天色,它渗透到了我的心中。我是在京都仰望真正的天空时才想起茶碗来的。观赏这只茶碗的时候,我不由地浮现出场本繁二郎的画来。那是一幅小画。画的是在荒原寂寞村庄的黄昏天空上,泛起破碎而蓬

乱的十字型云彩。这的确是日本黄昏的天色,它渗入了我的心。场本繁二郎画的霞彩,同长次郎制造的茶碗的颜色,都是日本色彩。在日暮时分的京都,我也想起了这幅画。于是,繁二郎的画、长次郎的茶碗和真正黄昏的天空,三者在我心中相互呼应,显得更美了。

那时候,我去本能寺拜谒浦卜玉堂的墓,归途之时正是黄昏。翌日,我去岚山观赏赖山阳刻的玉堂碑。由于是冬天,没有人到岚山来参观。可我却第一次发现了岚山的美。以前我也曾来过几次,作为一般的名胜,我没有很好地欣赏它的美。岚山总是美的。自然总是美的。不过,有时候,这种美只是某些人看不到罢了。

我之发现花未眠,大概也是我独自住在旅馆里,凌晨四时就醒来的缘故吧。

蒲公英

[日本]壶井荣

提灯笼,掌灯笼,
聘姑娘,扛箱笼,
……

村子里的孩子们一面唱,一面摘下蒲公英,深深吸足了气,"噗"地一声把茸毛吹去。

"提灯笼,掌灯笼,聘姑娘,扛箱笼,噗!"

蒲公英的茸毛像蚂蚁国的小不点儿的降落伞,在使劲吹的一阵人工暴风里,悬空飘舞一阵子,就四下里飞散开,不见了。在春光弥漫的草原上,孩子们找寻成了茸毛的蒲公英,争先恐后地赛跑着。我回忆起自己跟着小伙伴们在草原上来回奔跑的儿时,也给可爱的小儿子吹个茸毛瞧瞧。

"提灯笼,掌灯笼,聘姑娘,扛箱笼,噗!"

小儿子高兴了,从院里的蒲公英上摘下所有的茸毛来,小嘴里鼓足气吹去。茸毛像鸡虱一般飞舞着散在狭小的院子里,有的越过篱笆飞往邻院。一旦扎下根,不怕遭践踏被蹂躏,还是一回又一回地爬起来,开出小小花朵来的蒲公英!

我爱它这忍耐的坚强和朴素的纯美,曾经移植了一棵在院里,如今已经八年了。虽然爱它而移植来的,可是动机并不是为风雅或好玩。在战争激烈的时候,我们不是曾经来回走在田野里寻觅野草来吗?那是多么悲惨的时代!一向只当作应时野菜来欣赏的鸡筋菜、芹菜,都不能算野菜,都变成美味了。

我们乱切一些现在连名儿都记不起来的野草,掺在一起煮成吃得碗都懒得端的稀粥来,有几次吃的就是蒲公英。据新闻杂志的报道说,把蒲公英在开水里烫过,去了苦味就好吃的,我们如法炮制过一次,却再没有勇气去采来吃了。就在这一次把蒲公英找来当菜的时候,我偶然忆起儿时唱的那首童谣,就种了一棵在院子里。

蒲公英当初是不大愿意被迁移的,它紧紧扒住了根旁的土地,因此好像受了很大的伤害,一定让人以为它会枯死;可是过了一个时期,又眼看着有了生气,过了二年居然开出美丽的花来了。原以为蒲公英是始终趴在地上的,没想到移到土壤松软的菜园之后,竟完全像蔬菜一样,绿油油的嫩叶冲天直上,真是意想不到的。蒲公英只因长在路旁,被践踏、被蹂躏,所以才变成了像趴在地上似的姿势的吗?

从那以后,我家院子里的蒲公英一族就年复一年地繁殖起来。

"府上真新鲜,把蒲公英种在院子里啦。"

街坊的一位太太来了看到蒲公英时这样笑我们。其实,我并不是有心栽蒲公英的,只不过任它繁殖罢了。我那个可爱的儿子来我家,也和蒲公英一样的偶然。这个刚满周岁的男孩子,是比蒲公英迟一年来到我家的。

男孩子和紧紧扒住扎根的土、不肯让人拔的蒲公英一样,他初来时万分沮丧,没有一点精神。这个"蒲公英儿子"被夺去了抚养他的大地。战争从这个刚一周岁的孩子身上夺去了父母。我要对这战争留给我家的两个礼物,喊出无声的呼唤:

"须知你们是从被践踏、被蹂躏里,勇敢地生活下来的。今后再遭践踏、再遭蹂躏,还得勇敢地生活下去,却不要再尝那已经尝过的苦难吧!"

我怀着这种情感,和我可爱的小儿子吹着蒲公英的茸毛:

"提灯笼,掌灯笼,聘姑娘,扛箱笼……"

鼠　笼

[法国]罗曼·罗兰

在我小时候,心中头一个疑问就是:

"我是打哪儿来的? 别人把我关在什么地方了……"

我出生在一个小康的中产家庭里,周围有爱我的亲人。这个家庭处在一个景物宜人的地方,到后来我对那地方也曾回味过,也曾借着我考拉般的声音赞颂过那种喜洋洋的土风。

我怎么会在刚踏进人生的小小年纪,头一个最强烈最持久的感触就是——又暧昧,又烦乱,有时候顽强,有时候忍受的:

"我是一个囚犯!"

佛朗索瓦一世,一走进我们克拉美西圣·马丹古寺那个不大稳固的教堂的时候,说过这样的话:"这可真是个漂亮的鼠笼!"——(这是根据传说)——我当时就是在鼠笼里的。

最先是眼底的印象:我小孩子的目光所及的头一个境界。一所院子,相当的宽广,铺砌着石头,当中有一块花畦,房子的三堵墙围绕着三面,墙对我而言显得非常的高。第四面是街道和对街的屋宇,这些都和我们隔着一道运河。虽然这方方的院子是坐落在临水的平台之上,可是从幽禁在底层屋子里的孩

子看来,它就像是动物园围墙脚下的一个深坑。

　　一个最切身的印象是童年的疾病和娇弱的体质。虽然我有康健的父母,富于抵抗力的血统?(姓罗兰和姓古洛的都是高大,骨骼外露,没有生理的缺陷,天生耗不完的精力,使得他们一辈子硬朗、勤快,都能够活到高年。我的外祖父母满不在乎地活到八十以上,我写这篇文章的时候,我八十八岁的老父正在那里兴致勃勃地浇他的花园)。他们的身子骨在什么情形下都经得住疲乏和劳碌生活的考验,我的身子骨也和他们没什么两样,可是,在我褴褓时期却出了件意外的事,一直影响了我的一生,给我带来痛苦的后果。那是因为在我未满周岁的时候,一个年轻女仆一时粗心,把我丢在冬天的寒气里忘了管我,这件事险些送了我的性命,而且给我种下支气管衰弱和气喘的毛病,使得我受累终身。别人从我的作品里,常常可以看到那些"呼吸方面的"词藻:"窒闷","敞开的窗户","户外的自由空气","英雄的气息",这些都是无心的迸发出来的,好像是飞翔受了挫折时的挣扎。这只鸟在扑着翅膀,要不就是胸脯受了伤,困在那里,满腹焦躁地缩作了一团。

　　最后是精神方面的印象,强烈而又深入心脾。我在十岁以前,一直是被死的念头包围着的。死神到过我的家,在我身旁击倒了我一个年纪很小的妹妹(我下文还要说到她)。她的影子常驻在我们家里没有消散。挚情的母亲,对这件伤心事总是不能淡忘,如醉如痴地追想着那个天殇的孩子。而我呢,我眼看着她没有两天就消失了,又老看着我母亲那么一心一意地牵记着她,死的念头始终在围着我打转,尽管在我那个年纪是多么心不在焉,只想着溜掉,可是恰恰因为我 10 岁或 12 岁以前一直是多灾多病的,所以就更加暴露了弱点,使得那个念头容易乘虚而入了。接二连三的伤风、支气管炎、喉病,难止的鼻血,把我对生活的热情断送得一干二净。我在小床上反复叫着:

　　"我不要死啊!"

　　而我母亲泪汪汪地抱紧了我,回答说:

　　"不会的,我的孩子,善心的上帝不会连你也从我手里夺去的。"

　　我对这话只是半信半疑:因为要说到上帝的话,我只知道从我人生第一步起他就滥用过他的威力,别的我还知道什么呢? 当时我还不懂,我对于上帝的最清楚的见解，也就是园丁对他主人的见解——

老实人说：这都是君王的把戏。

向那些为王的求助，你就成了大大的傻子。

你永远也别让他们走进你的园地。

古老的房屋，呼吸困难的胸膛，死亡凶兆的包围，在这三重监狱之中，我幼时初步的自觉，仰仗着母亲惴惴不安的爱护而萌动起来。脆弱的植物，和庭前墙角抽华吐蕚的紫藤与茄花正像是同科的姊妹。朝荣夕萎的唇瓣上所发出的浓香，混合着呆滞的运河里的腻人气息。这两种花在土地里生根，朝着光明舒展，小小的囚徒也像她们一样，带着盲目的可是还半眠半醒的本能，在空中暗自摸索，要找一条无形的出路来使自己脱逃。

最近的出路是那道暗沉沉的运河，它沿着平台的矮墙，我凭在墙头。河水浑腻而青绿，没有波纹，河上载着深凹的重船，瘦弱的纤夫几乎要倾着全身的重量来扑到地上。船栏杆上缆绳的摩擦声隐约可闻。一座转桥轧铄作声，缓缓地旋动开来。船舱的小天窗上摆着一盆石榴红，一缕青烟从船舱里冉冉上升。舱口坐着一个女人，默默无语，缝补着活计，这时徐徐抬起头来，朝着我漠然看了一眼。船过去了……而我呢，我凭在墙头，看见墙和我一同过去。我们把那只船撇在后头了，我们漂开了。越漂越远，到了无垠的广漠。没有一丝振荡，没有一丝簸动，悠悠荡荡的，仿佛我们也像黑夜的天空一样，老是这么着在永恒里自在翱翔。随后我又发觉了，墙和我，还是在原来的地方做着梦，船却走了。它到得了目的地吗？另一只船接着又过来了。仿佛还是先前的那一只……

另外一条出路，更加自由而没有障碍：就是太空。小孩子常常仰起脸来，望着飘忽的云，听着呢喃的燕语。一大片一大片的白云，在孩子的心目中都幻成光怪陆离的建筑物（那是他初次着手的雕塑，小小的创作家是把空气当黏土来塑造的）。至于那些凶险的密云，法兰西中部夹着霹雷的倾盆暴雨，那就更不用说了！风云起处，来了害人的对头，造物主双眉紧皱，向荏弱的小囚徒重新关起天上的窗板……可是救星来了，就像是女巫的手指为我打开那旷野上的天窗……听！钟声响了，这正是圣·马丹寺的钟声！在《约翰·克利斯朵夫》的开头几页，也有这钟声在歌唱着。我未觉醒的心灵里，早就铭记住它的

最受读者喜爱的120篇美文

音乐了。在我的屋顶上面,这些钟声从古老大教堂透雕的钟楼里面袅袅而出。但这些教堂的歌鸟却没有使我想到教堂。以后我再说说我和教堂中神祇的关系。我们的关系是冷淡的,客气的,疏远的。尽管我认真努力,也没法和神祇接近。神懂得我怎样地找过他啊!可是懂得我心事的神绝不是那个神。这是向我倾听的神——为了要这个神向我倾听,我才特意把他创造出来,在我的一生中,我始终不断地向他皈依,这个神是在翱翔着的歌鸟身上的,也就是钟声,而且是在太空里的。不是圣·马丹寺高居在雕饰的拱门之上,蜷缩在地鼠笼之内的那个上帝,而是"自由之神"。自然,在那个时期,我对他翅膀的大小是毫无所知的。我只听见那两个翅膀在寥廓的高空中鼓动,可是我却断不定它们是否比那些白云更为真实。它们是我的一个怀乡梦,这个怀乡梦为我打开一线天光,转瞬就匆匆飞逝,让笼门又在我生命的暗窟上关闭了……很久很久以后,(这情形留待将来再说吧!)我爬,我推,我用前额来顶开那个笼门;在空阔的海面上,我又找到了那钟声的余韵。但是直到青春期为止,我始终是在那个紧闭的暗窟里摸索着的——我指的是勃艮涅那个又大又美的暗窟,那暗窟就像是一所地窖,酒桶排列成行,桶里装着美酒,桶上结着蛛网。在那里面,除了一个女人,别的人都是逍遥自在的,我听到他们的笑声,正如我们本乡人那么会笑一样。我并不是瞧不起这种欢笑和豪饮……可是,窟外有的是阳光啊……那真的是阳光吗?(但愿我能够知道就好了!)要不就是夜景吧……既然那些身强力壮的人没有一个想要离开,我知道自己软弱,也就失掉了勇气,留守在我的一隅。

我十六七岁读到《哈姆雷特》的时候,那些亲切的词句在我那暗窟的拱顶下引起了怎样的共鸣啊!

"我的好朋友们,你们什么事得罪了命运,她才把你们送进这监狱里来了?"

"监狱里!"

"丹麦就是一所监狱。"

"那么整个世界也是一所监狱。"

"一所大的监狱,里面有许多监房,暗室,地牢……"

当真的,再往下读,一句话,一句神咒般的话打开了我无穷的希望:

"上帝啊!就是把我关在一个胡桃壳里,我也会把自己当作奄有无限空间的君王。"

这就是我一生的历史。

我回顾那遥远的年代,最使我惊异的就是"自我"的庞大。从刚离开混沌状态的那一刻起,它就勃然滋长,像是一朵大大的漫过池面的莲花。小孩子是不能像我现在这样来估计它的大小的,因为只有在人生的壁垒上碰过之后,才能对自我的大小有所判断,高举在天水之间的莲花,本来是铺展的,不可限量的,这座壁垒却逼得它把红衣掩闭起来。随着身体的生长,在许多岁月中受尽了反复的考验,这样一来,身体是越来越大了,自我却越来越小了。只有在青年期快完的时候,自我才完全控制住它的躯壳。可是这种生命初期充塞于天地之间的丰富饱满,以后就一去而不可再得了。一个婴儿的精神生命和他细小的身材是不相称的。但是难得有几道电光,射进我远在天边的朦胧的记忆,还使我看到巨大的自我,盘踞在小小的生命里南面称王。

以下是这些光芒中的一道,不是离我最远的(还有别的光芒照到我三岁的时候,甚至更早),而是最深入我心的。

我年方五岁。我有个妹妹,是第一个叫玛德磷的,她比我小两岁。那时是1871年六月底,我们随着母亲在阿尔卡句海滨。几天以来,这孩子一直是懒洋洋的,她的精神已经萎顿下去。那个庸医不晓得去诊断出她潜伏的病根,我们也没想到过不上几天她就会离开我们了。有一次,她来到了海边。那天刮着风,有太阳,我和别的孩子在那里玩着,可是她没有参加,她坐在沙土上面的一把小柳条椅上,一言不发,看着男孩子们在争争吵吵,闹闹嚷嚷。我没有别的孩子那么强壮,就被别人排挤出来,嗷着嘴,抽抽咽咽的,自然而然走到这女孩子的脚边,她那双悬着的小脚还够不着地,我把脸靠着她裙子,一面哼哼唧唧,一面拨弄着沙土。于是她用小手轻轻地抚弄着我的头发,向我说:

"我可怜的小曼曼……"

我的眼泪收住了,我也不知是被什么打动了。我朝她抬起眼来,看见她又怜爱又凄怆的脸。当时的情形不过如此。过了一会儿,我对这些就再也不想

最受读者(喜爱的)120篇美文

看了。——可是,我要想它一辈子哪……

这个三岁的小姑娘,她那略微大了些的脸庞,她淡蓝的眼珠,她又长又美的金发,那是我母亲引以自豪的,她蓝白两色交织的斜方格裙子,上部敞着露出雪白的衬衫,她悬宕着的小腿,腿上穿着粗白袜子和圆头羔皮鞋……她充满了怜悯的声音,她放在我头上的柔软的手,她惆怅的眼光……这些都直透进我的心坎。刹那间我仿佛受到了某一种启示,那是从比她更高远的地方来的。是什么呢?我也说不上来。小孩子什么都不摆在心上,受了别的吸引,就把这些忘得一干二净了。

我们回到了住所。太阳在海面上落了下去。那一天正是小玛德磷在世的最后一天,咽喉炎当夜就把她带走了。在旅馆的那间窒闷的屋子里,临死前她挣扎了六个钟头。别人把我和她隔开了。我所看到的只是盖紧的棺材,和我母亲从她头上剪下来的一绺金发。母亲疯了似的,连哭带喊,不许别人把她抬走……

过了几天,也许就是第二天,我们回家去了。现在我眼前还看得见那个载着我们的火车厢,那些人,那些风景,那些使我惶恐不安的隧道,整个占满了我的心思。根本就没什么悲哀。离开那个我所不喜欢的海,我心里没有一点遗憾;我也离开了在那个海边发生的不愉快的事,我把一切都撇在脑后,一切似乎都烟消云散了……

但是那个坐在海边的小姑娘,她的手,她的声音,她的眼光,从来也没离开过我,好像这些都镂刻进我的肌骨似的!那时她不到四岁,我也还不到五岁,不知不觉的,两颗心在这次永诀中融合在一起了。我们两个是超出时间之外的。我们从那时起,紧靠着成长起来,彼此真是寸步不离。因为,差不多每天晚上临睡之前,我总要向她吐诉出一段还不成熟的思想。而且我还从她身上认出了"启示",她就是传达了那启示的脆弱的使者:这启示就是:在她从尘世过境中的那个通灵的一刹那间,纯净的结合使我俩融为一体,这个结合在我心里引起的神圣的感觉,也就是人类的"同情"。

在我所著的《女朋友们》的卷尾,当葛拉齐亚在客厅大镜子里出现的时候,可以看到我对这道光芒的淡薄的追忆。

向情人坦白

[德国]图霍尔斯基

"我身上有一股陌生的气味？这是什么意思，我身上有一股陌生的气味？我身上绝对没有陌生的气味。吻一下小洛特吧。你待在瑞士的这整整四个星期里，没有任何男人吻过我。这里什么也没有发生。没有，这里真的什么也没有发生！你刚刚发现了什么？你根本就不会发现什么……啊呀，Daddy！我对你是忠实的，就像你对我一样。不对，应该说……我是真正忠于你的！你会很快爱上任何一句歌词，只要里面出现一个女人的名字……我对你是忠实的……谢天谢地！这里什么也没有发生……"

"只是去看过几回戏。不，便宜的座位，嗯，有一回坐的是包厢……你是怎么知道这事的？什么？你说什么？那好吧，这些座位……通过关系……我当然是和一位先生一起。难道我应该和一位女护士一块儿去看戏……亲爱的Daddy，这没有坏处，完全没有坏处，这又不是卡摩拉，又不是黑手党，没有他们在科西嘉岛干的那种坏事，在西西里岛，我想说，西西里岛！总而言之，这是毫无坏处的。他们究竟怎么对你说的？这里什么也没有发生。"

"他曾经是……他现在是……你不认识这个男的。我不会这么做的。我要是和另一个男人一起去看戏，绝对不会和一个你认识的。求求你，我从来没有损坏过你的名誉。男人都是这么愚蠢，假如别人做了什么，而这个人又是一位同事，他们就会气得要命，但是，如果不是同事，那就无所谓了，大家都叫我朱莉叶小姐。生活真不容易！你不认识这个男的，你不认识他。是的，他认识你。你应该高兴才是，有这么多的人认识你，你有名嘛。总之这事毫无坏处，一点儿也没有。然后，我们还一起吃了饭，除此之外什么也没有发生。"

"什么也没有发生，真的什么也没有。这个男的……这个男的是——我也让他坐进了我的汽车，因为他坐在我的身边十分听话——一条漂亮的哈巴狗护卫，雷文特罗夫伯爵夫人也是这么说的吗？我就是这么叫他的。但是，仅仅是哈巴狗护卫而已。这位先生的外表光彩照人。是的，这是真的。他有一张奇妙的嘴，一张硬邦邦的嘴——吻过小洛特一次。他真笨。什么事也没有发生。"

"其实，他并不很笨，这是……我根本没有爱上他。你很清楚，唯有你在场我才会恋爱——目的是让你也得到一份快乐！一位可爱的先生……但是我已经不再喜欢这种家伙。我不喜欢。我对这一切都不再感兴趣。Daddy，他看上去并不那么可爱，不过他接吻还是很在行。就是这些，总之，没有发生什么事。"

"说说看，你对我是怎么想的？你也许把我想象得像我想象你一样吧？你……我不允许这样！我是忠实的。Daddy，这个男的……这仅仅是一时冲动。你先是把人家一个人撇在这里，后来又没有来过信，只是打过一次电话，要是女人独自一人，她要比男人更加感到孤独。我真的不需要任何男人……我不需要。我也不需要那个男的，他不应该想入非非！我只是想，我曾经见过他……我头一回就觉得，我从前见过他……但是，什么也没有发生。"

"看戏之后，大约有两个星期，不对，是的，只送了玫瑰花，还有两次是高级糖果和那个用滑石做的小狮子。不对，我把家门钥匙给了他？你大概……我没有把家门钥匙给他！我绝不会把家门钥匙交给一个陌生男人。那我宁可把它吞下肚去。Daddy，我压根儿就不喜欢那个男人。他也不喜欢我，这你是知道。因为他有一张硬邦邦的嘴……嘴唇很薄，因为他从前当过水手。什么？在万湖？这个男人是出海当水手，乘一艘大船，我把船名给忘了，他会各种指令,他有一张硬邦邦的嘴和薄薄的嘴唇。这家伙什么也不说,就是接吻倒挺在行。Daddy,假如我不是感到这么颓唐,根本就不会有这事儿……其实,什么也没有发生……这不算数。什么?在城里?没有,不是在他家。我们一起在城里吃过饭。他付的钱——什么,你看见了!我也许应该为所有我认识的人付账……好啦,就是这些……根本就没什么。"

"纹身?这个男人没有纹过身!他的皮肤很白,他有……没有细节?没有细节!要么我应该说,要么我不应该说。从我这里,你不会再听到关于这个男人的一个字。Daddy,你听着,如果他不是普通水手,或者就像人们说的那样……我干脆直说吧:首先,什么也没有发生;其次,你不认识这个男人;再次,因为他是水手,所以我根本就没送他任何东西,一点儿也没有,就像保尔·格拉埃茨常说的那样:刚沾点儿边的事,就被当真了。Daddy,Daddy,让我瞧瞧……这是什么?什么?你说什么?这是什么照片?这是什么人?什么?你说什么?你是在哪里认识这个女人的?你说什么?在卢塞恩?什么?你和这个女人一起去郊游?在瑞士,人们经常去郊游。你什么也不用对我说……什么?什么也没有发生?这完全是两码事。那好吧,我有时候会喜欢上别的男人,可是你们……你们总是自甘堕落!"

懒惰哲学趣话

[德国]伯尔

　　欧洲西海岸的某港口泊着一条渔船,一个衣衫寒碜的人正在船里打盹儿。一位穿着入时的旅游者赶忙往相机里装上彩色胶卷,以便拍下这幅田园式的画面:湛蓝的天,碧绿的海翻滚着雪白的浪花,黝黑的船,红色的渔夫帽。"咔嚓",再来一张,"咔嚓",好事成三嘛,当然,那就来个第三张。这清脆的、几乎怀着敌意的声音把正在打盹的渔夫弄醒了,他慢腾腾地支支腰,慢腾腾地伸手去摸香烟盒;烟还没有摸着,这位热情的游客就已将一包香烟递到了他的面前,虽说还没有把烟塞进他嘴里,但却放在了他的手里,随着第四次"咔嚓"声打火机打着了,真是客气之极,殷勤之极。这一串过分殷勤客气的举动,真有点莫名其妙,使人颇感困惑,不知如何是好。好在这位游客精通该国语言,于是便试着通过谈话来克服这尴尬的场面。

　　"您今天一定会捕到很多鱼的。"

　　渔夫摇摇头。

　　"听说今天天气很好呀。"

　　渔夫点点头。

　　"您不出海捕鱼?"

渔夫摇摇头,这时游客心里则有一点郁悒了。

毫无疑问,对于这位衣衫寒碜的渔夫他是颇为关注的,并为渔夫耽误了这次捕鱼的机会感到十分惋惜。

"噢,您觉得不太舒服?"

这时渔夫终于不再打哑语,而开始真正说话了。"我的身体特棒,"他说,"我还从来没有感到像现在这么精神过。"他站起来,伸展四肢,仿佛要显示一下他的体格多么像运动员。"我的身体棒极了。"

游客的表情显得越来越迷惑不解,他再也抑制不住那个像要炸开他心脏的问题了:"那么您为什么不出去捕鱼呢?"

回答是不假思索的,简短的。"因为今天一早已经出去捕过鱼了。"

"捕得多吗?"

"收获大极了,所以用不着再出去了。我的筐里有四只龙虾,还捕到二十几条青花鱼……"

渔夫这时完全醒了,变得随和了,话匣子也打开了,并且宽慰地拍拍游客的肩膀。他觉得,游客脸上忧心忡忡的神情虽然有些不合时宜,但却说明他是在为自己担忧呀。

"我甚至连明天和后天的鱼都捕够了,"他用这句话来宽慰这位外国人的心。"您抽支我的烟吧?"

"好,谢谢。"

两人嘴里都叼着烟卷,随即响起了第五次"咔嚓"声。外国人摇着头,往船沿上坐下,放下手里的照相机,因为他现在要腾出两只手来强调他说的话。

"当然,我并不想干预您的私事。"他说,"但请您想一想,要是您今天出海两次,三次,甚至四次,那您就可以捕到三十几条,四十多条,五六十条,甚至一百多条青花鱼……请您想一想。"

渔夫点点头。

"要是您不止是今天,"游客继续说,"而且明天、后天,每个好天气都出去捕二三次,或许四次——您知道,那情况将会是怎么样?"

渔夫摇摇头。

"不出一年您就可以买辆摩托,两年就可以再买一条船,三四年说不定就有了渔轮;有了两条船或者那条渔轮,您当然就可以捕到更多的鱼——有朝一日您就会拥有两条渔轮,您就可以……"他兴奋得一时间连话都说不出来了,"您就可以建一座小冷库,也许可以盖一座熏鱼厂,随后再开一个生产各种渍汁的鱼罐头厂,您可以坐着直升飞机飞来飞去地找鱼群,用无线电话指挥您的渔轮作业。您可以取得大马哈鱼的捕捞权,开一家活鱼饭店,无需通过中间商就直接把龙虾运往巴黎——然后……"外国人兴奋得又说不出话了。他摇摇头,内心感到无比忧虑,度假的乐趣几乎已经无影无踪。他凝视着滚滚而来的海浪,浪里鱼儿在欢快地蹦跳。"然后……"他说,但是由于激动他又语塞了。

渔夫拍拍他的背,像是拍着一个吃呛了的孩子。"然后怎么样?"他轻声问。

"然后嘛,"外国人以默默的兴奋心情说,"然后您就可以逍遥自在地坐在这里的港口,在太阳下打盹儿——还可以眺览美丽的大海。"

"我现在就这样做了,"渔夫说,"我正悠悠自得地坐在港口打盹儿,只是您的'咔嚓'声把我打搅了。"

这位旅游者受到这番开导,便从那里走开了,心里思绪万千,浮想联翩。因为从前他也以为,他只要好好干一阵,有朝一日就可以不用再干活了;对于这位衣衫寒碜的渔夫的同情,此刻在他心里已经烟消云散,剩下的只是一丝羡慕。

你们不要忘记翠鸟的名字

[德国] 布吕克纳

你们真美呀,姑娘们!今天我教会了你们编织花环,它们装饰着你们的发辫。你们轻盈地舞蹈着,向女神致意。你们的声音清脆得像云雀的晨歌。莫回首!我教你们成为幸福的人并使别人幸福。我站在阴影里,让全部阳光都照射到你们身上。你们是我的作品,现在你们献给了女神阿芙罗狄特。我没有使你们做好怎样当女人的准备,原谅我吧。就在今天晚上,一只男人的手将会伸进迪卡的头发。今天,你们的男人将要解开我教给你们用巧妙的方法结成的带子,你们将会满足他们未受过的约束的欲望,并听从他们发号施令。

让那些把你们称为自己人的人们幸福吧,让那些将离开你们的人们倒霉吧!

我爱你们大家。我通过一个人爱你们大家,我通过你们爱并尊重阿芙罗狄特这位爱情、青春和美的女神。你们再一次聚集到我跟前来吧!把我围在你们中间,在女神面前遮住我那已经变得苍老的身躯。不要哭泣,姑娘!我看见你们的手臂正向以后将属于你们的男人伸去。但是,你们不要忘记米蒂利厄的花园,不要忘记萨福!你们已经习惯了自由,你们的白天在嬉戏与舞蹈中逝去。有人告诉你们,今天是你们一生中最美、最伟大的一天,因为人人都相信了,所以你们也不必怀疑。我对你们所期望的东西保持沉默。我没有教你们忍受痛苦的艺术。然而,忧虑正等待着你们。这是义务啊!夜里,你们将再也听不到小鸟的叽叽声,因为有一个男人睡在你们身旁,他喝得酩酊大醉,鼾声如雷。早晨,唤醒你们的不再是小鸟的鸣啭,而是正长出第一颗牙齿的小孩的哭声。我忘了告诉你们关于孩子长牙的事情。你们将不得不省吃俭用,再也不能乱花钱;你们将谈论变味的油,而不会再谈什么荫影浓密的油棕榈树。你们将为水缸里是否有水而操心。当你们打发使女去泉边取水时,可别忘了你们曾怎样对着泉水梳妆打扮,怎样在水里沐浴嬉戏!不要忘记翠鸟的名字!你们曾经同声念过的那些词语,都变成了诗歌。阿芙罗狄特就在你们中间,她微笑着靠在鲜花盛开的石榴树上。到处都是花朵,都是春天,都是渴望。我没有告诉你们,着一切都将消逝。你们生活在一个没有尽头的今天里,你们打发了一天又一天。你们曾赤身裸体,光着脚丫在草地上行走,你们的步履那么轻盈,连草茎都不会踩折。你们学会了不损坏神允许生长的一切。你们小心翼翼地将蜗牛从路上拿开,放到路边。谁也不曾伤害过一条蜥蜴。如今,你们却要把一只鹌鹑温暖的躯体拿在手里,不得不扭断它的脑袋,拔掉它的羽毛,掏出它的内脏。看见你们做这些事,我将一言不发。你们的婆婆正在等待着你们用平静的手把那只鸟收拾干净。

在今天最初的时刻,夜暮还笼罩着山谷,只有山头被那初升的太阳照亮,我起来,掐了一朵玫瑰,放在我宠爱的迪卡头上,花中的露珠滴在她梦一般的面颊上,那就是泪珠。我让黑夜逝去,毫无睡意地躺着等待黎明。当你们消磨着生命的时候,我正清醒地面对着死神。我对你们将缄口不言,丝毫也不泄露关于孤独的事情,一点儿也不。我是一棵树,你们是树叶。我教你们认识雾霭,用植物和星辰的名字称呼你们。你们吹笛,弹琴,唱歌,空中回荡着你们的欢声笑语。我说:歌唱你看见的事物吧!演奏你听见的声音吧!我在树叶上写诗,然后又把它们揉碎,撒向风里。一首诗像一棵树。它起初枝荣叶茂,秋天到来时,树叶飘落。我的诗像大海的涛声在你们玫瑰红的耳廓里发出响声,当你们年老时,当你们记起可爱的苹果树林时——我们曾在那下面紧挨着小憩,呼吸过蜂蜜的芬醇——那时候,大海的波涛将给你们带回我的歌声。阿芙罗狄特曾经是你们的女主人,从现在起,你们的女主人变成了丰硕的女神赫拉,我不得不痛苦地献出你们。

我爱小伙子的美,但我更爱姑娘的美,因为她们的性情更含蓄,更深沉。可是,我怎么能将美的事物与美的事物相比!谁在爱,谁就不进行比较,爱情是无可比拟的。在那充满温柔的日子里,我的手轻轻地抚摸着阿班蒂斯发烫的身体。对阿芙罗狄特来说,美与媚是她的目的。当你们打扮自己并将香气馥郁的茴香编织成花环给另一个人戴上时,多好啊!阿班蒂斯的卷发披散在肩头,同阿波罗的卷发一样,金灿灿的。

你们习惯了自由,像小鸟一样唧啾、鸣啭,在泉边洗濯,夜晚在枝头的窝里栖息。可是,明天人们将把你们用暴力禁锢起来。你们们将变得像家禽一样,你们将停止歌唱。不要相信他们的许诺!他们今天用许许多多礼物压住你们。你们还不够美吗?为什么还要给胳膊套上镯子,给手指带上戒指?他们将把你们的少女的头藏在头巾的下面。

迪卡!戈吉拉!阿班蒂斯!当你们靠在坚实的岩壁上,唱起那甜蜜的歌时,当你们跃过岩石的时候,你们每一个人都像位女神。

我将呼唤着你的名字,波涛将吞没我悲凉的声音。然后,我将听从神的安排。昨天我还爱着阿班蒂斯,明天我将爱上阿纳克托利亚。昨天我还感到有所渴望,今天我却忍受着分离的痛苦,永远是同样的荒凉的感觉。爱情像一个容器,它装满时会溢出,而当它空虚时却必须重新装满,像冬天里雨中的储水池。

我教你们懂得了温柔。在男人发现你们的身体之前,你们已经先发现了它。迪卡,你曾让我抚摸,是我的温柔不再使你感到满足,你才要求别人的快乐吗?我的诗歌,我的微笑,都是对你的,这你知道,你玩弄自己的脚趾,这种表示是对我的,那使我感到幸福。女人的爱比男人的爱更隐秘。年迈的男人和他喜欢的男孩一起在大街和广场上自由地漫步,这一个是老师,另一个是学生。双方都努力要成为出类拔萃的人,并使别人得到荣誉和快乐。青春和老年,是一个整体,它们必须先分开,然后再重新相聚,交换角色。今后,你们自己也将成为萨福,给年轻的姑娘们上课。一切都将在时间的长河中绵延不断。

　　我喜欢倾听年老的智者们谈话,观察他们都曾留下汗水和泪痕的面孔,我看到了他们过去的辛苦和未来的忧虑,年轮爬上了他们的手腕,棕色的老人斑使他们的皮肤令人望而生畏。在我的诗歌中,人们找不到凯尔克拉斯的名字,他是我的丈夫,他曾经想控制我。我忘却了男人们给我们造成的欢乐与痛苦。一个男人把我变成了我的女儿克勒斯的母亲,我又不得不把她许给一个男人,正如我现在不得不把你们奉献出去一样。

　　我的话消失在我曾经教给你们唱的歌中。你们就要离开我了,但爱罗斯仍留在我的身旁。当你们年老的时候,你们要想着萨福。她在你们年轻的时候,已经老了。

　　快乐将在温暖的阳光里与你们为伴,快乐在花园中,快乐在反射着光辉的波浪里。女人爱的是长久的、永恒的东西,男人爱的是能带走的东西。他们爱马,他们爱船。

　　姑娘们一年年长大,愿你们为她们感到高兴并使她们快乐!过一会儿,我将把自己打扮起来,为的是越过阿赫隆的这最后一次旅程。如果死亡是一种更美的东西,神就不会长生不老了。他们将在哈得斯生活,留下,不再回到人间。我站立在洛伊卡得山的岩石上,当我的脚想跳起来时,我的双手却紧紧地抓住岩石。轻飘飘的茴香草的茎杆就足以将我擎住。难道我得等着,让卡隆来接我吗?为什么我不心甘情愿地做将来必须做的事情?

　　年龄将使我佝偻吗?我的理智会迷乱吗?我的声音会消失吗?众神啊!萨福将变成什么人?当我迈向死亡跳下去时,谁将拉住我的手?难道往日的幸福不再使我感到温暖了吗?难道我不再是萨福——累斯山上人人赞扬的女诗人了吗?难道我必须回到怨声怨气的女人合唱队中去?

　　我爱年轻的法翁!为了得到他,我竟把你们全奉献出去。去吧,我的姑娘们!

秋

[俄罗斯]蒲宁

一

客厅里一瞬间安静了下来,她乘机站起身,同时朝我瞟了一眼。

"噢,我该告辞了。"她轻轻叹了口气说,我的心顿时为之一颤,我预感到某种巨大的欢乐已在等待我,我和她终将成就那桩秘事。

整个晚上,我寸步不离地守在她的左右;整个晚上,我都在她双眸中捕捉隐秘的闪光、心不在焉的神情,以及虽然只是隐隐约约流露出来,却比之前更强烈的温情。此刻她在讲"我该告辞了"的时候,那语气像是表示遗憾,可我却听出了弦外之音:她料定我会随她一起走。

"您也走吗?"她问道,可口气却几乎是肯定的。"这么说,您可以送我回去啰?"她随口补充说,可是已经有点情不自禁,竟回过头来朝我嫣然一笑。

她的身姿绰约、柔美,她的手以一种轻盈而娴熟的动作提起黑色的长裙。她刚才的微笑,她的如花绽放的优美的脸,她的乌黑的秀发,甚至她颈项上那条细巧的珍珠项链,以及那对钻石耳坠的闪光,都流露出一个初次坠入情网的少女的羞涩。当人们纷纷请她转达对她丈夫的问候,以及后来在走廊上替她穿大衣的时候,我一直提心吊胆,唯恐有什么人要和我们同行。

但我多虑了,没有人来干扰我们。我们走到门口,门打开了,一道灯光迅即投到黑洞洞的院子里,随即门又轻轻关上。我激动得浑身打战,但我竭力加以克制,只觉得遍体上下飘飘然然的,我挽住她的手臂,殷勤备至地扶她步下台阶。

"您看得见吗?"她一边注视着脚下,一边问道。

她的声音里又一次透露出那种给我以鼓励的柔情蜜意。

我踩着水洼和满地的落叶,挽扶着她摸黑穿过院子,两旁是光秃秃的相思树和盐肤树,它们好似海轮上的缆索,被十一月的南方之夜的湿润的劲风,吹得发出呜呜的喧声。

在栅栏形的院门外,停着一辆马车,车灯燃得亮亮的。我瞥了一眼她的脸。她没有回看我,伸出一双纤小的、由于戴着手套而显狭长的手,抓住院门的铁杆,没等我上去帮她,就把门朝里拉开了一半,快步走到马车跟前,坐了进去,我也同样迅速地上车,在她身旁坐了下来……

二

我们俩很久说不出一句话。近一个月来,我们魂牵梦萦的那件事,现在已无须用语言来表达,我们之所以一声不吱,只不过是因为这事已不言而喻,说出来反倒显得突兀、生疏了。我把她的一只手按到我的唇上,顿时激动得难以自持,便赶紧掉过头去,目不转睛地遥望着朝我们迎面奔来的街道昏暗的尽头。我对她还存有戒心,而她呢,在我问她冷不冷的时候,只是翕动着嘴唇,乏乏地笑了笑,没有力气回答,于是我明白了,她也对我存有戒心,我握住了她的手,她感激地紧紧回握着。

南风把街心花园中的树木吹得萧瑟作响,把十字路口疏疏落落几盏煤气灯的火焰吹得摇曳不定,把早已打烊了的商店门上的招牌吹得叽叽嘎嘎闹个不停。偶尔可以看到一个路人猫着腰向某家小酒店走去。在小酒店那盏摇摇晃晃的大门灯的灯光下，路人和他那飘忽不定的影子变得越来越大，但转眼间路灯就落在我们后面去了，于是街上又空无一人，只有湿润的风柔和地、不停地吹拂着我们的脸。泥水在车轮下四散迸溅，她似乎在饶有兴味地观赏着这些水珠。我不时朝她垂下的睫毛和帽子下边那倒垂着的头部的侧影瞥去，感觉到她整个人正紧紧地依傍着我，以至都可以闻到她发丝上的幽香。这时，岂但这幽香，连围在她颈项上的那张光滑柔软的貂皮也使我心荡神驰……

后来，我们的马车拐到一条阒无一人的宽阔的马路上，这条马路似乎长得没有尽头，两旁林立着犹太人开的古老的店铺和菜场，可突然，马路在我们身下中断了。马车朝另一条街拐去，冷不防颠晃了一下，她的身子朝前一冲，我连忙把她抱住。有好一会儿，她直视着前方，后来，朝我掉过头来。我们脸对着脸，原先她双眸中的畏惧和犹疑已荡然无存，只有她那神情紧张的微笑透露出一丝羞涩。此情此景，使我忘乎所以，我把嘴紧紧地贴到了她的双唇上……

三

道旁架电报线的高耸的电线木杆接二连三地在夜色中闪过，最后连电线木杆也消失了，它们在半路上拐到一边，就此不见影踪。城里的天空虽说是黑沉沉的，但在那里毕竟还是可以把天空和灯光昏暗的街道区别开来，可是在这里，天地已浑然连成一体，周遭无处不是萧瑟的秋风和茫茫的黑暗。我回头望去，城市的灯火也消失了，仿佛沉入了漆黑的海洋之中，而在前方，闪烁着一星昏黄如豆的灯火，显得那么孤独，那么遥远，似乎是在天涯之外。其实这是摩尔达维亚人在大路旁开了多年的一家酒店的灯光。劲风打大路那边刮来，在干枯了的玉米秆中乱窜，慌慌张张地发出簌簌的声响。

"我们这是去哪儿？"她问道，尽力使声音抖得不要太厉害。

然而她的眼睛却灼灼放光。我俯下身去望着她，尽管夜色正浓，却能清楚地看到她的眼睛，看到她古怪而同时又是深感幸福的眼神。

风在玉米田中乱窜，慌慌张张地一边奔跑，一边簌簌地响着。马顶着风奔驰着。我们拐过一个弯后，风立刻起了变化，变得更加潮湿，更加料峭，更加惶

惶然地在我们周围舞旋。

我深深地吸了一口风,一心巴望着夜里的一切黑暗、盲目、不可理解的东西变得更加不可理解,更加大胆。在城里时,觉得这天夜晚不过是个平平常常的阴霾起风的夜罢了,可是到了旷野里却发现全然不是这么回事。在这儿沉沉的夜色和呼呼的劲风中,存在着某种拥有巨大威力的庄严的东西。果然,我们终于透过荒草簌簌的声响,听到了一种稳重、单调、雄壮的喧声。

"是海?"她问。

"是海,"我说,"这儿已经是最后几幢别墅了。"

此刻我们已经习惯于微微泛白的夜色,看到在我们左边有几座别墅的花园,迤逦而行,直抵海边,园中耸立着一排排高大、荫郁的白杨。辚辚车轮声和马蹄踩在泥浆里的得得声被花园的围墙挡了回来,于一刹那间显得分外清晰,但是转眼就被迎面奔来的白杨林中的风声和海浪声淹没了。车旁掠过几幢门窗钉死的房子,在夜暗中泛出朦朦胧胧的惨白的颜色,活像是一幢幢死屋……后来,白杨林渐渐稀疏,突然,从白杨林的空隙中袭来一股股潮气——这是从辽阔的海上吹到陆地上来的风,看来,这就是海洋清新的呼吸。

马车停了。

就在这一瞬间,传来平稳、庄重而又幽怨的涛声,从中可以感到海水沉重的分量。别墅的花园虽已沉入梦乡,但睡得并不安稳,树木在其中纷乱地喧闹着,而且越闹越凶。我俩踏着落叶和水洼,沿着一条林荫陡坡,快步登上了峭壁。

四

大海在峭壁下隆隆轰鸣,压倒了这个骚动不安、睡意朦胧的夜的一切喧声。寥廓的、茫无涯际的大海卧在峭壁下面很深的地方,透过暗夜,可以看到远远有一线白乎乎的浪花朝陆地涌来。围墙后边的花园像个阴森森的孤岛,鹄立在陡峭的海岸上,满园的老杨树纷扰地喧闹着,令人毛骨悚然。显而易见,暮秋的深夜此刻正主宰着这片荒无人烟的地方,无论是古老的大花园,还是过冬时门窗钉死的别墅,抑或围墙四角无门无窗的凉亭,都给人以触目惊心的荒芜之感。唯独大海以无坚不摧的胜利者的气派,从容不迫地隆隆轰鸣着,使人觉得它蕴藏着无穷的创造力,因此显得越来越庄严、雄伟。我俩久久地伫立在峭壁上,湿润的风吹拂着我们的脚,我们尽情地呼吸着随风拂来的清新的空气,怎么也不知餍足。后来,我们顺着又潮又滑的泥径和残存的木梯,走下悬岩,朝闪烁着浪花的海边走去。刚走到砾石地上,一个浪头就朝岩石打来,水珠四散迸溅,我们赶紧躲到一边。黑压压的白杨高高地挺立着,呼呼地喧嚣着,而在它们脚下,大海贪婪、疯狂地拍打着海岸,仿佛在和白杨呼应。高高的海浪朝我们扑来,响得犹如开炮一样地倾泻到岸上,水流旋转着,形成一道道亮闪闪的瀑布,并溅出像雪一般洁白的水花,同时冲击着砂子和岩石,然后退回海里,卷走了绞成一团团的水草、淤泥和砾石;随波而去的砾石一路上发出喀嚓喀嚓的声响。空气中弥漫着凉丝丝的细小的水珠,周遭的一切散发出大海那种不受羁绊的清新的气息。黑沉沉的空中吐出了鱼肚白,渐渐地已能看清远方的海面。

"只有我们俩了!"她说道,阖上了眼帘。

五

只有我们俩。我吻着她的双唇,陶醉于她嘴唇的温柔和湿润,吻着她阖上眼帘、笑盈盈地伸过来的双眸,吻着她被海风吹得凉丝丝的脸,当她在一块石头上坐下来时,我跪倒在她面前,欢乐得浑身瘫软。

"那么明天呢?"她在我头上说。

我昂起头,仰望着她的脸。在我身后,大海在饥渴地咆哮,在我俩头上,高高的白杨在喧闹……

"什么明天?"我反问她说,不可抑制的幸福使我热泪盈眶,连声音都发抖了。"什么明天?"

她久久地沉默着,没有回答我的问话,后来把一只手伸给我。我脱去她的手套,连连吻着她的手,吻着她的手套,嗅着那上边女性隐隐的幽香。

"是呀!"她慢吞吞地叹息说。我凑近她的脸,借着星光看到她的脸苍白而又幸福。"我还是姑娘的时候,无尽地预想着幸福,但结果一切是那样的无聊和庸俗,以致今天这个晚上,这也许是我一生中唯一幸福的夜晚了,在我看来,不像是真实的,不像是有罪的。明天我只消一想起这个夜晚就将心惊肉跳,不过此刻我已把一切置之度外……我爱你。"她温存地、悄声地沉思着说,像是在自言自语。

在我们头上的一朵朵乌云间,忽明忽暗地闪烁着几颗淡蓝色的星星,天空在渐渐地廓清,峭壁上的白杨益发显得黑了,而大海却越来越清楚地和远方的地平线分了开来。她是否胜过我过去曾经爱过的那些女子,我说不上,但至少在今晚她是无与伦比的。当我亲吻她膝上的裙子时,她含着泪水,吃吃地笑着,搂住了我的头。我怀着疯狂的喜悦望着她,在淡淡的星光下,她那苍白、幸福、慵倦的脸,在我看来是永生的。

马

[法国]布封

  人类所曾做到的最高贵的征服，就是征服了这豪迈而彪悍的动物——马。它和人分担着疆场的劳苦，同享着战斗的光荣，它和它的主人一样，具有无畏的精神，它眼看着危急当前而慷慨以赴，它听惯了兵器搏击的声音，喜爱它，追求它，以同样的兴奋鼓舞起来，它也和主人共欢乐；在射猎时，在演武时，在赛跑时，它也精神抖擞，耀武扬威。但是它的驯良不亚于勇毅，它一点不逞自己的烈性，它知道克制它的动作；它不但在驾驭人的手下屈从着他的操纵，还仿佛窥伺着驾驭人的颜色，它总是按照着从主人的表情方面得来的印象而奔腾，而缓步，而止步，它的一切动作都只为了满足主人的愿望；这天生就是一种舍己从人的动物，它甚至于会迎合别人的心意，它用动作的敏捷和准确来表达和执行别人的意旨，人家希望它感觉到多少它就能感觉到多少，它所表现出来的总是在恰如人愿的程度上，因为它无保留地贡献着自己，所以它不拒绝任何使命，所以它尽一切力量来为人服务，它还要超出自己的力量，甚至于舍弃生命以求服从得更好。

  以上所述，是一匹所有才能都已获得发展的马，是天然品质被人工改进过的马，是从小就被人养育，后来又经过训练专为供人驱使而培养出来的马，它的教育以丧失自由而开始，以接受束缚而告终；这种动物的奴役或驯养已太普遍，太悠久了，以至于我们看到它们时，很少是处在自然状态中：它们在劳动中经常是披着鞍辔的，人家从来不解除它们的羁绊，纵然是在休息的时候，如果人家偶尔让它们在牧场上自由地行走，它们也总是带着奴役的标志，并且还时常带着劳动与痛苦所给予的残酷痕迹：嘴巴被衔铁勒成的皱纹变了形，腹侧留下一道道的疮痍或被马刺刮出一条条的伤疤，蹄子也都被铁钉洞穿了。它们浑身的姿态都显得不自然，这是惯受羁绊而留下的迹象；现在即使把它们的羁绊解脱掉也是枉然，它们再也不会因此而显得自由活泼些了。就是那些奴役状况最和婉的马，那些只为着摆阔绰、壮观瞻而喂养着、供奉着的马，那些不是为着装饰它们本身，却是为着满足主人的虚荣而戴上黄金链条的马，它们额上覆着妍丽的一撮毛，项鬣编成了细辫，满身盖着丝绸和金碧，这一切之侮辱马性，较之它们脚下的蹄铁还有过之无不及。

　　天然要比人工更美丽些，在一个动物身上，动作的自由就构成美丽的天然。你们试看看那些繁殖在南美各地自由自在地生活着的马匹吧：它们行走着，它们奔驰着，它们腾跃着，既不受拘束，又没有节制，它们因不受羁勒而感觉自豪，它们避免和人打照面，它们不屑于受人照顾，它们能够自己寻找适当的食料；它们在无垠的草原上自由地游荡、蹦跳，采食着四季皆春的气候不断提供的新鲜产品；它们既无一定的住所，除了晴明的天空外又别无任何庇荫。因此它们呼吸着清新的空气，这种空气，比我们压缩他们应占的空间而禁闭它们的那些圆顶宫殿里的空气，要纯洁得多，所以那些野马远比大多数家马来得强壮、轻捷和遒劲，它们有大自然赋予的美质，就是说，有充沛的精力和高贵的精神，而所有的家马则都只有人工所能赋予的东西，即技巧与妍媚而已。

　　这种动物的天性绝不凶猛：它们只是豪迈而狂野。虽然力气在大多数动物之上，它们却从来不攻击其他动物；如果它们受到其他动物的攻击，它们并不屑于和对方搏斗，仅只把它们赶开或者把它们踏死。它们也是成群结队而行的，它们之所以聚集在一起，纯粹是为着群居之乐；因为，它们一无所畏，原不需要团结御侮，但是它们互相眷恋，依依不舍。由于草木足够作它们的食粮，由于它们有充分的东西来满足它们的食欲，又由于它们对动物的肉毫无兴趣,所以它们绝不对其他动物作战,也绝不互相作战,也不互相争夺生存资料;它们从来不发生追捕一只小兽或向同类劫夺一点东西的事件,而这类事件正是其他食肉类动物通常互争互斗的根源,所以马总是和平生活着的,其原因就是它们的欲望既平凡又简单,而且有足够的生活资源使它们无需互相嫉妒。

这一切,我们只要看看人家放在一块儿饲养,并且成群放牧着的那些小马,就可以观察得很清楚:它们有温和的习性和合群的品质,它们的力量和锐气通常只是在竞赛的表现中显露出来,它们跑起来都要努力占先,它们争着过一条河,跳一条沟,练习着冒险,甚至于眼看危险当前便更加起劲。而凡是在这些自发的练习当中奋勇当先、肯做榜样的马,都是最勇敢、最优良的,并且,一经驯服,常常又是最驯顺'最温和的……

在所有的动物中间,马是身材高大而身体各部分又都配合得最匀称、最优美的,因为,如果我们拿它和比它高一级或低一级的动物相比,就发现驴子长得太丑,狮子头太大,牛腿太细太短,和它那粗大的身躯不相称,骆驼是畸形的,而最大的动物,如犀,如象,都可以说只是些未成形的肉团。颚骨过分伸长本是兽类头颅不同于人类头颅的主要一点,也是所有动物的最卑贱的标志,然而,马的颚骨虽然很长,它却没有如驴的那副蠢相,如牛的那副呆相。相反,它的头部比例整齐,却给它一种轻捷的神情,而这种神情又恰好与颈部的美相得益彰。马一抬头,就仿佛想要超出它那四足兽的地位,在这样的高贵姿态中,它和人面对面地相觑着。它的眼睛闪闪有光,并且目光十分坦率;它的耳朵也长得好,并且不大不小,不像牛耳太短,驴耳太长;它的鬣毛正好衬着它的头,装饰着它的颈部,给予它一种强劲而豪迈的模样;它那下垂而丰盛的尾巴覆盖着,并且美观地结束着它的身躯的末端。马尾和鹿、象等的短尾,驴、骆驼、犀牛等的秃尾都大不相同,它是密而长的鬃毛构成的,仿佛这些鬃毛就直接从屁股上生长出来,因为长出鬃毛的那个小肉桩子很短。它不能和狮子一样翘起尾巴,它的尾巴虽然是垂着的,却于它很适合;由于它能使尾巴两边摆动,它就有效地利用尾巴来驱赶苍蝇。这些苍蝇很使它苦恼,因为它的皮肤虽然很坚实,并且满生着厚密的短毛,却还是十分敏感的。

一个树木的家庭

[法国] 儒勒·列那尔

我是在穿过了一片被阳光烤炙的平原之后遇见他们的。

他们不喜欢声音,没有住到路边。他们居住在未开垦的田野上,靠着一泓只有鸟儿才知道的清泉。

从远处望去,树林似乎是不能进入的。但当我靠近,树干和树干渐渐松开。他们谨慎地欢迎我。我可以休息、乘凉,但我猜测,他们正监视着我,并不放心。

他们生活在家庭里,年纪最大的住在中间,而那些小家伙,有些还刚刚长出第一批叶子,则差不多遍地皆是,从不分离。

他们的死亡是缓慢的,他们让死去的树也站立着,直至朽落而变成尘埃。

他们用长长的枝条相互抚摸,像盲人凭此确信他们全都在那里。如果风气喘吁吁地要将他们连根拔起,他们的手臂就愤怒挥动。但是,在他们之间,却没有任何争吵。他们只是和睦地低语。

我感到这才应是我真正的家。我很快会忘掉另一个家的。这些树木会逐渐逐渐接纳我,而为了配受这个光荣,我学习应该懂得的事情:

我已经懂得监视流云。

我也已懂得待在原地一动不动。

而且,我几乎学会了沉默。

萤火虫

夜幕降临到困倦的树林。鸟儿回来了,在树叶间相互追寻。叶子声不比他们的翅膀声更响。他们很希望能看见点什么。但是,星星太远了,而月亮也未落到足够近的位置。此外,山楂果和蔷薇子的殷红色泽也并不够。

忽然,为了给鸟儿的谈情说爱照明,谙于调配光度的青苔媒婆燃亮所有的小虫子。

蟋蟀

是时候啦!黑昆虫游荡够了,停止散步,回去细心修补他乱七八糟的领地。

首先,他耙平狭小的沙子通道。

他锯下细屑,洒到住地入口处。

他锉倒那株专给他添麻烦的大草根。

他休息了。

然后,他给他的微型手表上发条。

他完事了吗?表打碎了吗?他又歇了一会。

他回到屋里,关上门。

他用钥匙在精致的锁里长时间转圈。

他又在倾听:

外面没有一点不安的声音。

但他还是不放心。

他好像抓着一根小链条……直下到大地深处,装链条的滑轮刺耳地响着。

什么也听不见了。

寂静的田野上,白杨树像手指般伸向天空,指着月亮。

蝴蝶

这封轻柔的短函对折着,正在寻找一个花儿投递处。

云雀

我从未见到过云雀,即使黎明即起也是徒劳。云雀不是地上的鸟儿。

今天早晨以来,我就踩着泥块和枯草寻找。

一群群灰色的麻雀或艳丽的金翅鸟,在荆棘篱笆上飘荡。

八哥穿着省长制服检阅树木。

一只鹌鹑贴着苜蓿地飞翔,划出一条笔直的墨线。

牧人比女人还灵巧地打着毛线,在他后面,样子相似的绵羊一个接着一个。

一切都浸润着鲜艳的光泽,即使是不吉祥的乌鸦也令人微笑。

但是,请像我一样倾听。

你们听到了吗,上面,在某一个地方,水晶碎块在一只金杯里冲春?

谁能告诉我云雀在哪儿歌唱?

如果我抬头望天,阳光会烧炙我的眼睛。

我只得放弃见她的念头。

云雀生活在天上。天鸟中唯有她的歌声能一直传到我们这里。

喜鹊

她全身漆黑,但是,她去年冬天是在田野上度过的,因此,身上还带着残雪。

孔雀

他今天肯定要结婚了。

这本来是昨天的事。他穿着节日礼服,准备就绪。他只等他的新娘了。新娘没有来。她不该再拖延了。

他神气活现,迈着印度王子的步伐散步,身上佩带着丰富的常用礼品。爱情使他的色泽更加绚丽,顶冠像古弦琴一样颤动着。

新娘还没有到。

他登上屋顶高处,向太阳方向眺望。他发出恶狠狠的叫唤:

"莱昂!莱昂!"

他就这样称呼他的未婚妻。他看不到谁来,也没有人理睬他。习以为常的家禽甚至连头也不抬一抬。她们都腻烦了,不再去欣赏他了。他下到院子,对自己的美如此自信,所以也不可能有什么怨气。

他的婚礼延迟到明天。

他不知道如何度过白天剩下的时间,又向台阶走去。他迈着正规步子,像登庙宇台阶那样登上梯级。

他翻起燕尾服,上面满缀着未能脱离开去的眼睛。

他在最后一次复习礼仪。

时　钟

[法国] 波德莱尔

中国人能在猫眼里看到时辰。

有一天一个传教士在南京城外闲步着，发现自己忘记带表，于是他问一个小孩子那时是什么时候。

天国的顽童起初犹疑着，随后，他高兴起来，回答道："我就来告诉你。"过不多久，他回转来了，怀里抱着一只很大的猫，他正面注视着它，毫不踌躇地断定道："现在还没有完全到正午。"他的话是没有说错的。

至于我呢，如果我向那漂亮的慧灵。那名字取得那么恰当，那女性的光荣，同时又是我的心的骄傲，我的精神的芳香的慧灵，俯下身子时，不论是在夜晚，或是白天，在辉煌的阳光底下，或是暗黑的阴影里，我始终在她那对可爱的眼睛的深处，分明地瞧出时辰，一种老是相同的，渺茫的，庄严的，和空间一样大的，没有分和秒的区别的时辰——一种在时钟上看不出来的，静止的，却又像一口气一般轻微，一闪眼一般迅捷的时辰。

当我的眼光落在这愉快的时钟面上时，如果有什么讨厌的人来打扰我，如果有什么无礼的，没有涵养的精灵，有什么时机不好的魔鬼跑来对我说："你这样聚精会神地在那儿瞧着什么？你在这人的眼睛里寻找什么？你在那里看到了时辰吗！放荡而又怠惰的人啊!"我会毫不踌躇地回答:"是啊,我看到了时辰,那即是永恒!"

这不是一首确有价值的,并且和你本人一样夸大的情歌吗,太太?因为我绣造这篇矫饰的媚辞时,曾经那样高兴过来,所以我绝不问你要什么来作交换。

果园里

[英国]吴尔芙

　　米兰达睡在果园里,躺在苹果树底下一张长椅上。她手指上的猫眼石发绿,发玫瑰红,又发橘黄,当阳光滤过苹果树照到它们的时候。于是,微风一吹,她的紫衣泛起涟漪,像一朵花依附在茎上,草点头,一只白蝴蝶就在她的脸上扑来扑去。

　　她头上四呎高的空中挂着苹果。突然发出一阵清越的喧响,仿佛是一些破铜锣打得又猛,又乱,又野蛮。这不过是正在合诵乘数表的学童,被教师喝住了,斥骂了一顿,又开始诵乘数表了。可是这个喧响经过米兰达头上四呎高的地方,从苹果树枝间穿过,撞到了牧牛人的小孩子,此时本该上学的他正在摘篱笆上的黑莓,结果棘刺刺破了他的拇指。

　　接着有一声孤寂的号叫——悲哀,有人性,野蛮。老巴斯蕾,真的,是你醉了。

　　于是苹果树顶上的叶子,平得像小鱼抵住了天蓝,离地三十尺呎,发出一声凄凉愁惨的音调。这是教堂里的风琴在奏"古今赞美歌"的一曲。声音飘出来,被一群在什么地方飞得极快的鸫鸟切碎了。米兰达睡在三十呎之下。

　　于是在苹果树和梨树顶上,离睡在果园里的米兰达三十呎高的地方,钟声得得,间歇的,迟钝的,教训的,因为教区里有六个穷女人产后上教堂感恩,教区长在谢天。

再上去一点,教堂塔顶上的金羽,尖声一叫,从南转东了。风向转了。它嗡嗡地响在旁的一切之上,下临树林、草场、丘陵,离睡在果园里的米兰达多少哩。它刮向前去,漫无目的,遇不着任何能阻挡它的东西,直到转动了一下,它又转向南了。多少哩之下,在一个像针眼一般大的地方,米兰达直站起来,大声地嚷:"噢,我喝茶去怕太晚了!"

大旱的消失

［英国］威·赫·怀特

三个月来几乎并没有落一滴雨。大概总是西北风，从那边来，向东边吹去。偶有微风来自西南，云气也浮起来了，但终于没有雨，并且没有真的西南风，不数小时，报风计依旧在原方向了。云是未尝不时时聚集，并且有着各种表示，以示变化的在即。在这等时候，风雨表日复一日地渐渐下降，终于降到普通将起暴风雨的一点，然而没有大风雨，风雨表又升上去了。我们知道希望已经无益，风雨表回到了原有的高，须经一礼拜，方有下降的机会，最后，失望到这般强，将这仪器拿开了。还是不去看它的好，希望无意中会降下来。青草已经变成黄色，生在许多地方的都死到根株。因为没有草，成队的蝎便残食果树了。溪水也干涸了，饮牛的水须向几里外的池或泉里去汲来。道路开裂，空气中则浮着沙尘，藩篱上的美丽的绿色上也填罩了尘土。食蠕虫的鸟如白嘴鸦已经受饿，并且被迫得远远地去找寻奇特的食物去了。看见他们在地上试啄坚如岩石的泥土是很可怜的。永续的光辉比冬天的阴沉还要坏，在田野的人家普遍为这样焦渴的感觉苦恼。我们遇到旱荒了！为一切生命的泉源的大西洋是睡着的，倘使永不醒来则如何？我们不懂它的道理，它在嘲笑我们的科学了。大概在我们的近旁就存着这个不可思议的大神秘，我们却赖此而生存的。为什么柔软的湿气之甜潮会不流到我们这里来呢？也没有理由可说。为什么各种青草和生物不死灭？没有理由，除却一个信仰，这是瞎的。因为我们一无所知，滋生生命的海的气流只得放弃陆地，而陆地只得变成沙漠。

一天夜里，灰色的云带出现于西面的天空，而它们欺骗我们太多了，所以我们不再相信它们了。可是在这天夜里它们更浓厚，窗索也泛着潮。从岩壁来的空气是冷的，如果我们敢希望，我们只得说含有海的气味在里面了。早晨的四点钟就听到有什么声音打拍在窗上，——原来下雨了！不能再静静地睡着，我于是起身出门了。没有生物扰攘，也没有声息，除却雨的声音。但是忙乱的时间不会有许多长久的时光的。数千百万的草和谷的叶在狂饮，十六小时的倾泻继续着。到天薄暮时我又出门去，看见道旁的流水处只有少许的水，并且没有一滴到田边，原来土地是这样的渴。谢上帝，旱是完了！

三天所见

[美国]海伦·凯勒

我们大家都读过激动人心的故事,故事中主人公的寿命已有限期。这段时间有时度日如年,有时一年短如一日。然而我们总是非常感兴趣地去探索那将死的人怎样度过他最后的时日。当然我说的是那些有选择权的自由人,而不是那些活动范围受到严格限制的犯人。

这样的故事对我们很有启发,使我们想到在同样的情况下该做些什么。作为一个快死的人,我们该用什么样的活动,什么样的经历,什么样的联想去填塞那最后的几小时。在回顾过去时,我们将发现什么感到幸福,什么应当懊悔。

有时,我常这样想,当我今天活着的时候就想到明天可能会死去,这或许是一个好习惯。这样的态度将使生活显得特别有价值。我们每天的生活应当过得从容不迫,朝气蓬勃,观察锐敏,而这些东西往往在日复一日、月复一月、年复一年的时间长流中慢慢消失。当然,也有一些人一生只知道"吃、喝、玩、乐",然而,多数人在确知死神将至时反而有所节制。

在那些故事中,那将死的主人公往往在最后的时刻由于幸运降临而得救,并且从此以后他就改变了自己的生活准则。他变得更加明确生活的意义和它的永久神圣的价值。经常可以看到一些人，他们生活在死的阴影之下，却对他们所做的每一件事都怀着柔情蜜意。

然而，我们中的许多人却把生活看成理所当然的事。我们知道自己总有一天会死去，但我们总把那一天想得很遥远。当我们年富力强的时候，死亡好像是不可思议的，而我们也很少想到它，日子好像永远过不完似的。因此，我们一味忙于微不足道的琐事，却不知道这样对待生活的态度太消极了。

恐怕我们对自己所有官能和意识的使用也是同样的冷漠。只有聋子懂得听力的价值，只有瞎子体会得到看见事物的乐趣。这种意见尤其适用于那些在成年期丧失了视力与听力的人。然而，那些从未体会过失去视力和听力痛苦的人，却很少充分使用这些幸福的官能。他们的眼睛和耳朵模糊地看着和听着周围的一切，心不在焉，也漠不关心。人们对于自己的东西往往不太珍惜，而当失去时，才懂得它的重要，正如我们要到病倒时才认识到身体健康的好处。

我经常这样想，如果每一个人在他的青少年时期都经历一段瞎子与聋子的生活，将是非常有意义的事。黑暗将使他更加珍惜光明，寂静将使他更加喜爱声音。

我经常考查我那些有视力的朋友们，问他们看到了什么。最近，我的一位好友来看我，她刚从森林里散步回来，我问她都看到了些什么。她回答说："没有看到什么特别的东西。"如果我不是习惯听这样的回答，那我一定会对它表示怀疑，因为我早就相信，眼睛是看不见什么东西的。

我常这样问自己，在森林里走了一个多小时，却没有发现什么值得注意的东西，这怎么可能呢？我这个有目不能视的人，仅仅靠触觉都能发现许许多多有趣的东西。我感到一片娇嫩的叶子的匀称，我爱抚地用手摸着银色白桦树光滑的外皮，或是松树粗糙的表皮。春天，我满怀希望地在树的枝条上寻找着芽苞，寻找着大自然冬眠后的第一个标志。我感到鲜花那可爱的、天鹅绒般柔软光滑的花瓣，并发现了它那奇特的卷曲。大自然就这样向我展现千奇百怪的事物。偶尔，如果幸运的话，我把手轻轻地放在一棵小树上，就能感到小鸟放声歌唱时的欢蹦乱跳。我喜欢让清凉的泉水从张开的指间流过。对于我来

最受读者喜爱的120篇美文

说,芬芳的松叶地毯或轻软的草地要比最豪华的波斯地毯更受欢迎;四季的变换,就像一幕幕令人激动的、无休无止的戏剧,它们的行动通过我的指间流过。

有时,我在内心里呼唤着,让我看看这一切吧。仅仅摸一摸便给了我如此巨大的欢乐,如果能看到的话,那该是多么令人高兴啊!然而,那些有视力的人却什么也看不见,那充满世界的绚丽多彩的景色和千姿百态的表演,都被认为是理所当然的事。人类就是有点奇怪,对我们已有的东西往往看不起,却去想望那些我们所没有的东西。然而,这是非常可惜的,在光明的世界里,将视力的天赋只看作是为了方便,而不看作是充实生活的手段。

如果我是一所大学的校长,我将设一门必修课"怎样使用你的眼睛"。教授应当启发他的学生,如果他们能真正看清那些在他们面前不被注意而滑过的事物的话,那么他们的生活就会增加丰富多彩的乐趣。他应当,努力唤醒他们身上那些处于睡眠状态的、懒散的官能。

也许,我最好用想象来说明一下,如果我有三天能用眼睛看见东西的话,我最喜欢看到什么。而且,当我在想象时,我希望你也想一想这个问题,假如你只有三天能看到东西的话,你将怎样使用你的眼睛呢?假如你知道,当第三天黑夜来临以后,太阳就永远不会再从你面前升起,你将怎样度过这短暂插入的、宝贵的三天时光呢?你最高兴看到的是什么东西呢?

自然,我最希望看到的东西是那些在我的黑暗年代对我来说最亲切的东西。你也一定希望长时间地看着那些让你感到最亲切的东西。这样,你就可以把对它们的记忆带到黑夜里去。

如果靠某种奇迹我能有三天睁眼看东西的时间,然后又回到黑暗里去,我将把这三天分为三个阶段。

第一天,我要看到那些好心的、温和的、友好的、使我的生活变得有价值的人们。首先,我想长时间地盯视着我亲爱的教师,安妮·苏利文·麦西夫人的脸,当我还在孩稚时,她就来到我家,是她给我打开了外部世界。我不仅看她的脸部的轮廓,为了将它牢牢地放进我的记忆,还要仔细研究那张脸,并从中找出同情的温柔和耐心的生动的形迹,她就是靠这些来完成教育我的困难任务。我要从她的眼睛里看出那使她能坚定地面对困难的坚强毅力和她那经常向我显示出的对于人类的同情心。

我不知道怎样通过"心灵的窗户"——眼睛去探索一个朋友的内心世界。我只能通过指尖,"看到"一张脸的轮廓。我能觉察到高兴、悲伤和许多其它明显的表情。我了解我的朋友们都是通过摸他们的脸。但是,只凭摸,我不能准确说出他们的个人特征来。我知道他们的个性,当然,还要通过其它方面,通过他们对我表达的思想,通过他们对我显示的一切行为。但是,我不认为对于我所深知的人,要想更深地了解他们,只能通过亲眼见到他们,亲眼看见他们对各种思想和环境的反应,亲眼看到他们的眼神和表情的即时的瞬间的反应。

我对于在我身边的朋友,了解得很清楚,因为,经过多年的接触,他们已向我显示了自己的各个方面。但是,对于那些萍水相逢的朋友,我只有一个不全面的印象,这个印象是从一次握手,从我用手指摸他们的嘴唇或他们击拍我的手掌的暗语中得到的。

而对于你们那些视力好的人来说,要了解一个人就要容易得多和令人满意得多。你们只要看到他那微妙的表情,肌肉的颤动,手的摇摆,就能很快抓住这人的基本特点。然而,你是否想过要用你的视力看出一个朋友或是熟人的内在品质呢?难道你们那些视力好的人们中的大多数不都只是随便看看一张脸的轮廓,而且也就到此为止了吗?

例如,你能准确地说出五个好朋友的面孔吗?有些人可能说得出,但多数人却说不出。根据我的经验,我问过许多结婚很久的丈夫,他们的妻子的眼睛是什么颜色,他们经常窘态毕露,老实承认他们不知道。而且,顺便提一句,妻子们总是抱怨他们的丈夫不注意新衣服、新帽子和房间布置的变化。

视力正常的人很快就习惯于周围的环境,而事实上他们只注意那些惊人的和壮观的景象。然而,即使在看最壮观的景色时,他们的眼睛也是懒散的。法庭的记录每天都表明"眼睛的见证"是多么不准确。一件事将被许多人从许多不同的方面"看到"。有些人比别人看得更多些,但很少有人能将自己视力范围内的一切都看在眼里。

啊,如果我有视力能看三天的话,我该看些什么东西呢?

第一天将是一个紧张的日子。我要将我的所有亲爱的朋友们都叫来,好好端详他们的面孔,将他们内在美的外貌深深地印在我的心上。我还要看一个婴儿的面孔,这样我就能看到一种有生气的、天真无邪的美,它是一种没有经历过生活斗争的美。

我还要看看我那群忠诚的、令人信赖的狗的眼睛——那沉着而机警的小斯科第·达基和那高大健壮而懂事的大戴恩·海尔加,它们的热情、温柔而淘气的友谊使我感到温暖。

在那紧张的第一天里,我还要仔细观察我家里那些简朴小巧的东西。我要看看脚下地毯的艳丽色彩,墙壁上的图画和那些把一所房屋改变成家的熟悉的小东西。我要用虔敬的目光凝视我所读过的那些凸字书,不过这目光将更加急于看到那些供有视力的人读的印刷书。因为在我生活的漫长黑夜里,我读过的书以及别人读给我听的书已经变成一座伟大光明的灯塔,向我揭示出人类生活和人类精神的最深泉源。

在能看见东西的第一天下午,我将在森林里作一次长时间的漫步,让自己的眼睛陶醉在自然世界的美色里,在这有限的几小时内我要如醉如狂地贪赏那永远向有视力的人敞开的壮丽奇景。结束短暂的森林之旅,回来的路上可能经过一个农场,这样我便能看到耐心的马匹犁田的情景(或许我只能看到拖拉机了!)和那些依附土地为生的人的宁静满足的生活。我还要为绚丽夺目而又辉煌壮观的落日祈祷。

当夜幕降临,我以能看到人造光明而体验到双重的喜悦。这是人类的天才在大自然规定为黑夜的时候,为扩大自己的视力而发明创造的。

在能看见东西的第一天夜里,我会无法入睡,脑海里尽翻腾着对白天的回忆。

翌日——也就是我能看见东西的第二天,我将伴着曙色起床,去看一看那由黑夜变成白天的激动人心的奇观。我将怀着敬畏的心情去观赏那光色的令人莫测的变幻,正是在这变幻中太阳唤醒了沉睡的大地。

我要把这一天用来对整个世界,从古到今,作匆匆的一瞥。我想看看人类进步所走过的艰难曲折的道路,看看历代的兴衰和沧桑之变。这么多的东西怎能压缩在一天之内看完呢？当然，这只能通过参观博物馆。我经常到纽约自然历史博物馆去，用手无数次地抚摸过那里展出的物品，我多么渴望能用自己的眼睛看看这经过缩写的地球的历史，以及陈列在那里的地球上的居民——各种动物和按生活的天然环境描绘的不同肤色的人种，看看恐龙的巨大骨架和早在人类出现以前就漫游在地球上的柱牙象，当时的人类靠自己矮小的身躯和发达的大脑去征服动物的王国，看看那表现动物和人类进化过程的逼真画面，和那些人类用来为自己在这个星球上建造安全居住的工具，还有许许多多自然历史的其它方面的东西。

我不知道本文读者中究竟有多少人曾仔细观察过在那个激动人心的博物馆里展出的那些栩栩如生的展品的全貌。当然不是人人都有这样的机会。不过我敢断言，许多有这种机会的人却没有很好地利用它。那里实在是一个使用眼睛的地方。你们有视力的人可以在那里度过无数个大有所获的日子，而我，我想象中能看东西的短短的三天里，对此只能作匆匆的一瞥便得离去。

我的下一站将是大都会艺术博物馆。正像自然历史博物馆揭示了世界的物质方面那样，大都会艺术博物馆将展现出人类精神的无数个侧面。贯穿人类历史的那种对于艺术表现形式的强烈要求，几乎和人类对于食物、住房、生育的要求同样强烈。在这里，在大都会博物馆的巨型大厅里，当我们观看埃及、希腊、罗马的艺术时就看到了这些国家的精神面貌。通过我的双手，我很熟悉古埃及男女精神的雕像，感觉得出复制的巴台农神庙的中楣，辨别得出进攻中的雅典武士的优美旋律。阿波罗、维纳斯以及撒摩得拉斯岛的胜利女神都是我指尖的朋友。荷马那多瘤而又留着长须的相貌对我来说尤为亲切，因为他了解盲人。

我的手在罗马以及晚期那些栩栩如生的大理石雕塑上停留过，在米开朗基罗那激动人心的英雄摩西石膏像上抚摸过，我了解罗丹的才能，对哥特式木刻的虔诚精神感到敬畏。这些能用手触摸的艺术品我能理解它们的意义，然而那些只能看不能摸的东西，我只能猜测那一直躲避着我的美。我能欣赏希腊花瓶简朴的线条，然而它那带有图案的装饰我却毫无所知。

就这么着，在我能看见东西的第二天，我要设法通过艺术去探索人类的灵魂。我从手的触摸里了解的东西现在可以用眼睛来看了。整个宏伟的绘画世界将向我敞开，从带有宁静宗教虔诚的意大利原始艺术一直到具有狂热想象的现代派艺术。我要细细观察拉斐尔·列奥纳多·达·芬奇、提善·伦布朗的油画，也想让眼睛享受一下委罗涅塞艳丽的色彩，研究一下艾尔？格里柯的奥秘，并从柯罗的自然里捕捉到新的想象。啊，这么多世纪以来的艺术为你们有视力的人提供了如此绚丽的美和这样深广的意义！

凭着对这艺术圣殿的短暂访问，我将无法把那向你们敞开的伟大艺术世界每个细部都看清楚，我只能得到一个表面的印象。艺术家们告诉我，任何人如果想正确地和深刻地评价艺术，就必须训练自己的眼睛，他得从品评线条、构图、形式和色彩的经验中去进行学习。如果我的眼睛管用的话，我将会多么愉快地去着手这件令人心醉的研究工作！然而有人告诉我，对于你们许多有视力的人来说，艺术的世界是一个沉沉的黑夜，是一个无法探索和难以找到光明的世界。

我怀着无可奈何的心情，勉强离开大都会博物馆，离开那藏着发掘美的钥匙的所在——那是一种被如此忽略了的美啊。然而有视力的人并不需要从大都会博物馆里去找到发掘美的钥匙。它在较小的博物馆里，甚至在那些小图书馆书架上的书本里也能找到。自然在这段想象中能看见东西的有限时间里，我将选择这样一个地方，在那里发掘美的钥匙能在最短的时间内打开最伟大的宝库。

我将在戏院或电影院度过这能看见东西的第二天的夜晚。我目前也经常出席各种类型的表演，可剧情却得让一位陪同在我手上拼写。我多么想用自己的眼睛看一看哈姆雷特那迷人的形象和在穿五光十色的伊丽莎白式服装的人物中间来来去去的福斯泰夫。我多么想模仿优雅的哈姆雷特的每一个动作和健壮的福斯泰夫高视阔步的一举一动。由于我只能看一场戏，这将使我处于进退两难的境地，因为我想看的戏实在太多了。你们有视力的人想看什么都行，不过我怀疑你们之中究竟有多少人当全神贯注于一场戏、一幕电影或别的景象的时候，会意识到并感激那让你享受其色彩、优美和动作的视力的奇迹呢？

除了在用手触摸的有限范围内,我无法享受节奏感动作的美。尽管我知道节奏欢快的奥妙,因为我经常从地板的颤动中去辨别音节的拍节,然而我也只能朦胧地想象巴甫洛瓦的魅力。我想象得出那富于节奏感的姿势,肯定是世间最赏心悦目的奇景。从用手指循着大理石雕像线条的触摸里我能推测出这一点。如果静止的美已是那么可爱的话,那么看到运动中的美肯定更令人振奋和激动。

我最深切的回忆之一是当约瑟夫·杰裴逊在排练可爱的里勃·范·温克尔,做着动作讲着台词的时候,让我摸了他的脸和手。对戏剧的天地我就只这么一点贫乏的接触,也将永远不会忘记那一时刻的欢乐。啊,我肯定还遗漏了许多东西。我多么羡慕你们有视力的人能从戏剧表演中通过看动作和听台词而获得更多的享受。如果我能看戏,哪怕只看一场也行,我将弄明白我读过或通过手语字母的表达而进入我的脑海的一百场戏的情节。

这样,通过我想象中能看见东西的第二天的夜晚,戏剧文学中的许多高大形象将争先恐后地出现在我的眼前。

下一天的早晨,怀着发现新的欢乐的渴望,我将再次去迎接那初升的旭日,因为我深信,那些有眼睛能真正看到东西的人肯定会发现,每个黎明都会展观出千姿万态、变幻无穷的美。

根据我想象中的奇迹的期限,这是我能看见东西的第三天,也是最后一天。我没有时间去悔恨或渴望,要看的东西实在太多了。我把第一天给了我的朋友,给了那些有生命和没有生命的东西,第二天我看到人类和自然的历史面目。今天我要在现实世界里,在从事日常生活的人们中间度过平凡的一天。除了纽约你还能在别的什么地方发现人们这么多的活动和这样纷繁的情景呢?于是这城市成了我选择的目标。

我从长岛森林山——我的恬静的乡间小屋出发。这里,在绿草坪、树木、鲜花的包围中是一片整洁小巧的房屋,到处充满妇女儿童谈笑奔走的欢乐,真是城市劳动者的安静的休息之所。当我驾车穿过横跨东河的钢带式桥梁时,我又开了眼界,看到人类智慧的巧夺天工和力大无穷。河上千帆竞发、百舸争流。如果我从前曾有过一段未盲的岁月,我将用许多时间来观赏河上的热闹风光。

举目前望，面前耸立着奇异的纽约塔，这城市仿佛是从神话故事的书页中跳出来似的。这是多么令人敬畏的奇景啊！那些灿烂夺目的尖塔，那些用钢和石块筑起的巨大堤岸，这些建筑就像神为自己修造的一样。这幅富有生气的画卷是千百万人每日生活的一部分，我不知道究竟有多少人愿意对它多看一眼？恐怕是很少、很少。人们的眼睛之所以看不见这壮美的奇观，是因为这景象对他们太熟悉了。

我匆匆忙忙登上那些大型建筑之一——帝国大厦的顶层，不久之前我从那里通过秘书的眼睛"看到"了脚下的城市。我急于要把想象力和真实感作一次比较。我相信在我面前展开的这幅画卷决不会使我感到失望，因为对我来说它将是另一个世界的景象。

现在我开始周游这个城市。首先我站在热闹的一角，仅仅看看来往的人群，想从观察中去了解他们生活中的一些东西。看到微笑，我感到欣慰，看到果断，我感到骄傲，看到疾苦，我产生怜悯。

我漫游到第五大街，让视野从聚精会神的注视里解放出来，以便不会留意特殊的事物而只看一看那瞬息万变的色彩。我相信那穿流在人群中的妇女装束的色彩，肯定是我永看不厌的灿烂奇观。不过，假如我的眼睛管用的话，或许我也会像大多数妇女一样，过多地注重个别的服装的风格和剪裁式样而忽略成群的色彩的壮美。我还确信我会变成一个在橱窗前溜达的常客，看着那多姿多彩、五光十色的陈列品，一定感到赏心悦目。

我从第五大街开始游览整个城市——我要到花园大街去，到贫民区去，到工厂去，到孩子们玩耍的公园去。通过对外国居民的访问我对异国作了一次不离本土的旅行。对于欢乐和悲哀两者我总是睁大眼睛去关心，以便能深刻探索和进一步了解人们是如何工作和生活的。我的心里充满了对人和物的憧憬，我的目光不会轻易放过任何一个细小的东西，它力求捕捉和紧握它所目及的每一件事物。有些场面是令人愉快的，它让你内心喜悦，可有些情景却使人感到悲哀和忧郁。对后者我也不会闭上眼睛，因为它们毕竟也是生活的一部分，对它们闭上眼睛就等于紧锁心灵，禁锢思想。

　　我能看见东西的第三天就要结束了，或许我应该把这剩下的几小时用在许多重要的探索和追求上，可是我怕在这最后一天夜晚，我还会再次跑到剧院去看一出狂喜的滑稽戏，以便能欣赏人类精神世界里喜剧的泛音。

　　到午夜，我从盲人痛苦中得到的暂时解脱就要终结了，永久的黑夜将重新笼罩我身。当然在那短暂的三天时间里，我不可能看完我要看的全部事物，只有当黑暗重新降临时，我才会感到我没有看到的东西实在太多了。不过我脑海中会塞满那壮丽的回忆，以至根本没时间去懊悔。今后无论摸到任何东西都会给我带来那原物是什么形状的鲜明回忆。

　　如果你有朝一日也将变成一个盲人的时候，你或许对我这如何度过三天可见时光的简要提纲感到不合适而作出自己的安排。然而，我相信，如果你真的面临那样的命运，那你的眼睛将会向过去从不留神的事物睁开，为即将来临的漫长黑夜储存记忆。你将会一反过去的常习去使用自己的眼睛，你所看到的东西都会变得非常亲切，你的目光将捕捉和拥抱任何进入你视野之内的东西，最后你会真正看到一个美丽的新世界在你面前敞开。

　　我，一个盲人，向你们有视力的人作一个提示，给那些善于使用眼睛的人提一个忠告：想到你明天有可能变成瞎子，你就会好好使用你的眼睛。这样的办法也可使用于别的官能。想到你明天有可能变成聋子，你就会更好地去聆听声响、鸟儿的歌唱、管弦乐队铿锵的旋律。去抚摸你触及的那一切吧，假如明天你的触觉神经就要失灵，去嗅闻所有鲜花的芬芳，品尝每一口食物的滋味吧，假如明天你就再也不能闻也不能尝了。让每一种官能都发挥它最大的作用，为世界通过大自然提供的各种接触的途径向你展示的多种多样的欢乐和美的享受而自豪吧。不过在所有的官能中，我相信视力是最令人赏心悦目的。

我的梦中城市

[美国]德莱塞

　　它是沉默的,我的梦中城市,清冷的、静穆的,大概由于我实际上对于群众、贫穷及像灰砂一般刮过人生道途的那些缺憾的风波风暴都一无所知的缘故。这是一个可惊可愕的城市,这么的大气魄,这么的美丽,这么的死寂。有跨过高空的铁轨,有像峡谷的街道,有大规模升上壮伟广市的楼梯,有下通深处的踏道,而那里所有的,却奇怪得很,是下界的沉默。又有公园、花卉、河流。而过了二十年之后,它竟然在这里了,和我的梦差不多一般可惊可愕,只不过当我醒时,它是罩在生活的骚动底下的。它具有角逐、梦想、热情、欢乐、恐怖、失望等等的哗鸣。通过它的道路、峡谷、广场、地道,是奔跑着、沸腾着、闪烁着、朦胧着,一大堆的存在,都是我的梦中城市从来不知道的。

　　关于纽约,——其实也可说关于任何大城市,不过说纽约更加确切,因为它曾经是而且仍旧是大到这么的与众不同,——在从前也如在现在。那使我感着兴味的东西,就是它显示于迟钝和乖巧,强壮和薄弱,富有和贫穷,聪明和愚昧之间的那种十分鲜明而同时又无限广泛的对照。这之中,大概数量和机会上的理由比任何别的理由都占得多些,因为别处地方的人类当然也并无两样。不过在这里,所得从中挑选的人类是这么的多,因而强壮的或那种根本支配着人的,是这么这么的强壮,而薄弱的是那么那么的薄弱——又是那么那么的多。

我有一次看见一个可怜的、一半失了神的而且打皱得很厉害的小小缝衣妇,住在冷街上一所分租房子厅堂角落的夹板房里,用着一个放在柜子上的火酒炉子在做饭。在那间房的四周,她有着充分空间可以大大地跨三步。

"我宁可住在纽约这种夹板房里,不情愿住乡下那种十五间房的屋子。"她有一次发过这样的议论,当时她那双可怜的没有颜色的小眼睛,包含着那么多的光彩和活气,是我在她身上从来不曾看见过,也从来不再见到的。她有一种方法贴补她的缝纫的收入,就是替那些和她自己一般下等的人在纸牌、茶叶、咖啡渣之类里面望运气,告诉许多人说要有恋爱和财气了,其实这两样东西都是他们永远不会见到的。原来那个城市的色彩、声音的光耀,就只叫她见识见识,也就足够补偿她一切的不幸了。

而我自己也不曾感觉到过那种炫耀吗?现在不也还是感觉到吗?百老汇路,当四十二条街口,在这些始终如一的夜晚,城市被从西部来的如云的游览闲人所拥挤。所有的店门都开着,差不多所有酒店的窗户都张得大大的,让那种没事干的过路人可以看望。这里就是这个大城市,而它是醉态的、梦态的。一个五月或是六月的月亮将要像擦亮的银盘一般高高挂在高墙间,一百乃至一千面电灯招牌将在那里眨眼。穿着夏衣戴着漂亮帽子的市民和游人的潮水,载着无穷货品震荡着去尽无足重轻的使命的街车,像嵌宝石的苍蝇般飞来飞去的出租汽车和私人汽车。就是那轧土林也贡献了一种特异的香气。生活在发泡,在闪耀,漂亮的言谈,散漫的材料。百老汇路就是这样的。

还有那五马路,那条歌唱的水晶的街,在一个有市面的下午,无论春夏秋冬,总是一般热闹。当正二三月间,春来欢迎你的时候,那条街的窗口都拥塞着精美无遮的薄绸以及各色各样缥缈玲珑的饰品,还再有什么一样分明地报告你春的到来吗?十一月一开头,它便歌唱起棕榈树、新开港以及热带和暖海的大大小小的快乐。及到十二月,那么同是这条马路上,又将皮货、地毯、跳舞和宴会的时装,陈列得多么傲慢,对你大喊着风雪快要来了,其实你那时从山上或海边回来还不到十天。你看见这么一幅图画,看见那些划开了的上层的住宅，总以为全世界都是非常的繁荣、独出而快乐的了。然而，你倘使知道那个俗艳的社会的矮丛，那个介于成功的高树之间的徒然生长的乱莽和丛簇，你就觉得这些无边的巨厦里面并没有一桩社会的事件是完美而沉默的了！

我常常想到那庞大数量的下层人，那些除去自己的青春和志向之外再没有东西拥有的男孩子和女孩子，日日时时将他们的面孔朝着纽约，侦察着那个城市能够给他们怎样的财富或名誉，不然就是未来的位置和舒适，再不然就是他们将可收获的无论什么。啊，他们的青春的眼睛是沉醉在它的希望里了！于是，我又想到全世界一切有能力的和半有能力的男男女女们，在纽约以外的什么地方勤劳着这样那样的工作——一爿店铺，一个矿场，一家银行。一种职业唯一的志向就是要去达到一种地位，可以靠他们的财富进入而留居纽约，支配着大众，而在他们认为是奢侈的环境里面奢侈着。

你就想想这里面的幻觉吧，真是深刻而动人的催眠术！强者和弱者，聪明人和愚蠢人，心的贪馋者和眼的贪馋者，都怎样的向那庞大的东西寻求忘忧草，寻求迷魂汤。我每次看见人似乎愿意拿出任何的代价——拿出那样的代价——去求一啜这口毒酒，总觉得十分惊奇。他们是展示着怎样一种刺人的颤抖的热心。怎样的，美愿意出卖它的花，德行出卖它的最后的残片，力量出卖它所能支配的范围里面几乎是高利贷的部分，名誉和权力出卖它们的尊严和存在，老年出卖它的疲乏的时间，以求获得这一切之中的一个小小部分，以求赏一赏它的颤动的存在和它造成的图画。你不能听见他们唱它的赞美歌吗？

鹰之歌

[苏联]高尔基

懒洋洋地在岸边叹气的大海在浴着淡青色月光的远方静静地睡着了。在那儿柔和的、银白色的海跟南方的蓝色天空融在一块儿，沉沉地睡去了，海面反映出羽毛形云片的透明的织锦，那些云片也是不动的，而且隐隐约约地露出来金色星星的光纹。天空仿佛越来越低地朝海面俯下来，它好像想听清楚那些不知道休息的波浪瞌睡昏昏地爬上岸的时候，喃喃地在讲些什么。

山上长满了给东北风吹折成奇形怪状的树木，这些山把它们峻峭的山峰高高地耸在它们头上那一片荒凉的蓝空中，在那儿它们的锋利、粗糙的轮廓给包裹在南方夜间的温暖、柔和的黑暗里，变成浑圆的了。

高山在严肃地沉思。它们把黑影投在带着绿色的重重浪头上，紧紧地罩住了浪头，好像想制止波浪的这种唯一的动作，想静息水波的不绝的拍溅声和浪花的叹息，——这一切声音打破了四周神秘的静寂，在这四周除了这一片静寂以外，还弥漫着这个时候还隐在山峰后面的明月的淡青色的银光。

"阿—阿拉—阿赫—阿—阿克巴尔……"纳迪尔·拉吉姆·奥格雷轻轻地叹口气说，他是克里米亚的老牧羊人，高个子白头发，皮肤给南方的太阳烤黑了，是一个聪明的干瘦老头子。

他和我两个人躺在一块跟亲族的山隔断了的大岩石旁边的沙滩上,这块大岩石身上长满了青苔,现在给罩在阴影里,这是一块忧愁的、阴郁的岩石。波浪把泥沙和海藻不断地投在岩石朝海的那一面,岩石上挂满了这些东西,就好像给拴在这个把海跟山隔开了的狭长沙滩上一样。我们营火的火光照亮了岩石朝山的这一面,火光在颤抖,影子在布满深的裂痕的古老岩石上面跑。

拉吉姆跟我正在用我们刚才捉到的鱼做汤,我们两个人都有这样的一种心境:好像什么东西都是透明的、有灵魂的、可以让人了解透彻的,而且我们的心非常纯洁,非常轻松,除了思索以外,就再没有任何的欲望了。

海亲热地拍着岸,波浪的声音是那样亲切,好像在要求我们准许它们在营火旁边取暖似的。偶尔在水声的大和音中间响起来一种更高、更顽皮的调子——这就是快爬到我们跟前来的一个胆子更大的波浪。

拉吉姆胸膛朝下地伏在沙滩上,头朝着海,两只胳膊肘支着身子,头搁在手掌心上,沉思地望着阴暗的远方。那顶毛茸茸的羊皮帽子已经滑到他的后脑袋上了,一阵凉风从海上吹来,吹到他那布满细皱纹的高高的前额上。他开始谈起哲理来,并不管我是不是在听他,好像他在跟海讲话一样:

"忠诚地信奉上帝的人要进天国。可是不信奉上帝,不信奉先知的人怎样呢?也许他——就在这个浪花里面……说不定水上这些银色点子就是他……谁知道呢?"

阴暗的、摇荡得厉害的海亮起来了,海面上这儿那儿出现了随便射下来的月光。月亮从毛茸茸的山峰后面出来了,现在慢悠悠地把它的光辉倾注在海上(海正轻轻叹着气起来迎接它),倾注在我们旁边的岩石上。

"拉吉姆……讲个故事吧……"我向老头子央求道。

"为什么要讲?"拉吉姆问道,他并不掉过头来看我。

"是啊!我喜欢你的故事。"

"我已经把所有的故事全讲给你听了……我再也没有了……"他愿意我央求他讲,我就求他。

"你愿意听的话,我就给你讲个歌子吧!"拉吉姆同意了。

我愿意听他的古老的歌子,他极力保持歌子的独特的旋律,就用一种沉郁的吟诵调讲起来。

黄颔蛇爬在高高的山上,它躺在潮湿的峡谷里,盘起身子望着下面的海。

太阳在高高的天上照着,山把热气吹上天,山下海浪在拍打岩石……

山泉穿过黑暗和喷雾,沿着峡谷朝着海飞奔,一路上冲打石子,发出雷鸣般的声音……

山泉满身白色浪花,它又白又有劲,切开了山,带着怒吼落进海里去。

突然在蛇盘着的峡谷里,从天上落下来一只苍鹰,它胸口受伤,羽毛带血……

鹰短短地叫一声,就落到地上来,带着无可奈何的愤怒,拿胸膛去撞坚硬的岩石……

蛇大吃一惊,连忙逃开了,可是它马上就知道这只鸟只能够活两三分钟……

蛇爬到受伤的鸟跟前,对着鸟的耳朵发出咝咝的声音:

"怎么,要死吗?"

"对,我要死了。"鹰长叹一声,回答道,"我痛快地活过了……我懂得幸福……我也勇敢地战斗过……我看见过天空……你绝不会离得这么近地看到天空……唉,你这个可怜虫!"

"哼,天空是什么东西?一个空空的地方……我怎么能爬到那儿去呢?我这儿就很好……又暖和,又潮湿!"

蛇这样回答爱自由的鸟,可是它却在心里暗笑鹰的这些梦话。

它这样想着:"不论飞也好,爬也好,结局只有一个:大家都要躺在地里,大家都要变做尘土……"

可是这只英勇的鹰突然抖了抖翅膀,稍微抬起身子,看了看峡谷。

水从灰色岩石缝中渗出来,阴暗的峡谷里非常气闷,而且散布着腐朽的气味。

鹰聚起全身的力气,悲哀地、痛苦地叫:

"啊,只要我再升到天空去一次……我要拿仇敌……来堵我胸膛的伤口……拿它来止我的血……啊,战斗的幸福……"

蛇在想:"它既然这样痛苦地呻吟,那么在天空生活一定非常愉快……"

它就给这只爱自由的鸟出主意:"你就爬到峡谷边儿上,跳下去。你的翅膀也许会托起你来,那么你还可以痛快地活一会儿。"

鹰浑身发颤,骄傲地大叫一声,用爪子抓住岩山上的粘泥,走到了悬崖的边缘。

鹰到了那儿,就展开翅膀,深深吸了一口气,两只眼睛发光——滚下去了。

它像石头一样在岩石上滚着滑下去,很快地就落到下面,翅膀折断,羽毛散落……

山泉的激浪捉住它,洗去它身上的血迹,用浪花包着它,带它到海里去。

海浪发出悲痛的吼声撞击岩石……在无边的海面上不见了鸟的尸首……

黄颔蛇躺在峡谷里,好久都在想鸟的死亡和鸟对天空的热情。

它一直望着远方,那个永远用幸福的梦想来安慰眼睛的远方。

"这只死鹰,它在无底无边的虚空里看见了什么呢?为什么像它这一类的鸟临死还要拿它们那种对于在天空飞翔的热爱来折磨灵魂呢?它们在那儿明白了什么呢?其实我只要飞上天空去,哪怕一会儿也好,我就会全知道的。"

它说了就做了。它把身子卷成一个圈,往空中一跳,它像一根细带子在日光里闪亮了一下。

生来爬行的东西不会飞……它忘记了这一层,跌在岩石上面了。可是它并没有死,反倒大声笑起来了……

"原来这就是在天空飞翔的妙处!这也就是跌下去的妙处啊……这些可笑的呆鸟!它们不懂得土地,在土地上感到不舒服,只想高高地飞上天空,生活在炎热的虚空里。那儿只有空虚。那儿光多得很,可是没有吃的东西,也没有托住活的身体的东西。为什么要骄傲呢?为什么要责备呢?为什么拿骄傲来掩饰它们自己那种疯狂的欲望,拿责备掩饰它们自己对生活的毫无办法呢?可笑的呆鸟……它们讲的话现在再也骗不到我了!我自己全明白了!我——看见过天空了……我飞到天上去过,我探测过天空,也知道跌下去是怎么一回事了,不过我并没有跌死,我只有更加相信我自己。让那些不能爱土地的东西就靠幻想活下去吧。我认识真理。我绝不相信它们的号召。我是从土地生出来的,我就依靠土地生活。"

蛇洋洋得意地盘在石头上面。

海面上满是灿烂的阳光在闪烁,波浪凶猛地打击着海岸。

在它们那种狮吼一样的啸声中响起了雷鸣似的赞美骄傲的鸟的歌声,海浪打得岩石发抖,庄严、可怕的歌声使得天空颤栗:

"我们歌颂这种勇士的疯狂!"

勇士的疯狂就是人生的智慧!啊,勇敢的鹰啊!你在跟仇敌战斗中流了血……可是将来有一天——你那一点一滴的热血会像火花一样,在人生的黑暗中燃烧起来,在许多勇敢的心里燃起对自由、对光明的狂热的渴望!

你固然死了……可是在勇敢、坚强的人的歌声中你永远是一个活的榜样,一个追求自由、追求光明的骄傲的号召!

"我们歌颂勇士的疯狂……"

……远处乳白色的海面静下来了,海浪哼着唱歌的调子在拍打沙滩,我望着远处的海面不作声。水上,月光的银色点子越来越多了……我们的水壶轻轻地沸腾起来。

一个浪顽皮地跳上了岸,带着无礼的闹声朝拉吉姆的头爬过来。

"你到哪儿去……退回去!"拉吉姆朝着浪挥一下手,浪恭顺地退回海里去了。

我并不觉得拉吉姆把波浪当作人一样看待的举动可笑或者可怕。我们四周的一切都显得十分有生气、温柔、亲切。海非常平静,是一种带着威严的意味的平静,使人觉得海吹到山上(在那儿白天的炎热还没有褪尽)去的新鲜气息中有许多强大的、含蓄的力量。深蓝色天空中,星星的金色花纹透露出来让人甜蜜地期待着某一种启示的、使灵魂迷醉的、庄严的消息。

一切都在打瞌睡,不过这是一种紧张的、容易醒的瞌睡,好像在下一秒钟一切都会惊醒起来,共同发出一种异常好听的音调的极和谐的和音。这些音调会讲些关于世界的秘密的故事,会使人的智慧了解这些秘密,然后就像扑灭鬼火似的弄灭人的智慧,把灵魂高高地带到深蓝色的深渊里去,在那儿星星的闪烁的花纹会奏起启示的仙乐来迎接灵魂……

小树林中的泉水

[苏联]巴乌斯托夫斯基

许多俄国字本身就现出诗意,犹如宝石放射出神秘的闪光。

当然我明白宝石的光泽并没有什么神秘的地方,任何一个物理学家都能很容易地用光学法则来解释这种现象。

但是宝石的光彩仍旧引起人的一种神秘的感觉。发出光彩的宝石里面,自身并没有光源——要摆脱这样的想法是有困难的。

许多宝石都是这样,甚至像海蓝宝石那样平凡的宝石也是一样。它的颜色简直说不上来。我一时还找不出相当的字眼来说明这种颜色。

海蓝宝石照它的名字看来,是表现海浪颜色的石头。但事实并不完全是这样。在它透明的深处有柔和的浅绿和碧蓝的色调。但宝石的总的特征在于它从内部灿烂地发出纯粹银色的(银色的,而不是白色的)闪光。

据说,如果仔细观察海蓝宝石,你就会看见一片静静的星星色的海水。

显然,就是海蓝宝石和其他一些宝石的这些色泽的特点,引起我们的神秘感。它们的美,我们总觉得是不可解的。

解释许多俄国字的"诗的流露"是比较容易的。显然,只有当文字表达在我们看来是充满诗的内容的概念时,才是有诗意的。

但文字本身(不是它所表达的概念),譬如即使像"露水闪"这么一个普通的词儿,对我们的想象力的影响那是难以解释的。这个词儿的声音本身就好像表现着夜间远方雷电缓慢的闪光。

当然这种感觉是极其主观的,我不能执著于这种感觉而把它作为普遍的原则。我是这样意会这个词的,但完全不想强使别人也如此感受。

只有大多数这些富有诗意的词和我们的大自然有着关联这一点是无可争辩的。

俄罗斯语言只对那无限热爱自己的人民、了解他们到"入骨"的程度、而且感觉得到我们的土地的玄秘的美的人,才会全部展示出它的真正的奇幻性和丰富性来。

自然中存在的一切——水、空气、天空、白云、太阳、雨、森林、沼泽、河流和湖泊、草原和田野、花朵和青草——在俄罗斯语言中,都有无数的美丽的字眼和名称。

为了证明这一点,为了研究丰富准确的词汇,我们除了研究像凯果罗多夫、普利希文、高尔基、阿列克赛、托尔斯泰、阿克萨科夫、列斯科夫、蒲宁和其他许多作家这样的了解自然和人民语言的专家的作品之外,还应该去研究主要的取之不尽的语言源泉——人民自己的语言,即集体农庄庄员、船夫、牧人、养蜂人、猎人、渔夫、老工人、守林人、海标看守人、手工业者、农村画家、手艺匠和所有那些字字金石的久经风霜的人的语言。

在我遇到一个守林人之后,我对这些思想格外明确了。

记得好像在什么地方已经讲过这件事情。如果是这样,便请原谅,只好重弹一番老调。因为这个故事对俄罗斯语言这个话题非常重要。

我和这位守林人走在一座小树林里。这个地方自古以来是一大片泥沼,后来泥沼干涸,便为草莽芜蔓了,现在只有深厚的多年的苔藓,苔藓上的一些小水塘还会勾起人们对往日的池沼的记忆来。

我不像一般人那样轻视小树林。林中动人的地方很多。各种柔嫩的小树——云杉和松树,白杨和白桦——都密密地和谐地长在一起。那里总是明亮、干净,好像收拾好准备过节的农舍的上房一样。

我每次到这个小树林里来,都觉得画家涅斯切洛夫正是在这种地方找到了他的风景画的轮廓。在这里,每一支修茎,每一条细枝都挺秀如画,所以特别出色、动人。

在苔藓上,有些地方,像我已经说过的,会碰到一些圆圆的小水塘。里边的水看上去像是静止的。但假如仔细看下去,便可以发现水塘的深处时时刻刻涌出静静的水流来,有枯叶和黄松针在里面打旋。

我们在一个这样的水塘旁边站下,喝了许多水。这水有一股松脂的味道。

"泉水!"守林人看到一个拼命挣扎的甲虫,从水塘中浮起来,又立刻沉了下去,说道,"伏尔加河想必也是由这样的水塘发源的吧?"

"是的,大概是的。"我同意说。

"我最喜欢分析字眼,"守林人忽然说,难为情地微笑了一下,"真奇怪!有的时候一个字儿缠住你,弄得你坐立不安。"

守林人沉默了一下,把肩上的枪扶正,然后问道:

"听说,您好像是个写书的?"

"是的。"

"那就是说,您用的词儿是经过考虑的?而我不管怎样努力琢磨,总难给一个字找到解释。人在林子里走着,脑子翻来覆去地想着词儿,这么想,那么想:这些词儿是打哪儿来的?什么也想不出来。我没有知识,没受过教育。不过有的时候,给一个词儿找到了一种解释,那真高兴。可高兴什么呢?我也不是教小孩子的。我是看林子的,普通的看守。"

"现在是个什么词儿缠着您呢?"我问。

"就是'泉水'这个词儿。我早就注意到这个词儿了。我四面八方绕着圈子琢磨这个词儿。大概因为水是从这儿淌出来的。泉水产生河,而河水流过我们的母亲大地,流遍祖国各地,养育着人民。您看这多有道理——весна(泉水),родина(祖国),люди(人民)。而这些词儿好像亲族似的。好像亲戚一样!"他重复一下,笑了起来。

这些普通的词儿给我掘出了我国语言最深的根蒂。

世世代代人民的全部经验,所有他们性格的诗的方面,都蕴含在这些词里。

瞬　间

［苏联］邦达列夫

　　她紧紧依偎着他，说道："天啊，青春消逝得有多快……我们可曾相爱还是从未有过爱情，这一切怎么能忘记呢？从咱俩初次相见至今有多少年了——是过了一小时，还是过了一辈子？"

　　灯熄了，窗外一片漆黑，大街上那低沉的嘈杂声正在渐渐地平静下来。闹钟在柔和的夜色中滴答滴答地响个不停，钟已上弦，闹钟拨到了早晨六点半（这些他都知道），一切依然如故。眼前的黑暗必将被明日的晨曦所代替，跟平日一样，起床、洗脸、做操、吃早饭、上班工作……

　　突然，他有一种奇怪的感觉，似乎这脱离人的意识而日夜运转的时间车轮停止了转动，他仿佛飘飘忽忽地离开了家门，滑进了一个无底的深渊。那儿既无白昼，也无夜晚，既无黑暗，也无光亮，一切都毋须记忆。他觉得自己已变成了一个失去躯体的影子，一个看不见、摸不着的隐身人，没有身长和外形，没有过去和现在，没有经历、欲望、夙愿、恐惧，也不知道自己已经活了多少年。

　　刹那间他的一生被浓缩了，结束了。

　　他不能追忆流逝的岁月、发生的往事、实现的愿望，不能回溯青春、爱情、生儿育女以及体魄健壮带来的欢乐（过去的日子突然烟消云散，无影无踪），他不能憧憬未来——一粒在浩瀚的宇宙中孤零零的、注定要消失在黑魆魆的空间的沙土是否也有同样的感受呢?

然而,这毕竟不是一粒沙土的瞬间,而是一个上了年纪的人在他心衰力竭时刹那间的感觉。由于他领会到并且体验了老年和孤寂向他启开大门时的痛苦,一股难以忍受的怜悯之情油然而生,他怜悯自己,怜悯这个他深深爱恋的女人。他们朝夕相处,分享人生的悲欢,没有她,他不可能设想自己将如何生活。他想到,妻子一向沉着稳重,居然也叹息光阴似箭,看来失去的一切不仅仅是与他一人有关。

他用冰冷的嘴唇亲吻了她,轻轻地说了一句:"晚安,亲爱的。"

他闭眼躺着,轻声地呼吸着,他感到可怕。那通向暮年深渊的大门敞开的一瞬间,他想起了死亡来临的时刻——而他的失去对青春记忆的灵魂也就将无家可归,漂泊他乡。

燕子的目光

[苏联]库兰诺夫

燕子从来不斜视，也从来不眯缝着眼睛、蹙额地看人。他那双黑色的小眼睛总是直瞪着。所以，人们猜摸不透他在想些什么。

七月里，一个闷热的夜晚，室内已经无法入睡，我便搬到顶楼上来了。我踩着摇摇晃晃的云杉木梯爬上了顶楼的圆木地板，把一捆捆隔年的厚实的亚麻在角落里摊开，在昏暗中愉快地躺在地铺上了。遥远的天际一阵雷声，炎热的夏季夜晚充塞着剧烈的连绵的轰响。从远处传来的减弱无力的雷声，遇到殷勤的干燥的屋顶，又活跃起来，在顶楼上久久地回响着。仿佛每一根苦于炙热的圆木都小心翼翼地承接着远方传来的雷声，悉心地倾听着它，然后，珍爱地把它传给另一根同样富于感应的圆木。

我感到有一阵目光直射着我，便醒来了。我才睁开眼睛，两只燕子便从屋顶扑下来，在我的身边旋飞着，一面焦烦地噪叫着。我不懂得燕子说的是些什么话，但是，当我仰头看到筑在屋脊上的燕窠时，他们的意思我明白了："为什么你要到这里来？"燕子呵斥着，"这样一座大房屋你还嫌它小吗？你是人哪，你想要在什么地方盖一座好的大房屋算不了什么一回事！我们现在到别处去筑新窠可就迟了。"当燕子在从缝隙中透射进来的阳光中，在我的头上求告地

最受读者喜爱的120篇美文

飞旋时,我这个自私的人(这种自私心很久以来就植根在人对一切动物的关系之中了)还是决定把桌子和所有的书籍都搬到顶楼上来了。

上半日,燕子一直没有停落在窠中。他们一忽儿飞到这个窗口,一忽儿飞到那个窗口,向里面张望着,看到我时,便立即飞去了。傍晚,他们由另一只燕子陪伴着飞回来了。从神态上可以看出,这只燕子比较年长,也比较精明,她是被请来最后出主意的。

她迅速地径直飞上了远处的窗口,于是,远远地端量着我,啪啪地扑着翅膀。另外那两只燕子也飞进来了,但是他们却那样忙乱和纵声喧叫,仿佛是犹豫很久才投身到冷水中的姑娘。他们对我噪叫着,并且彼此交换着眼神,仿佛马上要对我施加致命的威胁。年长的那只燕子看到桌旁的人在安静地从事自己的工作,又飞绕了几分钟,便停落在我的桌子对面的窗上了。她盯视着我,在思索着,然后,悄悄地向那两只燕子叽叽几声,就飞走了。这句简短的鸟语,显然是宽心话,因为,从那时起,两只燕子的态度遽然改变。他们友爱地忙碌起来了。

我从来也没有遇到这样专心致志、毫无怨尤地劳动的动物。从黎明到黄昏,两只燕子用小小的喙儿衔来泥土、草叶、羽毛。他们在干涸的窠沿放上一小块泥土,加上一段细小的干枝,再放上一小块泥土。燕窠的外架筑成了,远望有如建筑在岩壁上的中世纪的城堡,这时,两只燕子便开始布置窠内了。

我观察着这两个小动物,努力地探求着,是什么东西使得他们的劳动热情那么高。"如果他们的脑中有着一点点的理智,"我判断着,"那么他们就会满怀信心地生活着,相信自己劳动的果实不会被用来作为反对自己的武器。"

同时,两只燕子的态度也发生了截然不同的变化。看到我日间伏案写作,夜间安静地睡眠,雄燕便不再理会我了。他有时衔着一小段麦秸,有时衔着一小片羽毛飞进顶楼来,擦过我的身边就径直飞落在桌顶上的窠中了。一到傍晚,他就进窠睡觉。雌燕则依然具有着女性所特有的性格。她像所有的年轻女人一样高度地戒备而又多疑。她无时无刻不在责骂着我,每次飞进顶楼来都是敞着喉咙噪叫。但是,我,雄燕,乃至她自己都清楚地了解,这种叫骂已经不表示着对我的态度,而且也不具有任何意义了。只不过由于守礼而认为自已必须端庄罢了。为了使她能够飞进窠中过夜,我必须下楼去,在天色昏暗时再回到顶楼来。

在昏暗中我们安静地休息着。风一阵阵地吹得顶板轧轧作响,有的回响着雨声,但,更多的时候,却是入定般的寂静。在寂静中,两只燕子有时在梦中交谈,有时曼声地迷醉地歌唱。在这些时刻里,他们大概梦见了远方蔚蓝色的大海,海水正奔涌向沙滩,海边有着高高的灯塔,热带的庞大的金字塔。有时,他们还急切地、热情而又温存地低语着。于是,我猜到了,这是他们梦见了未来的雏燕。雌燕偶尔责骂起来,我也就明白了,这是她梦见了我。我倾听着,完全沉迷于他们的夜间细语,我自个儿也睡着了。

一天早晨,在这对配偶之间发生了一次严重的谈话。雌燕进得顶楼来就围着我飞旋,迟疑地不向窠中飞去。随后,雄燕也飞来了,不满意地望着她在我身边挑起的纷扰。"不要乱飞了!"他突然气恼地大声说道。胆壮了的雌燕没有搭理他。"不要乱飞了,烦透了!"雄燕又重复了一句。"啊,原来如此呀!"她叫起来,丢掉麦秸秆儿向小窗飞去。他绷着脸停在窠边,挡住整个的入口。但她没有勇气在我的桌顶上飞,于是,一面噪叫着,一面无目的地在顶楼里转来转去。"好个没良心的!"她吵叫着,"放我立刻离开这个陷阱! 即使你不珍爱自己的生命,也得怜惜怜惜我呀! 我不愿意被这个大人捉住,变成可怜的玩物。绝不! 为什么我要受到那样的惩罚!"他沉默着,毫不动容地望着她。她吵叫了一会儿,拍了拍翅膀,就飞落在横梁上了。只安静了一会儿,她就扇着翅膀向窠中飞去,但又折回来,停在我的头顶上。他闷声不响地望着她,目光责备而又严厉。"我太不懂事了,随你怎样处置我吧。"她驯顺而又难过地说道,抖了抖翅膀,飞进窠中。他也抖了抖翅膀,飞进窠中,温和地说:"乖。"这时,她又从窠中飞出,擦过我的肩头,停在迎面的小窗上,望着我。我抬起头来,我们的目光相遇了。她用那双黑色的小眼睛望了我很久。从此,在我们之间就响起了热情而明快的音乐了。

这种音乐是夏季空气的缓流、鸟儿的幸福的啾啾声、随风摆动的白桦、故乡草场的迷人香气所催生的。栖落在屋顶上的乌鸦足步声,麻雀啄食屋顶上的白桦子实的嘈杂声,山雀在马匹周围小心的急促的跳跃声,都在音乐中交响着,并且变成为它的旋律。随着音乐的响起,话语、记忆和愿望变得更为重要,更加有力,更具有独立意义了。日夜乐声都在飞扬,仿佛是擦着睫毛闪过的燕子微颤的翅翼。

但是,一天早晨,这乐声突然令人心悸地停止了。我在沉睡中我感到了这一点,就醒来了。雌燕又激动地围着我飞转。在她的呢喃声中充满着惊惧。我看了看小凳,那上面有一个从窠中掉下的碎裂了的空蛋壳。同样的两瓣空蛋壳我是在地铺边的圆木上发现的。雄燕衔着一只黑色的大苍蝇冲进了顶楼。他仿佛是一架飞机,径直地飞着,而苍蝇嗡嗡着恰似一架真正的马达。从这天早上起,这种沉重的嗡嗡声就充塞在整个顶楼,而旧日的音乐也随着轻慢地回响起来了。

不过,音乐的节奏却愈加快速了,因为两只燕子整天也不休歇。新孵出的雏燕食量很大,远远地就等着吞吃食物,小小的雏燕身上还刚蒙上一层稀疏的淡蓝色的绒毛,却都长着一张张大嘴巴。食物总是给那最先啄到的雏燕抢去。是的,只有非常年轻的母亲才这样喂育孩子。雄燕则顺序地由右至左地把食物放在每个雏燕的口中。不久,邻家顶楼中的燕窠被猫儿所毁,于是,我们这里受抚养的雏燕增加到三个了。那只年长的燕子也来帮助他们,她也是自右至左地喂着雏燕,雄燕和雌燕都停在窠沿上睡觉,而那只年长的燕子则在柴棚内的横梁上安身。在梦中她也时常用热情而又温存的语音谈话,就像雄燕和雌燕还没有生出雏燕前在梦中交谈一样。

过了不久,有那么一个早晨,我醒来了,因为有一只短秃的翅膀热情而又胆怯地拍打着我的面颊。一只快要长好羽毛的雏燕落在我嘴边的枕上,用那好奇而天真的目光望着我。另一只雏燕站在烟斗的把上,也在望着我。两只雏燕和长大的燕子不同之处,只是尾巴上还缺少两根黑色的挺直的翎毛。第三只雏燕停在窠中,畏葸地望着由窠中到圆木楼板的这段深渊般的距离。显然,他还没有完全学会灵巧地啄食母亲送来的食物,气力不足使他产生犹疑。

中午,当我在桌旁坐下,他才从窠中跳出,而另两只雏燕则努力地查看着这间尘封的贮藏室。跳到桌面上,他就扑倒在那本厚厚的浓绿色封皮的《世界史》上了。我继续写作着,但是,从笔端流下无数蓝色字体的这种毫无意义的现象使他非常惊异。他那黑色的小眼睛猎人般灵活地眨动着。看来,只是由于一切燕子所具有的彬彬有礼的天赋,他才没有扑向这蓝色的行列。在柔和的薄光中,封面的折光使雏燕的白色胸脯染上了一层绿色,黑色的羽毛也闪着奇妙的光芒,他简直变成一种奇异的不相识的鸟儿了。

雏燕们整日里都在家中嬉戏,压根儿没想到飞向窗子,看看街面。黄昏临近时,一只陌生的迷路的雏燕飞来了。他疲乏地扑进窠中。三只羽毛丰满的雏燕立即从贮藏室扑扑棱棱地飞来,好奇地望着来客。夜晚,雏燕们挤在一起入睡了。雄燕和雌燕却安歇在柴棚中的细木横梁上。清晨,那只年长的燕子来了,和迷路的流浪者说了句话儿,就一起飞去了,从此再也没有回来。

燕子哥儿们飞向街头的道路已经打开。他们一个接着一个地飞向窗口,由于风吹也是由于本领欠熟,他们扎煞着翅膀停在窗上,回头张望着。

啊,太阳!是何等海洋般辽阔和充满阳光的世界在欢迎着他们啊!在大地和高空的彩云之间飘响着多少只鸟儿的鸣声啊!有多少没有见过的长满红色球果的大树在欢乐地摆动啊!有多少英武的大鸟在阳光下飞翔啊!每只雏燕都在想着,他们一定也会成为那样强而有力的大鸟。但是,脚下的世界又是多么深啊!记得有一次爸爸和妈妈从窗上仰身而下,最初几乎完全没有展开翅膀,想到这里,心都收缩了。

燕子妈妈和燕子爸爸正停在横过道路的电线上,望着自己的孩子。

中午,我看到,这对父母怎样威武而又愤怒地在田间驱赶着鹞鹰。那只庞大的蠢笨的鹞鹰在麦茬地上空畏葸地退却着。他们则追逐着他,在他的身上盘旋着,扑到他的头上,用那小小的喙儿凶猛地啄着他。

从这天起,顶楼就空落了。一天夜里,雏燕们在窗口并肩地停了一会儿,望着夜空中黄色的牧夫星座。此后,就谁也不知道他们在哪里过夜了。人们只是看到他们在家屋上,柴棚上,在枝叶繁茂的金色的菩提树上,在那充满了愉快劳动声音的田野上,幸福地飞翔着。他们彼此迎面地飞来又飞去,衔尾飞成个大圆圈,仿佛是一颗颗小小的黑色的行星。家屋、柴棚和菩提树都被穿织进由疾飞组成的迷蒙网眼中,仿佛它们也和燕子一起在蓝色的秋空中飞翔。

不久,又空落了,不仅在顶楼,就连周围也寂然无声了。听到的只有凋谢的树叶悄然落地的声音。禽鸟都飞走了,只有那些不愿长途跋涉到热带远方去的鸟儿才留了下来。在这样天高气爽的日子里,我是在田间电线杆下的新鲜干草垛上过夜的。一天深夜,在轻松的田野之梦中,我感到一双目光在望着我。我睁开了眼睛,迎面的电线上停落着一只燕子,她那小小的眼睛定定地望着我。这是那只熟识的年长的燕子。她的目光仿佛是我所喜爱的歌曲的最后回声一般在我的心中回响着。

论"爱祖国"

[德国] 海涅

　　"老兄！我奉劝您别叫我在您的商标上画个黄金的安琪儿，而让我画上一头火红的雄狮。我已经画惯了红狮。您会发现：即使我为您画的是黄金的安琪儿，可是看起来它还是像一头火红的雄狮。"

　　一位可敬的艺术同道所说的这番话应当加在本书的卷头，因为这些话非常坦白地把一切可能找到的责难预先堵住了。同时，我还要提起一件事，以便于把一切都说清楚。本书中除了极小部分之外，都是在一八三一年夏、秋两季写成的。写这本书的时候，我正忙于未来红狮的画稿。当时在我周围有各式各样的叫嚣和喧闹。

　　我今天难道不是很谦逊了吗？

　　你们可以相信：世人的谦逊总有他们善良的缘由的。亲爱的上帝常常使他的臣仆易于表现谦逊以及诸如此类的美德。例如宽恕自己的仇敌是容易的，假如一时没有什么妙计可以伤害他们的话。又如不引诱妇女是容易的，假如上帝赐给他的是一副过于丑陋的相貌。

　　各式各样的伪善者将又会对本书里的一些诗篇发出深长的叹息——但是长叹是无济于事的。其次，"后人"已经体会到，我全部的言论，我全部的诗歌是从一种伟大壮丽、欢乐无比的新春思想中开放出来的。这种新春思想即使不比那忧郁腐朽的圣灰日思想高明，但至少和它同样地值得尊敬。圣灰日思想使得我们美丽的欧罗巴闷郁凋零，使得美丽的欧罗巴成为鬼怪和伪君子聚居之地。我曾一度用轻微的讥嘲反对过他，现在却成了一种公开的、正式的战斗，——我甚至已经不在最前列了。

赞美上帝，七月革命解放了沉默已久的舌头。是啊，正因为那些突然醒悟过来的人想一口气把缄默至今的一切全说出来，所以形成了许多喧嚣。这些喧嚣有时非常不友好地震荡着我的耳膜。我曾好几次有意放弃这发言人的职责，但在实行时却比放弃一个国家枢密顾问的位置还要困难，尽管枢密顾问的进益比最好的、公开的保民官要好得多。一般人都认为我们的所行所为纯粹是一种选择，只是从新思想的仓库里挑选出一种新思想来为它说话、为它工作、为它战斗、为它受苦，就像普通的一个语文学者选择自己的宗师、终生为宗师做注解似的。——不，不是我们掌握思想，而是思想掌握我们。是思想驱使我们、鞭策我们走上角斗的战场，使我们像受强制的角斗士来为它战斗。每一个真正的保民官或使徒都是这样的。

阿摩思曾经对阿马齐亚王说："我并不是个预言家，也不是预言家的子孙，我只是个采集桑果的牧羊人。但是天父把我从羊群前面叫去，对我说道：走吧，去预言！"这些话是伤心的自白。有一位可怜的僧人，由于自己的主张而遭到控诉。他站在沃姆斯王国和皇上的面前，尽管满怀忠诚，但还是宣布不可能撤回自己的主张，而用下列的言词结束了自己的话："我站在这里，我不能改变自己的主张，上帝帮助我。阿门！"这些话也是伤心的自白。

要是你们懂得这种神圣的强制，那么你们就不会再斥责我们，不会再羞辱我们，不会再诽谤我们了。真的，我们不是主人，而是言论的奴仆。马克西密梁·罗伯斯庇曾经说过："我是自由的奴隶。"这也是伤心的自白。

我现在也要作些自白。我离开了祖国为我繁荣、为我微笑的高贵的一切——那边还是有几个人爱我的，例如我的母亲——这并不纯是我本心的愿望。但是我走了，自己也不知道为了什么。我走，是因为我不得不走。后来我感到非常疲倦。七月之前，我一直从事预言的工作，内心的火焰几乎把我烧毁了,内心汹涌出来的强烈言词,把我的心折磨得非常虚弱,像是产妇的身体……

我想——即使人家不再需要我,我也该为自己活下去,写出我脑袋瓜里贮积的诗歌、喜剧、小说以及可爱的、滑稽的思想游戏。我又想悄悄地潜回诗境,潜回我童年曾幸福地在那里生活过的诗境。

可是,我找不到能够使我更好地实现这一愿望的地方。这里是紧靠海边的一所小别墅,坐落在诺曼第的阿弗·德·格拉斯附近。远眺一望无际的北海,实在美不可言。风景变化不已,但又是非常平凡。今天是令人厌烦的风暴,明天又是讨人欢心的宁静。天际的白云,壮丽而惊险,好似那过去在这带海面上经营他们野蛮营生的诺曼人的鬼影。在我的窗下却开放着最可爱的花木:玫瑰花含情脉脉地向我投送秋波,红丁香羞答答地放出乞求爱怜的芳香,月桂树越过矮墙,向我依偎过来,几乎伸展到我的房里,像是追逐着我的荣誉。是啊,我曾一度带着相思的憔悴追在达芙奈身后,现在是达芙奈追在我身后,她就像个娼妇似的挤进我的卧房。我过去所追求的东西,现在却使我感到厌烦。我需要安静,我不希望有人讨论我,至少不希望在德国有人议论我。我要吟出宁静的诗篇,但只是为了我自己,至多不过为了诵读给某一只隐藏起来的夜莺听听。开始的时候还行,诗兴又包围了我的心灵,熟识的、高贵的形象,金色的图画重又浮现在我的脑中。我又变得像过去那样如梦如痴、沉醉入迷。我只需用一支安静的笔,把我感到的、想到的写下来就行了——我就这样开始了。

但是,人人都知道,在这样的心情下是不能一直安静地坐在房里的,有时还是会带着兴奋的心情、炽红的脸颊跑向野外,连路都不看一看。我也是这样,不知怎样一来,我突然站在阿弗的大道上。在我面前有许多高大的农车在缓缓地挪动:车上载满了各种穷得可怜的大小箱子,古老法兰克式的家具,还有妇女和小孩。男人都在一旁走。听到他们说话时,我不禁大吃一惊——他们说的是德语,是许瓦本的土话。我不用思索就知道这些是移居人。我走近去,仔细地看了看,就在这时候我感到一阵急剧的痉挛,这种感觉是我一生中从来不曾有过的。全身的血液突然升向心室,冲击着肋骨,像是血液要从胸膛

最受读者喜爱的120篇美文

里冲出来,像是血液不得不赶快冲出来。呼吸抑止在我的喉头。不错,我所遇到的就是祖国本身。在那些车上坐着的就是黄金发的德国,那诚挚的蓝眼睛,那亲切而又顾虑多端的脸庞,嘴角边还带着愁人的浅薄。这种浅薄曾经使我感到无聊和气恼,现在却使我痛心地感动了。诚然,我在年少气盛的时候,常常厌恶地评价故里的混乱与鄙俗,诚然,有时和幸福的、养尊处优而又迟钝得像蜗牛似的祖国发生大家庭所常有的小争执,但现在,流落国外,尝尽艰苦,看到祖国处于困苦的境地,所有这一类的记忆全从我的心灵中消失了。连它的缺点都突然使我感到可敬可爱。我甚至对它那浅薄偏窄的政见表示和解。我跟它握手,跟每一个移居人握手,好像我是在和祖国本身握手,表示重新言归于好。我们说着德语。那些人在国外的大街上听到了这种声音,他们同样非常高兴。忧虑的阴影从他们的脸上消失了,他们几乎在微笑。连那些妇女——其中有几个是非常美丽的——她们也从车上向我喊出她们好心的"上帝保佑你!"那些小孩红着脸、彬彬有礼地向我问好。一些最小的孩子,张着他们还没长牙齿的、可爱的小嘴向我欢呼。"你们为什么要离开德国呢?"我问那些可怜的人。"土地是好的,我们很想留在那里,"他们回答道,"但是我们待不下去了。"

不,我不是个煽动家,不是要来鼓动大家的情绪。我不想重述我在阿弗大街上,在朗朗青天之下所听到的一切:关于高贵的和最高贵的乡亲的故里所作的不法勾当——较大的苦痛不一定表现在词句本身,而表现在语气之中,用这种语气直截了当地把话说出来,或者不如说是发出悲叹。那些可怜的人也不是煽动家,他们诉说完苦处之后,常常用这样的结束语:"叫我们怎么办呢?叫我们来一次革命吗?"

我在天地间全部神灵面前赌咒说:这些人在德国所忍受的十分之一痛苦就足以在法国引起三十六次革命,使得三十六位国君失去王位和头颅。

我们本来可以熬下去,不离开的。一位八十岁的,也就是见识倍于常人的许瓦本老人作了些说明:"但是我们这样做是为了孩子们。他们还不像我们这样健壮,还不习惯于德国。可能他们会在国外得到幸福。当然,在阿非利加,他们也得忍受一些苦难。"

这些人是到阿尔及利亚去的。有人答应给他们方便,给他们一块土地来殖民。"据说土地是不错的,"他们说道,"但是听说那边有许多非常危险的毒蛇,在那边还得忍受猴子的危害。那边的猴子会偷窃田里的果实,会把小孩拖进树林去。这真是可怕。但是家乡的官吏也是有毒的,假如你不把捐税付清的话。兽害、狩猎使我们的田地荒芜得更厉害,而孩子们又会被拉去当兵——叫我们怎么办呢?叫我们来一次革命吗?"

为了人类的荣誉,我必须在这里提到同情心。根据移民人的话来看,他们的受难是受到全法国的同情的。法国人民不只是富于思想,而且还最有怜悯心。连那些最穷苦的也想办法对这些不幸的外国人表示自己的怜爱,他们帮助移居人装卸,把自己的铜锅借给移居人煮饭,帮助移居人劈柴、打水,洗衣服。我亲眼看到一个法国的女丐把自己的面包掰下一块,给一个可怜的许瓦本小孩。连我都衷心地感激她。此外还应当说明:法国人只知道这些人物质上的苦痛。他们根本无法理解:为什么这些德国人要离开自己的祖国。因为统治者的压迫一旦使法国人感到不能忍受的时候,或者使他们感到过分不便的时候,他们绝不会想到逃走,而会给他们的压迫者一张出境证书,把那些压迫者赶出境去,自己却快活地留在国内。总而言之,他们会来一场革命。

至于我自己呢?那次相遇一直使我的心里感到悲切的痛苦、伤心的忧虑和沉重的失望。这类心情不是笔墨所能形容的。我方才还像个胜利者,高傲地摇摇摆摆,现在却虚弱带病地像个丧魂失魄的人。说实在话,这并不是一种突如其来的爱国主义所起的作用。我感到那是一种更高贵、更善良的东西。长久以来,凡是带有爱国主义字样的,一切东西都使我感到厌恶。那些讨厌的蠢才,出于爱国主义而卖命地工作着。他们穿着合身的工装,当真地分成师傅、伙计和学徒的等级,行施着同业的礼节,并且就这样在国内进行"争斗"。是的,我看到这副化了妆的嘴脸时,的确有些气恼。我说"争斗",是带有最龌龊的双关意义的。因为使用刀剑的"争斗"不是他们手工匠人的习俗。人人都知道杨伯伯,那客栈老板杨伯伯在战斗中也是怯弱而愚蠢的。许多伙计也像师傅一样是些下流东西,是一些卑鄙的伪君子,他们的粗野根本不是真的。他们知道得很清楚,德国的忠厚还一直把粗野看作勇敢和诚实的标志,虽然看一看我们的监狱就足以明了：世上还有粗野的无赖和粗野的懦夫。法国的勇敢是温文有礼的，诚实也是很有教养的。法国的爱国主义也在于热爱自己的家邦，而法国也同时是个文明之邦，是个人道的进步之邦。上面提到的德国的爱国主义却相反地在仇恨法国人，仇恨文明和自由。我不是个爱国者，因为我赞扬了法国，对吗？

爱国主义、热爱自己的祖国是理所当然的事。一个人可以爱他的祖国，可以爱到八十岁，但还一直不了解它，不过这个人大概是一直留在家乡的。春天的特色只有在冬天才能认清，在火炉背后才能吟出最好的五月诗篇。爱自由是一种监狱花，只有在监狱里才会感到自由的可贵。因此，只有到了德国边境，才会产生对德意志祖国的热爱，特别是在国外看到德国的不幸时才感到。手头的一本书里正好包含有一个亡友的一些信札，有一处是她在国外描述一八一三年战争中看到自己同胞时的感触的。昨天，这一处深深地感动了我。我想把这些可爱的话写在这里：

"我又感动又伤心地哭了一上午，痛苦的眼泪流个不已！哦，我从来不曾想到我竟是这样热爱我的祖国！好比一个学物理的可能不知道血液的重要性，要是旁人抽掉了他的血，他就会跌倒下来。"

就是这样。德国，这就是我们自己。那些移居人就是血液的洪流，从祖国的伤口滚滚地向外流，消失在阿非利加的沙漠上。因此我看到那些移居人时，突然就变得虚弱无力了。就是这样。这好像是肉体上的损失，但是我在心灵中却感到一种近乎肉体的痛苦。我徒然用聪明的理由来安慰自己：阿非利加也是个好地方，那边的蟒蛇不会吐射基督的爱，那边的猴子不像德国的猴子那样讨人厌。为了解闷，我哼着一支歌曲，恰好是修巴特的老歌：

越大地过海洋投奔他乡，

离祖国往非洲热带地方，

停留在德意志国境线旁，

挖掘起故乡土捧握手上，

亲吻我故乡土感激家乡。

多谢你赐予我蔽身草房，

多谢你赐予我饮料食粮，

多谢你保护我让我成长，

多谢你，亲爱的祖国家乡！

童年时代听到的这首歌当中，只有这几句歌词还留在我的记忆之中。每逢我来到德国边境的时候，这几句歌词总又出现在我的脑海。关于歌词作者的情况我知道得很少，只知道他是个贫苦的德国诗人，他的大半生是在监狱里度过的，以及他是个爱好自由的人。他已经死了，而且他的尸骨早已化为灰土，但是他的歌还活着；因为他们不能把言论关进监狱，不能使言论化为灰土。

我向你保证：我不是个爱国者。假如我哪天哭了的话，那只是为了那个小女孩。那时天色已近黄昏。一个德国的小女孩，就是先前我在德国移居人群中注意到的那个，她独自站在海滨，像是在沉思，并且眺望着浩瀚无垠的大海。这小女孩大概有八岁吧！扎着两条可爱的小辫子，系着一条许瓦本式的短裙，是法兰绒的料子，印有美丽的条纹；脸色苍白，面带病容，长着两只诚挚的大眼睛。她用委婉不安而又好奇的语调问我："这是不是大海洋？"

直到深夜，我一直站在海边涕泣。我并不因为我流了眼泪而感到羞愧。连阿契勒斯都在海边哭过，哭得他的银足母亲不得不从波涛中出来安慰他。我也听到一种水里的声音，但不像是给我安慰，倒像是叫我觉醒、给我命令，并且说得深刻而透彻。因为大海知道一切：星星在夜晚把天上最隐秘的谜语托给它；海底有神奇地沉没的王国，以及大地上古老的、早已失传了的传说；在各个海岸上，波浪竖起成千只好奇的耳朵谛听着，流向大海的江河带给它各种消息：从偏僻的内陆打听来的消息，以及从小溪和山泉的闲谈中偷听到的消息。假如大海向一个人吐露自己的秘密，向他的心灵偷偷地说出宇宙之谜的谜底，那么，再见吧，安宁！再见吧，静静的梦境！再见吧，小说和喜剧，我已经那么美妙地开了头的，而现在又很难马上继续下去的小说和喜剧！从那时起，画安琪儿用的黄金色在我的颜色板里几乎干涸了。润湿地留下的只剩那刺眼的红色，像血一样，只能用它画红狮。是的，我的下一部作品一定会是一头红狮，敬请敬爱的读者根据上述的自白赐予谅解。

最好的书

[德国]魏斯柯普夫

　　这则轶闻我曾经听好些人叙述过,轶闻的形式则因事情发生的地点而异,然而我相信任何其他说法都不能跟这儿记录下来的相比,因为这儿记录下来的这则轶闻像一面小镜子那样,它所集中反映的那一部分现实,比镜面本身要大得多。

　　有一位纽约的交易所经纪人,由于做既冒险又有厚利可图的卖空投机而忘了及时给他的第三任太太物色礼物。这位太太是他在一年之前的今天娶来的,她是一笔颇为可观的财产的未来继承人。经纪人进退两难地问他的女秘书,他在赶回家去之前还能买些什么。

　　"一只新式白金手表怎么样?"女秘书建议道。

　　经纪人惋惜地摇摇头:"不行。过圣诞节的时候已经给过她了。"

　　"那么送一只金的打火机吧。"

　　"真糟糕!她也已经有了。"这是他的忧虑重重的回答。

　　"或者送一本书吧?"

　　"一本书?"精明能干的投机商犹豫不决地说。这时候他的目光透过窗户投射到对面的摩天大楼上,这是制造商托辣斯公司的希腊庙宇式的银行宫。

摩天大楼的墙上有一块用一人高的字母拼成的广告牌,它向人宣扬这样一个简单明了的哲理:"最好的书——你的银行存折!"

　　"一本书?真该死,她也已经有了!"

夜 莺

[西班牙]麦斯特勒思

当年青的夜莺们学会了"爱之歌",他们就四散地在杨柳枝间飞来飞去,大家都对了自己的爱人唱着——在认识之前就恋爱了的爱人。

大家都唱给自己的爱人听,除了一只夜莺,他抬起了头,凝望着天空,并不歌唱着的过了一整夜。

"他还不曾懂得那'爱之歌'哩!"——其余的夜莺们互相说着。——他们就用了轻快的声音欢乐地杂乱地唱着讽刺的歌。

他其实是知道那"爱之歌"的,然而,唉,这独行的夜莺却在上面,在群星运行着的青青的天空看见了一颗星,她眨着眼睛望着他。

她望着他,慢慢地、慢慢地向下沉着,在黎明之前不见了,这独行的夜莺望着她,目不转睛地望着——当那颗星下去了之后,他仍是出神地、悲哀地等到夜间。

黑夜来了,这夜莺就歌唱着,用了低低的声音——极低的——向着那颗星;歌声一天一天地响了起来,到盛夏的时候,他已经用响响的声音歌唱着了,很响的——他整夜地唱着,并不望一望旁边。而天上呢,那颗星眨着眼,永远地望着他,似乎是很快乐地听着他的歌唱。

等到这爱情的季节一过去,夜莺们都静下来了,离开了杨柳树,今天这一只,明天别的一只。这独行的夜莺却永远地停在最高的枝头,向着那颗星歌唱。

许多的夏季过去了,新爱情赶走了旧爱情,而那"爱之歌"却永远是新鲜的,每一只夜莺都向着自己的新爱人歌唱……但是这独行的夜莺还是向那颗星唱着。

在夜里,并不注意的,在他的周围,已经有比他更年青的声音歌唱着了。在夜里,简直想不到他的兄弟们是全都死掉了;这向天上望着的、向那颗星歌唱着的夜莺,从最高的枝头跌下来死了。

那时候,那些年青的夜莺们——每夜每夜向着他们的新爱人唱着歌的那些——不再歌唱了,他们用杨柳叶掩盖了他,说他是一切夜莺中最伟大的诗人。可是他们却永不曾知道,他正是在杨柳树间的一切夜莺中受了最多的苦难的。

烧炭人

[西班牙] 巴罗哈

喀拉斯醒过来，就走出了小屋子。顺着紧靠崖边的弯弯曲曲的小路，跑下树林中间的空地去。他要在那里作炭窑的准备。

夜色褪去了。苍白的明亮，渐渐地出现在东方的空中。太阳的最初的光线，突然从云间射了出来，像泛在微暗的海中的金丝一样。

山谷上面，仿佛盖着翻风的尸布似的，弥漫着很深的浓雾。

喀拉斯就开手来做工。首先，是拣起那散在地上的锯得正合用的粗树段，圆圆地堆起来，中间留下一个空洞。便将较细的堆在那上面，在上面又放上更细的枝条。于是一面打着口哨，吹出总是不唱完的曲子的头几句来，一面做工，毫不觉得那充满林中的寂寥和沉默。这之间，太阳已经上升，雾气也消下去了。

在正对面，一个小小的部落，就像沉在哀愁里面似的，悄然地出现在它所属的田地的中央。那前面，是早已发黄了的小麦田，小海一般地起伏着。山顶上面是有刺的金雀枝在山石之间发着芽，恰如登山的家畜。再望过去，就看见折叠的群山，恰如凝固了的海里的波涛，有几个简直好像是波头的泡沫，就这样的变了青石了。但别的许多山，却又像海底的波浪一般，圆圆的，又蓝，又暗。

喀拉斯不停地做着工,唱着曲子。这是他的生活。堆好树段,立刻盖上郎机草和泥,于是点火。这是他的生活。他不知道别样的生活。

做烧炭人已经多年了。自己虽然没有知道得确切,他已经二十岁了。

站在山顶上的铁十字架的影子,一落到他在做工的地方,喀拉斯就放下工作,走到一所小屋去。那处所,是头领的老婆给烧炭人们吃饭的地方。

这一天,喀拉斯也像往常一样,顺着小路,走下那小屋所在的洼地里去了。那是有一个门和两个小窗的粗陋的石造的小屋。

"早安。"他一进门,就说。

"啊,喀拉斯么。"里面有人答应了。

他坐在一张桌子旁,等着。一个女人到他面前放下一张盘,将刚刚离火的锅子里的东西,舀在盘里。烧炭人一声不响地就吃起来了。还将玉蜀黍面包的小片,时时抛给那在他脚边擦着鼻子的狗吃。

小屋的主妇看了他一眼,于是对他说道:

"喀拉斯,你知道大家昨天在村子里谈讲的话吗?"

"唔?"

"你的表妹,许给了你的毕扇多,住在市上的那姑娘,听说是就要出嫁了哩。"

喀拉斯漠不关心地抬起了眼睛,但就又自吃他的东西了。

"可是我还听到了比这还要坏的事情哩。"一个烧炭人插嘴说。

"什么呀?"

"听说是安敦的儿子和你,都该去当兵了哩。"

喀拉斯不答话,那扫兴的脸却很黯淡了。他离开桌子,在洋铁的提桶里,满装了一桶烧红的火炭,回到自己做工的地方。将红炭抛进窑顶的洞里去。待到看见了慢慢地出来的烟的螺旋线,便去坐在峭壁紧边的地面上。就是许给自己的女人去嫁了人,他并不觉得悲哀,也不觉得气愤。毫不觉得。这样的事情,他就是随随便便。使他焦躁,使他的心里充满了阴郁的愤怒的,是那些住在平地上的人们,偏要从山里拉了他出去的这种思想。他并不知道平地的人们,然而憎恶他们了。他自问道:"为什么硬要拖我出去呢? 他们并不保护我,为什么倒要我出去保护他们呢?"

于是就气闷、恼怒起来,将峭壁紧边的大石踢到下面去。他凝视着那石头落在空中,有时跳起,有时滚落,靠根压断了小树,终于落在绝壁的底里,不见了。

火焰一冲破那用泥和草做成的炭窑的硬壳,喀拉斯就用泥塞住了给火冲开的口子。

就是这模样,过着始终一样的单调的时间。夜近来了。太阳慢慢地落向通红的云间,晚风开始使树梢摇动。

小屋子里,响亮着赶羊回来的牧人们的带着冷嘲的叫嚣,听去也像是拉长的狂笑。树叶和风的谈天开始了。细细的流水在山石间奔波,仿佛是无人的寺里的风琴似的,紧逼了山的沉默。

白天全去了,从山谷里,升起一团影子来。乌黑的浓烟从炭窑里逃走了,还时时夹着火花的团块。

喀拉斯凝视着展开在他的前面的深渊。而且阴郁地,一声不响地,对着于他有着权力的未知的敌,伸出了拳头,为要表示那憎恶,就一块一块的向着平野,踢下峭壁紧边的很大的石块去。

我们是怎样过母亲节的

[加拿大]里柯克

在最近提出来的所有各式各样的意见中,我认为,一年过一次"母亲节"这个主意要算最高明了。难怪五月十一日在美国正在成为一个人人喜爱的日子,而且我还相信,这样的想法也一定会蔓延到英国去。

在我们这样一个大家庭里,这个想法特别受欢迎,所以我们决定为"母亲节"举行一次特别庆祝。我们觉得这是个好主意。它使我们大伙儿都体会到:母亲为我们成年累月地操劳,她吃足苦头和付出牺牲,全都是为了我们。

因此,我们决定把这一天过得痛痛快快的,成为全家的一个节日,我们要做一切我们力所能及的事情让母亲高兴。父亲决定向办公室请一天假,好在庆祝节日时帮帮忙。姐姐安娜和我从大学请假回家,妹妹玛丽和弟弟维尔也从中学请假回来了。

我们的计划是,把这一天过得像过圣诞节或别的盛大的节日一样隆重,我们决定用鲜花点缀房间,在壁炉上摆些格言,以及诸如此类的事情。我们请母亲安排格言和布置装饰品,因为在圣诞节她是经常干这些事情的。

两个姑娘考虑到,逢到这样一个大场面,我们应该穿戴得最最漂亮才合适,于是她们俩都买了新帽子。母亲把两顶帽子都装饰了一番,使它们显得挺好看。父亲给他自己和我们兄弟俩买了几条带活结的丝领带,作为这个节日的纪念品。我们也准备给母亲买顶新帽子,不过,她倒是似乎更喜欢她那顶灰色的旧无沿帽,不喜欢新的,而且两个女孩子都说,那顶旧帽子,她戴了非常合适。

早饭后,我们作了一个出乎母亲意料之外的安排:我们准备雇一辆汽车,把她载到乡下去美滋滋地兜游一番。母亲一向是难得有这样一种享受的,因为我们只雇得起一个女佣人,在家里母亲几乎就得整天忙个不停。当然,如今乡下正是春光明媚的时节,要是让她驱车游逛几十里,度过一个美好的早晨,这对她来说可真会是莫大的享受。

但是,就在当天早晨,我们把计划稍微修改了一下,因为父亲想起了一个主意,与其让母亲坐在汽车里逛来逛去,倒不如带她去钓鱼更妙。父亲说,出租汽车雇了一样得花钱,我们何不利用它又游玩又开到山上有溪流的地方去钓鱼呢? 就像父亲说的,如果你只是驱车出游而没有一个目标,那么你就会有一种漫无目的之感;可是如果你要去钓鱼,前面就有个明确的目标,能提高你的兴致。

我们大伙儿都感觉到,对母亲来说,有个明确的目标会更好些;再说,不管怎样,父亲昨天刚好又买了一根新钓竿,这就更自然而然地使他想起钓鱼来了。他还说,要是母亲愿意的话,她还可以使用那根新钓竿,真的,他说过,钓竿实际上是给她买的。不过母亲说,她宁愿看着父亲钓鱼,她自己却不想钓。

这样,我们便为这次旅行作好了一切安排,我们让母亲切了些夹心面包片,怕我们肚子饿,还准备了一顿便餐,当然中午我们还要回到家里来吃一顿丰富的正餐,就像过圣诞节和新年那样。母亲把所有的东西都给我们收拾齐全,放到一只篮子里,准备上车。

唉,车子到了门口的时候,不料汽车里面并没有我们想象的那么宽敞,因为我们没有把父亲的鱼篓、钓竿以及便餐估计在内。显然,我们没法儿都坐进车里去。

父亲叫我们不必管他,他说他留在家里也很不错,而且他相信他能利用这段时间在花园里干点活儿；他说那里有一大堆他可以干的粗活和脏活，比如挖个垃圾坑什么的，这就免得雇人来干了，所以他愿意留在家里；他说我们也用不着顾虑他三年来一直没有过过一个真正的假日这回事；他要我们马上出发，快快活活地过个节，不要为他操心。他说他能够整天埋头干活，真的，而且他还说，本来，他想过个什么节就是想入非非。

不过，当然我们都觉得，让父亲留在家里可绝对不行；特别是，我们都知道，他果真留下来的话，准会闯祸。安娜和玛丽姐妹俩倒也都乐意留下来，帮着女佣人做中饭，只是，在这样一个美好的日子里，她们买了新帽子不戴一戴，未免太使人扫兴。但她们都表示，只要母亲说句话，她们就都乐意留在家里干活。维尔和我本来也愿意退出，但不幸的是，我们在准备饭菜上，却是一点忙也帮不上。

因此，到最后，还是决定母亲留下来，就在家里痛痛快快地休息一天，同时准备午饭。反正母亲不喜欢钓鱼，而且尽管天气明媚，阳光灿烂，但室外还是有点儿凉，父亲有些担心，要是母亲出门，她没准会着凉的。

他说，当母亲本来可以好好地休息的时候，如果他硬拉她到乡下去转悠，一下子得了重感冒，他是永远不会原谅自己的。他说，母亲既然已经为我们大伙儿操劳了一辈子，我们有责任想方设法让她尽可能安安静静地多休息会儿。他还说，他之所以想到出门去钓鱼，主要的是，这么一来就可以给母亲一点安静。他说年轻人很少能体会到，安静对于上了年纪的人有多么重大的意义。关于他自己，他总算还够硬朗，不过他很高兴能让母亲避免这一场折腾。

于是我们向母亲欢呼了三次之后就开车出发了。母亲站在阳台上，从那里看着我们，直到看不见为止。父亲每隔一会儿就转身向她挥手，后来他的手撞在车后座的边上，他才说，他认为母亲再看不着我们了。

嗯，我们把汽车开到美妙无比的山岗中行驶，度过了最愉快的一天。父亲钓到了各式各样的大鱼，他敢肯定，要是母亲来钓的话，她是无论如何也拽不上来的。维尔和我也都钓了，不过我们钓的鱼都不及父亲钓的那么多。至于那两个姑娘呢，在我们乘车一路去的时候，她们碰到不少熟人，在溪流旁边她们还遇到几个熟识的小伙子，便在一块儿聊起来。这一回，我们大伙儿都玩得

痛快极了。

我们到家已经很晚,快到下午七点了,不过母亲猜到我们会回来得晚,于是她把开饭的时间推迟了,热腾腾的饭菜仍给我们准备着。可是她不得不先给父亲拿来手巾和肥皂,还有干净的衣服,因为他钓鱼时总是弄得一身肮里肮脏的,这就叫母亲忙了好一阵子,接着,她又去帮女孩子们开饭。

终于,一切都齐备了,我们便在最最豪华的筵席上坐下来,有烤火鸡和圣诞节吃的各种各样的好东西。吃饭的时候,母亲不得不屡次三番地站起来,去帮着上菜、收盘,再坐下来吃;后来父亲注意到这种情况,便说,她完全不必这样忙来忙去,他要她歇会儿,于是他自己便站起身到厨房里去拿水果。

这顿饭吃了好长的时间,真是有趣极了。吃完饭,我们大伙儿争着帮忙擦桌子,洗碗碟,可是母亲说她情愿亲自来做这些事,我们只好让她去做了,因为这一次我们也总得迁就她才行。

一切收拾完毕,已经很晚了。睡觉之前我们全都去吻过母亲,她说,这是她有生以来过得最最快活的一天。我看到她眼里含着泪水。总之,我们大家都感觉到,我们所做的一切得到了最大的报偿。

写在一本复仇记的前面

[加拿大]穆尔

本文所写的人物并非出于虚构,对在世与已死的人的影射都是故意的。

世界上会有十五个人在读了这段文字后感到害怕吗?不能这样讲,这话本身就是说我这人无足轻重。会不会有十五个人在阅读时忐忑不安呢?我想可以这么说。我现在已经是微近中年的人了。在我的前半生中认识了不少人,并知道他们中一些人不愿公之于世的许多事。你感到不安吗,S——?或者你,F——?抑或是你呢,和我曾经有过旧情的 T——?我为何不将你们的尊姓大名全写出来呢?这是因为,一则我所认识的并不只有一个 S,要是能同时让你们两个人都不舒服,那岂不更好?再则,要是把你们谁是谁都一一点出来,你们就会结帮成伙来堵住我的嘴。在本文里,我打算跟你们单个儿地,可也是集体地较量一番,叫你们一个一个地认识我是谁,但又不让你知道我到底是谁,这样你们就谁也弄不清你们所想到的是不是同一个人。这就是我的策略。

下面准备引用一条语录,作家们为了讨人喜欢,总要毕恭毕敬地献上一条语录,以冀借重某些伟人的名言,使读者对书中的胡说八道也像对那语录一样肃然起敬。鄙人的用意则不是为了讨人喜欢,而是为了叫人害怕。

生活既然如此,人们总是梦寐以求地想要报复。

——保尔·戈根

这就是我所要引用的话。你们该明白我的用意了吧?那么,好,请翻到下一页。

致谢

作者不想对任何人表示谢意,他没有任何理由要向人致谢。不过他得声明,本书的部分素材是他的亲戚和朋友、仇敌和熟人不小心泄漏出来的。至于如何利用这些事实、谎话、谣言、诽谤和内情,则完全是作者自己的事。他想写的是他自己所认为的真相,因为像彼拉多一样,写书人只知道真相并非就是事实的准确的复述。那个星期五下午被钉死在十字架上的到底是一个在耶路撒冷引起过一场小小风波的、默默无闻的捣乱分子呢,还是上帝之子?对此仍然没有事实根据,我们只有宗教。请再翻一页。

你们某些人可能首先翻到了这一页。翻回去吧!我不会如此轻易地暴露自己。本书扉页上的署名是我,也不是我。那只不过是我的笔名而已。要是你们不相信那是一位专业作家的名字,那么只要去查查过去五年中在美英出版的一些作品书目就行了。我之所以这样说是为了提醒你们,我写这篇东西原来就打算发表的。我并不是在疯人院里写作。我认识你们,你们也认识我。诸位收到本文时,它上面就盖有诸位出生地城市的邮戳,但是我眼下已不住在那儿了。我不过是让信在那儿投邮,以帮助你们——呃,回忆罢了。你们一见到这邮戳就会拆阅这封信的,因为没有任何地方的邮戳在威望上能与你出生地的邮戳相比。我们都是从那儿离家出走的,它随时都可能找到我们,要我们回去的。

因此这是不会出错的。诸位的台甫、尊址都经过了仔细的核对。除非这时你是在阅读别人的信件,否则你就是我与之发生关系的人之一。或者这么说,你也许是与此有关的人之一。到底属于哪种情况,那就是你们的事了。我这里不过是抢先讲一句而已。下面,再介绍一下作者:

我就是你侮辱过的那个人,被你忘得一干二净的那个人,为你所不屑一提的那个人,是你永不想再见的那个人,是你恶语中伤过的那个人,而这些话传回到我耳朵里来了。我就是你的那个已不合时尚的朋友,每当我缅怀往事时你听着就腻烦,我宴请你而你却不还席,我的通讯地址你也从不保存。我就是你从来不回电话的那个人。我就是你对之前恭而后倨的那个人。我曾多次叩门求见,而你却像泥塑木雕,坐在屋内一动不动,心想我会识趣而去。我就是你听到一路走下楼的那个人,就是知道你确实在家,但故意让我吃闭门羹、因而恨你的那个人。你才骗不了我呢!难道你真以为像我这样的人会被你的遁辞和借口骗过去吗?我这样的人跟你现在巴结的阔朋友不同,并不十分忙碌;我们预定的每一次拜访,都是郑重其事的。也许你真的是忘了我们的约会,也许你真的是不在家。但假若你真的忘到九霄云外去了,那岂不是更加错上加错吗?

我就是你背叛了的那个人。我就是曾经向你私自吐露过我的过失、羞惭与顾虑的那个人。我就是你曾经向之赌咒发誓说一定要守口如瓶、表示一定尊重对你的信任的那个人。可是某晚在一次聚会上,当有人提及此事,一个人讲了一个走样的版本,而另一个人又出来反驳的时候,你这个了解真情的人竟不能保持缄默,你摆出一副知道内情的样子向谈话者摇摇头,深深吸了一口气,由于有机会夸夸其谈而图一时之快,把我的隐私和盘托出。你出卖了一次还不算,竟还屡次三番地故伎重演。两年之后,所有我的羞惭与顾虑就都编缀成笑料去取悦你的新欢。(她并不认识我,我向你倾诉那些隐私的时候,你甚至还不认识她呢。)你该知道,我说的这是什么吧?是不是?

我就是曾经爱过你的那个人。你说过你也爱我,可是在背后你却对人说你只不过是"喜欢"我而已。然而你却倒在我的怀里啜泣过,我也彻夜不眠地陪伴过你,在你出了纰漏的时候我还帮助过你。那时你让我出面我感到很得意,因为我确确实实地爱你。我那时就像驯顺的小动物一样让你举着做幌子,可你同时却在物色更好的人。我就是那个硬了硬心肠离开了你的那个人。我挂上了电话,因为连你那熟悉的声音都不复一样了。现在可以告诉你,当时我气得哭了。我之所以哭,是因为你曾经叫我不要担心,说一切都一如既往;我之所以哭,是因为那时我已经猜到你早已在暗中打算背弃我。我果然猜对了,是不是?后来,想必你还记得,当一切都已收场,咱们心里也都明白无法挽回之后,你说什么你是实事求是的,你说咱们其实并不相配,还说你知道我会理解的。我那时候理解了吗?我现在又是如何?假如你能设身处地地想一想,

最受读者喜爱的120篇美文

试问你对你自己会有什么想法？我知道你在我住的地方进出过多次。我也知道你没想给我打过一次电话。我也知道你是永远不会给我打电话的。

你们当中的某些人翻阅至此，也许会断定这不是在说给你们听的。从上文里你们看不出我是谁，这一点不假。对你们某些人来说，我那时还是个孩子。下面我想对你们——我昔日的同窗，讲几句话。

小时，我并不认为自己聪明伶俐，倒是非常担心是个笨伯、懦夫，将来会使认得我的人感到失望。我如饥似渴地读了很多书，并且跟许多缺乏自信心的儿童一样，总喜欢悲剧性的结局。然而在书中我却发现：英雄人物要从悲剧的顶点跌下来，他首先得攀登上成就的顶峰。我从书本中寻找最美的白日梦。曾记得十四岁那年，我们按老师出的题写过一篇谈人生理想的作文。我写了一个通宵，生平第一次觉得文思泉涌。（第一次也是最后一次，假如本书除外的话。）在文章中我写道：我将会成为一个大诗人，我要用毕生精力写出一部稀世杰作，希望在30岁正当我的才华晶莹璀璨的时候，竟在同肺痨作最后一次斗争时咯血而死。我将这篇作文交给了英文老师。不料第二天他就走到我的课桌旁，用烟熏黄了的大拇指和食指揪住我的耳朵，把我拽到讲台前面，要我向全班朗读这篇东西。哦，我成为一件用来表演他那套拙劣的教学法的多么理想的教具，又是让全班死气沉沉的孩子们可以乐一阵子的多么有趣的玩物！

可是现在，我的这位老师已经与世长辞了。我不能因为他把我当作自己说俏皮话的靶子而怀恨在心，也不会为诸位同窗在放学后对我变本加厉地揶揄嘲弄而耿耿于怀。有什么必要呢？当时，那篇文章的风波，大约是我一生中最大的一次胜利了。

诸位也许还记得我在大庭广众面前被拖到学校饮水喷泉下面的情景吧。我的头被按到喷泉下，水从脊梁骨一直流进裤裆，再从干瘦的双腿流到脚下，灌了我满鞋满袜。诸位也许还记得，在把我淋得像落汤鸡之后，我被逼把那篇作文又念了一遍。据我猜想，诸位的动机并不坏，无非是想从根子上打掉我的非分之想，要我汲取我一直汲取不了的教训。可是你们的苦心白费了，我什么教训也没有汲取。我浑身湿透，衣裳破碎，但朗读时却充满骄傲，而且还以高亢的声调宣告，我一定会怎么写就怎么做的。你们这些人瞅着我苍白的面孔和颤抖的双肩,从我那桀骜不驯的尖叫声中听出了我是个地道的狂人,于是一个个都掉过脸去,为我感到担心。因为信念这个东西——即使是错误的信念——总要使别人感到不安的。这是我生平第一次赢得胜利。我过去那种不自信的感觉消失了。在校的最后几年,我是在你们的非难声中成长的。你们那天那种不相信的态度,把我弄成了——而且现在还是——连我自己也不大相信的大话的牺牲品。

因为我到底没有成为什么大诗人。我并不具备成为伟大的本领。到了30岁时,我并没有得肺痨咯血,倒是痔疮流血了。我这个曾经对你们夸口说决不按你们旨意庸碌一生的人,到头来虽然不算失败,却仍然是碌碌无为。但是我写这篇文章,说明我连接受自己命运的——不管这种命运多么可怜——尊严都没有。直到现在,我还没法承认我的失败,因为那天,由于你们出自对我的惧怕,叫我尝到了一旦成名可能给我带来的滋味时,我一下子未经深思熟虑就朝着我没有条件达到的目的地定下了我要走的道路,而且丝毫不留回旋的余地。你们那时要是用喷泉水把我从痴心妄想的迷梦里浇醒过来,该有多好!因为还有什么人比一个本来碌碌无能而却大言不惭地自诩为天才的笨蛋更不足挂齿呢?还有什么人比一个一生装模作样其实仅仅在玩弄小骗术的冒牌艺术家更可鄙夷的呢?自称韩波再世,其实不过是一肚子陈词滥调,满嘴烂牙,却叫嚷自己才气横溢、诗情纯正,还有比这样的人更下流无耻的吗?我就是这样的一个人。你们对我今天沦为这样招摇撞骗的冒牌作家能辞其咎吗?该引咎的不只是你们,也还有另外一批人。

现在我就向这一批人来交代我自己了。你们跟我可算是旗鼓相当。你们曾经鼓励过我。你们总是不惜违拗无情的事实,伸出双手,迫不及待地拉人入伙,以参加你们那个自我欣赏、自欺欺人、令人掩鼻的小集团。你们就是这种小集团、小圈子的成员——用不着否认这个事实,因为谁都不会承认他就是某个集团的成员——不过还是让我来描一描诸公的尊容吧,看看是否对得上号。诸公是当代尚无定评的小才子,组织讨论会总少不了列位阁下,你们宴请那些评论家,吹捧可能追随你们的门徒,赞扬那些实力雄厚、可以欺负你们的仇人,出卖那些你们听说名气正在衰退的朋友。你们都是只看书评,不读原著,一听说谁的画不吃香，就赶紧把它们往阁楼上藏。还要我再写下去吗？我说的是什么，难道你们心里还不明白吗？咱们以前生怕让虚假见到真理的阳光，曾经一块儿使劲地抓住那块帷幕不放，直到我无力再抓住那狭小边缘为止。我和你们一样，或者说我曾经和你们一样，都是一丘之貉。

真理，我说出这两个字时都满嘴臭气。真理原本可以把我从你你我我造成的我的这种境遇中超度出来，可是我这个人却作了我自己的犹大。在写本文时我又再次表明，我不配去寻求真理。我现在向诸位坦白承认，在我一提笔的时候，我就背离了真理。因为在下笔时我就非常清楚，我的目的完全是为了钱，所以真理不妨等上一等。我自我安慰地想，不到我囊中充裕能保证完成本书的写作时，我是不能写出反映真理的作品的。我心里非常明白，鄙人只要揭发一半各位心中的阴私，你们某些人就说不定会送来几笔微资，使我能继续写下去。我也自我安慰地发誓（假心假意地），尽管你们送来了钱，也不能阻挠我把你们的阴私如实地揭出来，因为搞敲诈的人本来是没有义务恪守信用的。因此，根据这种混乱不堪的道德原则——这固然是卑鄙，可却是我真面目的一个重要部分——我曾经想假以时日，秉笔直书，写出一部极其直言不讳的作品，使我的旧仇全部得报。然而我寻求的是什么样的真理呢？我应该向什么样的人进行报复呢？

向你们那些假意奉承我的人吗？向你们那些爱我不够的人吗？向你们那些谩骂过我的人吗？我能够要你们这些人对过去的我、现在的我以及将来的我负责吧？咱们谁能说谁不对呢？我只能说你们早年不让我幻想，使我多年来一直不能醒悟。假如你们现在能够见到我，试问诸位将用何辞以对？本人写这篇前言，其意图就在于此。在动笔写本书之前，但愿主旨不至于再错。我很想知道你们是不是认出了我，是不是还记得我。你们看见我了吗？你们看见了一个坐在写字台旁，手里拿着笔——那个因自命不凡才拿起的可笑的武器——在虚度了二十载年华之后给你们写上几句的这个人吗？看看，仔细地看看，你们就会看出我来的。我就在诸位的面前，诸位的面前就是我。你们现在看见我了吧？你们是笑呢，还是哭？

听 泉

[日本]东山魁夷

鸟儿飞过旷野。一批又一批,成群的鸟儿接连不断地飞了过去。

有时候四五只联翩飞翔,有时候排成一字长蛇阵。看,多么壮阔的鸟群啊!

鸟儿鸣叫着,它们和睦相处,互相激励,有时又彼此憎恶、格斗、伤残。有的鸟儿因疾病、疲惫或衰老而失群。

今天,鸟群又飞过旷野。它们时而飞过碧绿的田原,看到小河在太阳照耀下流泻,时而飞过丛林,窥见鲜红的果实在树荫下闪烁。想从前,这样的地方有的是。可如今,到处都是望不到边的漠漠荒原。任凭大地改换了模样,鸟儿一刻也不停歇,昨天,今天,明天,它们继续打这里飞过。

不要认为鸟儿都是按照自己的意志飞翔的。它们为什么飞?它们飞向何方?谁都弄不清楚,就连那些领头的鸟儿也无从知晓。

为什么必须飞得这样快?为什么就不能慢一点儿呢?

鸟儿只觉得光阴在匆匆忙忙中逝去了。然而,它们不知道时间是无限的、永恒的,逝去的只是鸟儿自己。它们像着了迷似的那样剧烈,那样急速地振翅翱翔。它们没有想到,这会招来不幸,会使鸟儿更快地从这块土地上消失。

鸟儿依然忽喇喇拍着翅膀,更急速、更剧烈地飞过去……

森林中有一泓清澈的泉水,发出叮叮咚咚的响声,悄然流淌。这里有鸟群休息的地方,尽管是短暂的小憩,但对于飞越荒原的鸟群说来,这小憩何等珍贵!地球上的一切生物,都是这样,一天过去了,又去迎接明天的新生。

鸟儿在清泉旁歇歇翅膀,养养精神,倾听泉水的絮语。鸣泉啊,你是否指点了鸟儿要去的方向?

泉水从地层深处涌出来,不间断地奔流着,从古到今,阅尽地面上一切生物的生死、荣枯。因此,泉水一定知道鸟儿应该飞去的方向。

鸟儿站在清澈的水边,让泉水映照着身影,它们想必看到了自己疲倦的模样。它们终于明白了鸟儿作为天之骄子的时代已经一去不复返了。

鸟儿想随处都能看到泉水,这是困难的。因为,它们只顾尽快飞翔。

不过,它们似乎有所觉悟,这样连续飞翔下去,到头来,鸟群本身就会泯灭的,但愿鸟儿尽早懂得这个道理。

我也是群鸟中的一只,所有的人们都是在荒凉的不毛之地上飞翔不息的鸟儿。

人人心中都有一股泉水,日常的烦乱生活,遮蔽了它的声音。当你夜半突然醒来,你会从心灵的深处,听到幽然的鸣声,那正是潺潺的泉水啊!

回想走过的道路,多少次在这旷野上迷失了方向。每逢这个时候,当我听到心灵深处的鸣泉,我就重新找到了前进的标志。

泉水常常问我:你对别人,对自己,是诚实的吗?我总是深感内疚,答不出话来,只好默默低着头。

我从事绘画,是出自内心的祈望:我想诚实地生活。心灵的泉水告诫我:要谦虚,要朴素,要舍弃清高和偏执。

心灵的泉水教育我:只有舍弃自我,才能看得真实。

舍弃自我是困难的,甚至是不可能的,我想。然而,絮絮低语的泉水明明白白对我说:美,正在于此。

歌声与枪

[阿尔巴尼亚]舒特里基

　　几年前,我的一位朋友到工会组织的一个夏令营里去度假期,地点就在瓦勒奇克山脚下玛勒西亚高地上的拉兹姆。那里是高山地带,山上满是从未砍伐过的山毛榉树林,不过为了开发林区的资源,目前那里已经修了公路。那个地区并不富饶,生活相当艰苦。

　　这地区的妇女倒是罕见的美。两个新媳妇从村子里去拉兹姆存着融化了的积雪的蓄水池中打水的情景,如今好像还在我的眼前。每天到了这个时辰,大多数避暑的人都聚集在蓄水池附近,好像是为了瞻仰那些年青妇女。人们单单来到这地方来散步,和上面提到的那两个新媳妇的出现一定不是无关的。这两个山区妇女每人背着一只水罐,一个身材高大,像棵松树,另一个是中等身材,两人的神态全都是惊人的端庄,与她们的女性的纤细的美对照起来,令人想起我们高山上的百合花。多么美的妇女啊!

　　还有男子们! 简直就跟长满山坡的百年老山毛榉一样。头昂得高高像要碰着云彩,骨节粗大而具有浮雕的风格,可又因为他们的思想那样纯真,心地那样开朗,而显得朝气勃勃,言谈也富有风趣。这里的人无论男女,眼神都是热情活泼的。

我那位朋友热爱民歌。在他的故乡,在激发民歌的自然环境中,这是他第一次有机会听到民歌的吟唱。他在夏令营的一个伙伴答应替他请一位民间歌手带着琴来。他准备了点酒和小菜。傍晚,当瓦勒奇克山峰在夕阳的爱抚下映出火焰似的红光时,一位民间歌手带着琴来了。

简直可以说,瓦勒奇克山和这位歌手一块儿进屋子里来了,整座的山、连同它的那些岩石和它的风采,还有山坡上的山毛榉树林以及它们的神秘和清新,全都与歌手一同来到。这人四十来岁,胡髭浓密,间或有几根银白的夹在其间,显得格外分明,鼻梁笔直,两眼炯炯有神。

"晚上好,身体一向健壮吧?"一只粗糙有力而又充满热情的手握住了那位城市居民的手,好像是要保护它一样,而那位城市居民在这屋子里洋溢着的新气氛之中,刹那间竟不知所措。

总之,喝了点酒,谈了些话,这位歌手就唱起来了,一直唱到深夜。他唱了穆幼、哈伊尔、乔治和欧玛尔·阿加的歌。我的朋友倾听着,我偶尔记下一些,生怕由于记歌词而打断了歌的美妙。

"应该听啊,听啊。要是不全神贯注地听,你就不可能理解,哪怕记下来也没用了。"假期结束之后,我的朋友对我这样说。

"拉乌特"这种只有一根弦的乐器,它的乐声掀起了许多世纪的纱幕。伴着琴声,过去的一切显得像瓦勒奇克和远处的凯尔芒山脉一样庄严肃穆。过去与现在紧密地联系起来了,在生活面前,人意识到自己既渺小又伟大。只作为个人的存在是渺小的,一旦献身于为整个民族的共同命运而奋斗的事业,就感到伟大了。

拉乌特!特别是这张拉乌特!这位山区歌手手中拿着的是一件小巧的木雕杰作。

我的朋友曾亲切地对我说:"我的眼睛简直离不开那张琴。那是一张世代相传的古琴,歌手曾向我保证说:'这是由我的曾祖传下来的。'琴托上雕刻的山羊头仿佛是从斯坎德培的头盔上摘下来的。作为一个博物馆的工作人员,在我的脑海里忽然闪出了这样一个无聊的念头:'要是他肯把这个乐器卖给我该多好啊!'我下意识地把手伸到衣袋里摸一摸我身上带的钱够不够。'他向我要的价钱会不会超出三千里克？' 而我呢，我身上只有这么多钱。我对这种念头感到惭愧，这里面还掺杂着我一向对作交易时的要价还价所怀着的鄙视，这念头引起了我的自责，于是我便专注地倾听着对我们祖先的功绩的颂赞。但是那种带有渗透性的念头又重新向我冲击，那就是要占有这张拉乌特琴，让它属我所有，买下它来，不管用多大的价钱——它的价钱吗？它的所有者要多少就给多少好了。这种念头在我的思想里生了根，而且一心一意地想着它。我觉得这个欣赏民歌的夜晚，对我来说，竟成为一种斗争，这张雕刻技艺绝妙、使人百看不厌的琴与占有这张琴的不可抑制的欲望之间的斗争——这张琴与我的欲望之间、诗与散文之间的斗争——我衣袋深处的那三千里克在等待着决定它们的命运！"

我的朋友接着叙述道：

"夜晚在听民歌的愉快和欲望的烦扰中度过了。最后，歌手站了起来。我觉得好像整座瓦勒奇克山都挪了位置，山坡上的山毛榉树林也向后退去了。只有这张拉乌特的琴弦才能掀起的纱幕，又把过去遮住。我感到很窘，那种庸俗的念头老是紧紧地抓住我，无论如何也摆脱不掉。歌手一手抱着琴，用另一只手握着我那只渴望乞求布施而又不敢伸出的手。不知道为什么，我忽然得到这样一种最不幸的启示：我觉得应该为了这位山区歌手的歌唱送他点报酬，至少是为了我记下了歌词的那些歌。但是怎么对他说呢？我克服了迟疑不决的心情，向他提出了我的建议。我记不得是怎么说的了。对方的两只眼睛冒着愠怒的火焰，但很快，他的面部表情就缓和了下来，并且闪过一丝对我这民歌爱好者充满同情的友好的微笑。他把乐器放在桌上，把我的手握在他那两只宽大的手掌中，十分热情地紧握着，对我说：'我们唱这些歌，只是由于对它们的热爱。'

"他是否确切地用这句话说的呢？至少我记得是这样说的，而且直到现在，我一想起来还感到不安。但是琴托上那只山羊头以古老世纪的深沉目光注视着我，又唤起了我想成为这张拉乌特琴的所有者的欲望。我从歌手的友好的紧握中抽出了我的手，紧紧抓住我所欣羡的那张琴，并且凝神地注视它。琴上的那只神话中的动物和我面面相望，彼此交换了一个微笑，由于深受蛊

惑,我竟敢于向山区歌手说出:'这张琴,你可以卖给我吗?'

"他大声笑起来,洪钟似的声音震撼全屋。我当时简直感到心慌意乱,而且直到今天,我回忆起这段插曲来还不能不有些激动。那位歌手把一只手放在我的肩上,用另一只手拿起他的乐器,他把手臂向前伸着说:'我们山区里的人热爱他的拉乌特琴就像热爱他的枪一样,永远也不会把它卖掉。'他用手紧抓着我的肩膀,摇了一下头,向我道了'晚安',就走出去了。

"我在拉兹姆又待了一个星期,但是却被一种难以言语形容的烦恼折磨着。周围的自然景色对我再也没有诱惑力了。我对瓦勒奇克山的尊严,山毛榉树林的神秘和清新,甚至背着水罐的青年妇女的端庄美丽,也都变得漠不关心了。

"一天夜里,在我住的别墅里,听到了一张拉乌特的琴声而且歌声持续了很久。我走出去,站在台阶上,幸福地听了好几个小时。瓦勒奇克山、山毛榉树、男人们——也许还有倒在爱人怀抱里的新媳妇们——都和我一起在倾听。但是我上边谈到过的那种念头在瞬息之间又活跃了一下,但是很快,我就被琴声所支配,被它的美妙、神秘和清新引得神往了。

"我没有再耽搁下去,第二天就走了。我上路的时候正是青年妇女们背着装满水的水罐回村的时候。我们同走了一段路并且交谈起来,谈得很愉快。她们是那样的和蔼亲切和'满不在乎',正像高山区的人所说的那样,简直令我惊奇。她们问我是否已经结过婚了,我就把即将与我订婚的少女的照片拿出来给她们看。

"'看哪!她多么像你呀,玛丽!两个青年妇女中比较年长的一个向年轻的那个喊着说,一面把照片拿给她看,使我在一旁惊讶不已。'"

塔德奥·伊西多罗·克鲁斯传

[阿根廷]博尔赫斯

　　一八二九年二月六日,被拉瓦耶追剿的起义军离开了南方,打算去参加洛佩斯的部队。在离佩尔加米诺三四里格的一个不知名的庄园,他们驻扎下来。拂晓时,一间昏暗的棚屋里,有个男人被噩梦搅扰着,错乱地喊叫起来,惊醒了睡在他身旁的女人。谁也不知道他梦见了什么。可是第二天四点钟时,起义军被苏亚雷斯的骑兵击溃了,他们被迫击出九里格,来到一片黑黢黢的茅草地。这时,那男人脑袋被一把经历过秘鲁和巴西战争的马刀劈开,他惨死在一条壕沟里。那个女人名叫伊西多拉·克鲁斯,她的儿子取名塔德奥·伊西多罗。

　　我并不想再叙他的历史。在他的一生中,唯有一个夜晚使我感兴趣。而其余的岁月对了解那一夜是必不可少的。他那冒险经历载入了一部名著。该书所论可为世人之经典。他的奇遇广为流传,虽众口不一,却久传不衰。许多评述伊西多罗经历的人,总是看重平原对他成长的影响。但是,像他那样的高乔人,通常都是在杂木丛生的巴拉纳河畔,或是东部的峭峰峻岭度过自己的一生。他的确是生长在一个单调的野蛮世界之中。一八七四年他死于天花时,他从未见过一座山,没见过新鲜玩意儿,就连磨坊也不知道。他也没进过城。

一八四九年他曾随弗朗西斯科·萨维尔·阿塞维多的一批马帮去布宜诺斯艾利斯。当时脚夫们都进城了,趁此机会倾囊享乐。克鲁斯却顾虑重重,没离开牲口棚旁边的小客栈一步。他不言不语地度过了数日,在地上睡觉,喝喝马黛茶,黎明时起身,晚祷时入息。他认为城市与他毫不相干(他不光这么说,心里也着实这么想)。一个帮工喝醉了酒,取笑他,他也不予理睬。可是在归途的夜晚,他俩围着炉子,那人还纠缠不休,克鲁斯(虽说还一直没有动过肝火)此时却一刀将他捅倒了。克鲁斯只得逃了出来,藏身于一片沼泽地。几夜过去了,一声喳哈鸟的惊叫告诉他警察已围上来了。他在树墩子上试了试刀,又除掉了马刺,以免妨碍脚部。他宁肯搏斗也决不投降。他狠狠地教训了几个最凶猛的对手,而他的前臂、肩膀、左手也都受了伤。尽管鲜血顺着指缝流淌,而他却越战越勇。天渐渐亮了,由于失血过多,他感到一阵眩晕。他终于被缴了械。军方把他发配到北部边境的一个小据点以示惩罚。后来克鲁斯作为一名小卒参加了内战,有时他为了自己的家乡而战,有时又与之为敌。一八五六年一月廿三日,在卡尔多索的拉古那地区,在军士长欧塞维奥·拉甫利达的率领下,包括克鲁斯在内的三十名基督教徒与二百名印第安人进行了一场拼杀。在这次战斗中,他被长矛刺伤。

他那平淡而又骁勇的一生,还有许多空白,约在一八六八年前后,他们重又了解到他的踪影。那时,他已结婚或是与人同居,有了一个儿子,成了一块土地的主人。一八六九年,他已一改故辙,被任命为乡村警察中的军曹,那时,他似乎万事遂顺,而事实并非如此。(他在等,等他的生活中会出现一个光彩夺目的夜晚。就在那一夜,他终于看到了自己的面目,就在那一夜,他终于听见了自己的名字。那个夜晚葬送了他全部前程,确切地说,是那个夜晚的一瞬间,那个夜晚中的一个举动,因为举止行为代表着人们的思想。)任何一种命运,尽管它也许是漫长而复杂的,实际上却反映在某一瞬间,正是在那一瞬间,一个人才永远明白了他自己究竟是什么人。相传,马其顿的亚历山大从阿基里斯的传奇中看到了他自己严酷的将来。瑞典的查尔斯十二世是从亚历山大的经历中看到了自己。由于塔德奥·伊西多罗·克鲁斯目不识丁,这一学问则并非从书本中获得。他是在一场混战之中和一个男人身上看清了自己。事情是这样的：

一八七〇年六月底,他接到命令抓一名歹徒。那人是南方边境贝厄多·马查多上校队伍里的一个逃兵。他被判欠有两条人命。一次是他喝醉了酒,在妓院里杀死了一名黑人;另一次,他杀死了罗哈斯那里的一位邻人。通报说他来自拉古那·科罗拉达。就在那里,四十年前曾集结过起义军。他们的结局很惨,尸弃荒野,任犬鹰撕啄。那里出了一位玛努埃尔·梅萨,他是在维多利亚广场上被处死的,当时鼓声齐鸣以遮掩他的怒吼,就在那里,养下了克鲁斯的那个不知名的人被一把经历过秘鲁和巴西战争的马刀劈开了脑壳,惨死在一条壕沟里。克鲁斯本来已忘掉了那个地方。现在,他隐约地感到一种莫名其妙的不安,他又认出了那个地方……被追赶的逃犯,骑着马长距离地来回奔跑以迷惑追兵。然而在七月十二日的夜里,逃犯终于被包围了。他藏匿在一片茅草地里,夜黑得几乎伸手不见五指,克鲁斯和他手下的人蹑手蹑脚地向丛林逼近。摇曳的树林深处,那个来历不明的人或许在窥探,或许在休憩。一只喳哈鸟惊叫了起来。塔德奥·伊西多罗感到这是他先前曾经历过的一瞬。那犯人离开藏身处准备搏斗。克鲁斯影影绰绰看见了他,形象实在可怕:乱蓬蓬的长发和灰胡子像是吞噬了他的整个脸庞,出于众所周知的原因我不去描述那场搏斗。不过要记住,那个亡命徒重伤或打死了克鲁斯手下的几个人。而克鲁斯,当他在黑暗中拼杀(当他的肉体在黑暗中拼杀时),他开始醒悟了。他意识到一种命运未必比另一种好,而人,应该遵从心灵的指引。他明白了军衔和军服已经成了他的障碍。他明白了,心灵告诉他应该像狼那样生活,而不是趋炎附势去当走狗。他明白了那另一个人也就是他。天透亮了,在无拘无束的荒原上,克鲁斯把军帽摔到地上,他吼叫着,不许造孽,不许杀害一名勇士,并反身和兵士们拼杀起来。他现在与之为伍的那逃犯便是马丁·菲耶罗。

论贵族

［英国］培根

关于贵族，我们将先以之为国家中的一个阶级，再以之为个人的一种品质而论之。一个完全没有贵族的君主国总是一个纯粹而极端的专制国，如土耳其是也。因为贵族是调剂君权的，贵族把人民的眼光引开，使其多少离开皇室。但是说到民主国家，它们是不需要贵族的；并且它们比较有贵族巨室的国家，通常是较为平静，不易有叛乱的。因为在民主国中，人们的眼光是在事业上而不在个人上的；或者，即令眼光是在个人身上，也是为了事业的缘故，要问某人之适当与否，而不是为了标帜与血统的。我们看得到瑞士人的国家很能持久，虽然他们国中有很多宗教派别，而且行政区也不一致；这是因为维系他们的是实利而不是对在位者个人的崇仰也。荷兰合众国政治很优良，因为在有平权的地方，政治上的集议是比较重事而不重人的，并且人民对于纳税输款也是较为乐意的。一个巨大有力的贵族阶级可以增加君王的威严，可是减少了他的权力；使人民更有生气，更为活泼，可是压抑了他们的福利。最好，贵族不要高出君权或国法之上，同时却要被保持在一种高位上，使下民想犯上的时候，那种桀骜之气，必得在过速地达到人君的威严以前，先与贵族冲撞，如水击石而分散其势力然。贵族人数众多则国贫而多艰，因为这是一种过度的消费。

并且,贵族中人有许多在经过相当时间后必然变为贫乏,结果在尊荣与财富之间将造成一种不相侔的情形。

至于个人之身为贵族者——我们看见一座古垒或建筑物依然完好,或者一棵好树坚实而完美的时候,总觉得那是一种令人生敬的景象。如斯,要是见到一个曾经度过时间的风浪的古老贵族之家,其可敬之甚较上述者又当多出若干。因为新的贵族不过是权力所致,而老的贵族则是时间所致也。头一个升到贵族阶级的那些人多是比他们的后人富于才力而不如其纯洁的,因为很少有能够腾达而在手段中不是善恶交混的。但是这些人留给后代的记忆中只有长处,而他们的短处,则与身俱灭,这也是合理的。生为贵族则多半轻视劳作,而自己不勤劳的人是要嫉妒勤劳的人的。再者,贵族中人不能再升到多高的地位去了,那自己停留在某种地位而目睹他人上升的人是难免嫉妒之念的。在另一方面,贵族身份能消灭别人对他们的那种消极的嫉妒,因为贵族中人好像生来就应享某种荣华富贵似的。无疑地,为人君者,在他们的贵族中若有人材而能用之,则他们将得到安适,并且国事的进行也要得到顺利;因为人民会自自然然地服从他们,以为他们是生来就有权发号施令的。

论礼节与仪容

[英国]培根

那完全靠着本身的真价值的人,必须有很大的才德才行,就好像那不要衬托而镶起来的宝石必须要是很宝贵的才行一样。但是假如一个人肯好好注意的话,他就可以看到在赞扬称许之中其情形也和生财取利是一样的;因为,这个谷语是真的,就是"小利可以生大财",因为小利来得很繁,而大利则偶尔一来也。同此,小小的举动常得大大的称许,因为这些小举动是常有而且常为人所注意的,而任何大才德之得以自现的机会则如同节日一般,是很少的。因为这个缘故,一个人若有好的仪容,那是于他的名声大有裨益的,并且,正如女王伊萨伯拉所说,那就"好像一封永久的荐书一样"。要得到好的仪容,只要不渺视他们就差不多行了;因为一个人只要不渺视仪容,他自然会从别人身上留心观察这些事的,其余的让他自己相信自己就行了。因为假如他过于做作,要表现好的仪容,那他就要失去仪容的优点,这种优点就在要自然、无伪。有些人的举动好像一首诗,其中的每个音节都是数过的,这样一个过于分心在小节上的人如何能理大事呢? 全不讲求礼仪就等于教别人也不要讲求礼仪,结果是使人对于自己减少尊敬之心,尤其是在与生人交往或办理正事的时候更不可不讲礼节。但是专讲礼节,并且把礼节推崇到比月亮还高的地位,那不但是繁冗可厌,并且要减少人家对言者的信任了。当然,在辞令之间有一种表达切实动人的言语的方法,假如一个人能够获得这种方法,它是特别地有用的。

　　一个人在侪辈之中一定可以得到亲密的,因此要矜持一点才好。在下属之间一定可以得到尊敬的,因此亲密一点好。任何事情里头都有他,以致惹人厌倦的人是自轻自贱的。拿自己的力量去替人办事是好的,只要显出我们这样做的动机是出自对某人的尊重,而并非因为天性易与就行了。通常在赞同别人的话的时候,却要附加一点自己的话:例如你赞成他的主张,可是要稍有分别;你愿意附议他的动议,可是要带点条件;你赞成他的议论,可是你自己还要加上点别的理由。人们需要注意,不可过于擅长恭维,因为如果这样,则无论他们在别的方面是怎样的能干,嫉妒他们的人一定要加以善谀的恶名,为他们的大德之累的。在事务中过于多礼或者过于注重日时小节也是有损的。所罗门有言:"看风的人将不能下种,看云的人将不能收获。"智者造机会。人们的举止应当像他们的衣服,不可太紧或过于讲究,应当宽舒一点,以便于工作和运动。

论称誉

[英国]培根

　　称誉是才德的反映。但是它像镜子或其他映影的东西一样，如果它是从俗人来的，那它就多半是虚假而无价值的，并且是随着妄人而不随有德之士的。因为流俗之人是不懂得许多出类拔萃的美德的。最低级的才德能赢得他们的称誉，中等的才德能在他们心里引起惊讶或艳羡，但是对于最上的才德他们就没有识别的能力了。唯有表面上的表现和假冒的才德乃是最受他们欢迎的。名誉的确好像一条河，能载轻浮中空之物而淹没沉重坚实之物。但是假如有地位和有见识的人同声称誉某人，则有如《圣经》所谓"美名有如香膏"了。它的香气播满四周而且不易消逝。盖香膏的香气比花卉的香气耐久也。

　　可以恭维人的假原因太多了，所以一个人怀疑人家的称誉是有理由的。有一种的称誉只是出自谄谀，要是说话的人是一个普通的谄谀者，那么他就会有几种普通的套话，对于谁都可以用的；要是他是一个奸滑的谄谀者，那么他就会摹仿"谄谀者之王"的——那就是一个人的自我。一个人自以为最长于某事，或最富于某种美德，那奸滑的谄谀者就会在这些地方竭力赞成他的；但是假如他是一个大胆的谄谀者，他就会找出一个人自己感觉最缺陷的地方，自己深以为耻的地方，而坚持地说他在这些地方很有长处，"渺视他的自觉"。

　　有些称誉是出自善意与尊敬心的,这种的称誉是我们对于帝王或大人物们应有的礼仪之一节,这就是"以称誉为教训";就是,对某些人说他们是如何如何的时候,实际就是告诉他们应当如何如何也。有些人受称誉其实是被人恶意中伤,为的是好引起别人对他们的嫉妒心;"最恶的仇敌就是那些恭维你的仇敌",所以希腊人有句俗语:"被人恶意恭维的人鼻子上要长小疮",就好像我们的俗语所谓"说谎的人舌头上要长水泡"一样。中节的称誉,用之得时,而且不俗的,确是能有好处的。所罗门说:"清晨起来,大声称赞朋友的人,就等于是诅咒那个朋友。"把人或事过于夸大,必要激起反对,得到嫉妒与轻蔑。至于一个人自夸自赞,除了在很少见的情形之中,是不能成为合理的;但如果是自己称扬自己的官职或职业,则可以漂亮地并且带点豪气而为之。罗马的主教们都是些神学家、宗派僧、经学家,他们对于文官事务有一句渺视轻蔑的话,因为他们把一切战争、外交、司法,及其他的世事都叫做"斯比来累"(sbirrerie),这句话的意思就是"副州吏之事",好像所有这些事情都是副州吏和管家一流的人办的事一样;虽然州吏一流的人所作的好事常常比他们的高深的研讨的好处还多一点。圣保罗在自夸的时候,常常加上一句"我说句狂话";但是在说到他的职务的时候,他就说"我要荣耀我的职份"。

论司法

[英国] 培根

为司法官者应当记住他们的职权是 jusdicere 而不是 jusdare,是解释法律而不是立法或建法。如不然者,则司法官之权将如罗马教会所争为己有的权一样了。罗马教会是假解释《圣经》之名,不惜加以添改,并且把《圣经》中找不出来的法则定为律条,宣之天下,伪造古貌,创立新法的。为法官者应当学问多于机智,尊严多于一般的欢心,谨慎超于自信。犹太律说:"移界石者将受诅咒。"把界石挪动的人是有罪的,但是那不公的法官,在他对于田地产业错判误断的时候,才是为首的移界石者。一次不公的判断比多次不平的举动为祸犹烈。因为这些不平的举动不过弄脏了水流,而不公的判断则把水源败坏了。所以所罗门说:"义人在恶人面前败诉好像浊浑之泉,弄浊之井。"司法官的职权与诉讼者,与辩护士,与属下的官吏,与自己以上的君主或国家都是有关系的。

第一,先说诉讼的两造或双方。《圣经》上说"有的人把审判之举变为苦艾",确实也有把审判之事变为酸醋的人;因为不公平的判断使审判之事变苦,而迟延不决则使之变酸也。一个作法官的人的主要职责是灭除暴力与诈骗,这二者之中暴力在明目张胆地横行时恶毒较著,而诈骗则于秘密掩饰的时候特别险恶。二者之上可再加上好讼者的案件,这种案件是应该当作阻塞法庭的东西而吐弃之的。为法官者应当为公平的判断作一种准备,这种准备应当如同上帝对于他的路的准备一样,就是要填高溪谷,削平山陵。所以在两造的任何一方,若有强力、暴虐、巧计、结徒、奥援、善辩的情形出现,在那个时候为法官者若能使不平者得其平,使他自己的判断得以公平为基础,那就可见其才德了。"扭鼻子必出血",而压榨葡萄汁的机器若是用力过猛,其所出的酒必是涩的,而且带着葡萄核的味儿。为法官者必须留神,不可深文周内,故入人罪;因为没有比法律的苦恼更恶的苦恼也。尤其在刑法事件中,为法官者应当注意,毋使本意在乎警戒的法律变为虐民之具。他们也应当注意,不可把《圣经》上所说的那种雨("他要向他们降下网罗之雨")带来;因为刑事法律行之过于严厉,即等于在人民身上降下网罗之雨也。所以刑律之中若有久已不行或不适于当时者,贤明的法官就应当限制其施行。"司法官的职责,不仅限于审察某案的事实,还要审察这种案件的时候及环境……"在有关人命的大案中,为法官者应当在法律的范围内以公平为念而毋忘慈悲,应当以严厉的眼光对事,而以悲悯的眼光对人。

第二,关于辩护士及法律顾问等。耐性及慎重听讼是司法官的职务之主要的成分之一,而一个哓哓多言的法官则不是一件和谐的乐器。一个法官把他在适当时期内可从律师听来的事情自己首先发现之,或者把见证或辩护士的说话截断得过早以表示自己之敏察,或者用问题(即使是与案件有关的问题)把以后两造将要陈述的事实先期勾引出来,这都不足以为能。法官在审理案件之中的职份有四:审择证据,约束发言毋使过长、重复及泛滥无关,重述、选择、并对照已发言论,指示批判的准则。凡有超过这些职份者即是过多,而这种情形不是出自炫耀多言,就是出自不耐听讼,不然就是由于记忆力不佳,再不就是由于缺乏沉着公平的注意力。辩护人滔滔善辩多能得法官的欢心,这种情形看起来是很可怪的;为法官者应当效法上帝(上帝的座位是他们坐着的),上帝是抑强暴而扶温良的。但是法官而有出名的得宠的律师,那是更可怪的,这种情形是一定要引起苞苴关说的嫌疑来的。在辩护士为某一造发言得宜,办理案件办得很得当的时候,为法官者对于该辩护士有一种责任,理当有称扬赞颂的话,尤其是那一边讼而不利的时候为然,因为如此可以使委托者对于辩护士信用不坠,而且使他那自以为是的意见受些挫折;同此,若逢辩护士有诡辩,重大的疏忽,证据过弱,迫求无度,或强词夺理的情形,则为法官者对于公众也有一种责任,理当给那个辩护士一种合礼的斥责。为辩护士者也不可与法官舌剑唇枪,或者激动自己在法官宣判之后重提这件诉讼;但是,在另一方面,为法官者也不可迁就辩护士,或给他所代理的那一造一种口实,说他的辩论或证据未得上达。

第三,我们谈到吏役。律法所在之处乃是一种神圣的地方,因此不但是法官的坐席,就连那立足的台、听证的围栏都应当全无丑事贪污的嫌疑才好。因为,的确(如《圣经》上说的)"从荆棘之中是采不来葡萄来的",从那些贪馋的吏役的荆棘丛中公道也是不能结出美果来的。法庭的吏役是易受四种恶势力的影响的。第一是包揽诉讼,挑拨是非,使法庭有充塞之患而国家受贫乏之累的人。第二种人是那些把法院卷入职权之争的人们。他们并非是"法院的朋友",而是"法院的寄生虫",因为他们把一个法院鼓动得茫然自大,超越限度,而所为者却是自己的小利与益处也。第三种恶势力就是可以叫做"法院的左手"的那些人,即是那些狡黠而多谋,能阻挠法院的正当程序,并把公理引入邪径与迷阵之中的人们。第四种就是那些收揽并敲诈费用的人们。一般把法院比做矮树丛,一只羊在暴风雨中逃向其中以求安全的时候,总是免不了损失一部分羊毛的。有了上述的这一种人,就足以证明这个譬喻之不诬了。在另一方面,一位多年的老吏,熟悉律例,作事审慎,通晓法院之事务者乃是法院的一个极好的助手,并且常常会给法官本人指引一条道路的。

第四,谈到关于主上与政府的方面。为法官者务要记住罗马的十二铜标的结语:"人民的幸福即是最高的法律",并且要明白法律若不以达到上述的这句话为目的,则不过是一种苛求的东西,是未受灵感的谶语。因此,为人君者和执政者若常与司法官商议而司法者常与人君和执政者商议,则是一国之幸:前者就在法律于国家的政务有碍的时候,后者就在国家的政务于法律有碍的时候。因为往往因之兴讼的事件也许是你你我我的私人事件,而这种事件的原理和影响则要涉及国是。所谓国是者,不仅是有关王权的事,并且包括任何引起大变革或造成危险的先例者,或者是显然有关任何大部分的人民的。再者,谁也不可糊里糊涂地相信公平的法律与真实的政策之间有任何的对立性,因为这两个好像精神与筋肉,是共同动作的。司法官们也应当记住,所罗门的王座是两边由狮子们支持着的:他们可以做狮子,但是也要做王座的狮子,就是要小心在意不可阻挠或违反王权的任何一点。为法官者也不可不知道他们自己的正当权利而以为他们的职务并不包括这主要的一项,就是贤明地行法施法。因为他们也许记得圣徒保罗关于比他们的律法更高的一种律法的话:"我们知道律法原是好的,只要人用得合宜。"

最受读者喜爱的120篇美文

初秋四景

[日本]川端康成

一

在比平常稍凉的水中游过泳,腿脚会显得略洁白些。莫非蓝色的海底有一种又白又凉的东西在流动? 因此,我觉得秋天是从海中来的。

人们在庭园的草坪上放焰火。少女们在沿海岸的松林里寻觅秋虫。焰火的响声夹杂着虫鸣,连火焰的音响也让人产生一种像留恋夏天般的寂寞情绪。我觉得秋天就像虫鸣,是从地底迸发出来的。

与七月不同的,就是夜间只有月光,海风吹拂,女子就悄悄地紧掩心扉。我觉得秋天是从天而降的。

海边的市镇上又新增加许多出租房子的牌子,恰似新的秋天的日历页码。

二

秋天也是从脚心的颜色、指甲的光泽中出来的。入夏之前,让我赤着脚吧。秋天到来之前,把赤脚藏起来吧。夏天把指甲修剪干净吧。

初秋让指甲留点肮脏是否更暖和些呢？秋天曲肱为枕，胳膊肘都晒黑了。假使入秋食欲不旺盛，就有点空得慌了。耳垢太厚的人是不懂得秋天的。

三

纪念大地震已成为初秋的东京一年之中的例行活动。今年九月一日上午，也有十五万人到被服厂遗址参拜，全市还举行应急消防演习。抽水机的警笛声，同上野美术馆的汽笛声一起也传到我的家里来了。我去看被服厂遭劫的惨状，是在九月几号呢？前天或是大前天，露天火葬已经开始了，尸体还是堆积如山。这是入秋之后残暑酷热的一天。傍晚下了一场骤雨。在燃烧着的一片原野上，连个躲雨的地方都没有，乱跑之中成了落汤鸡。仔细一看，白色的衣服上沾满一点点灰色的污点，那是烧尸烟使雨滴变成了灰色。我目睹死人太多，反而变得神经麻木了。沐浴在这灰色的雨里，肌肤冷飕飕的，我顿时感受到已是秋天了。

四

能够比谁都先听到秋声，有这种特性的人也是可悲吧！这是啄木的一首诗歌。无疑事实就是那样。我家里有五六只狗，其中一只对音乐比一般人对音乐更加敏感，它听到欢快的音乐就高兴，听到悲哀的音乐就悲伤，它不仅会跟着留声机吠叫，还会像跳舞一样挪动着身躯，然而它一点也感受不到初秋的寂寞。动物虽然感受到季节的冷暖，但它们并不太感受到季节的推移感情。事实上，草木、禽兽本能地随着季节的推动而生活着，唯独人才逆着季节的变迁而生活，诸如夏天吃冰、冬天烤火。尽管如此，人反而更多地被季节的感情所左右。回想起来，所谓人的季节感情，人工的东西太多了吧。我不禁惊愕不已。

据说，南洋群岛全年气候基本相同，看星辰就知道是什么季节。夏季可以看到夏季的星星，秋季可以看到秋季的星星。若是能把身边的季节忘却到那种程度，这样的生活又是多么健康啊。也没有像美术季节那样的人工季节。

我的伊豆

[日本]川端康成

伊豆是诗的故乡,世上的人这么说。

伊豆是日本历史的缩影,一个历史学家这么说。

伊豆是南国的楷模,我要再加上一句。

伊豆是所有的山色河景的画廊,还可以这么说。

整个伊豆半岛是一座大花园,一所大游乐场。就是说,伊豆半岛到处都具有大自然的惠赠,都富有美丽的变化。

如今,伊豆有三个入口:下田,三岛修善寺,热海。不管从哪里进去,首先迎近你的,是堪称伊豆的乳汁和肌体的温泉。然而,由于选择的入口不同,你定会感到有三个各不相同的伊豆呢。

北面的修善寺和南面的下田这两条通道,在天城山口相会合。山北称外伊豆,属田方郡,山南称内伊豆,属贺茂郡。南北两面不仅植物种类和花期各异,而且山南的天空和海色,都洋溢着南国的气息。天城火山脉东西约四十四公里,南北约二十四公里,占据着半岛的三分之一。海面的黑潮从三面包围着半岛。这山,这海,便是给伊豆增添光彩的两大要素。倘若把茶花当作海岸边的花,山谷幽邃,原生林木森严茂密,使你很难想象这原是个小小的半岛。天城山是闻名的狩鹿的场所,只有翻过这座山峦,才能尝到伊豆旅情的滋味。

开往热海的火车时髦得很,称为"罗曼车"。情死是热海的名产。热海是伊豆的都会,它是在关东温泉之乡中富有现代特征的城市。倘若把修善寺称为历史上的温泉。那么,热海便是地理上的温泉。修善寺附近,清静、幽寂;热海附近,热烈、俏丽。伊豆到伊东一带的海岸线,令人想起南欧来,这里显示着伊豆明朗的容颜。同是南国风韵,伊豆的海岸线多像一曲朴素的牧歌啊。

伊豆有热海、伊东、修善寺和长冈四大温泉,共有二三十个喷口,仅伊东就有数百处泉流。这些都是玄岳火山、天城火山、猫越火山、达磨火山的遗迹。伊豆,是男性火山之国的代表。此外,热海的间歇泉,下加茂峰的吹上温泉,拍击着半岛南端的石廊崎的巨涛,狩野川的洪水,海岸线的岩壁,茂盛的植物所有这些,都带着男性的威力。

然而,各处涌流的泉水,使人联想起女乳的温暖和丰足,这种女性般的温暖与丰足,正是伊豆的生命。尽管田地极少,但这里有合作村,有无税町,有山珍海味,有饱享黑潮和日光馈赠、呈现着麦青肤色的温淑的女子。

铁路只有热海线和修善寺线,而且只通到伊豆的入口,在丹那线和伊豆环行线建成之前,这里的交通很是不便。代之而起的是四通八达的公共汽车。走在伊豆的旅途上,随时可以听到马车的笛韵和江湖艺人的歌唱。

主干道随着海滨和河畔延伸。有的由热海通向伊东,有的由下田通向东海岸,有的沿西海岸绵延开去,有的顺着狩野川畔直上天城山,再沿着海津川和逆川南下……温泉就散缀在这些公路的两旁。此外,由箱根到热海的山道,猫越的松崎道,由修善寺通向伊东的山道,所有这些山道,也都把伊豆当成了旅途中的乐园和画廊。伊豆半岛西起骏河湾,东至相模湾,南北约五十九公里,东西最宽处约三十六公里,面积约四百零六平方公里,占静冈县的五分之一。面积虽小,但海岸线比起骏河、远江两地的总和还长。火山重叠,地形复杂,致使伊豆的风物极富于变化。

现在,人们都这么说,伊豆的长津吕是全日本气候最宜人的地方,整个半岛就像一个大花园。然而在奈良时代,这里却是可怕的流放地。到源赖朝举兵时,才开始兴旺发达起来。幕府末期,曾一度有外国黑船侵入。这里的史迹

不可胜数,其中有范赖、赖家遭受禁闭的修善寺,有掘越御所的遗址,有北条早云的韭山城等。

请不要忘记,自古以来,伊豆在日本造船史上,发挥着重大的作用,这正因为伊豆是大海和森林的故乡啊。

女 性

[日本]芥川龙之介

雌蜘蛛沐浴着盛夏的阳光,在红月季花下凝神想着什么。

这时空中响起振翅的声音,突然一只蜜蜂好像摔下来似的落到月季花上。蜘蛛猛地举目望去。寂静的白昼的空气里,蜜蜂振翅的余音,仍然在微微地颤动着。

雌蜘蛛不知什么时候蹑手蹑脚地从月季花下边爬出来。这时蜜蜂身上沾着花粉,把嘴向藏在花蕊里的蜜插了进去。

残酷的沉闷的几秒钟过去了。

在红月季花瓣上,几乎陶醉在花蜜里的蜜蜂后边,慢慢露出了雌蜘蛛的身子。就在这一刹那蜘蛛猛地跳到蜜蜂头上。蜜蜂一边拼命地振响着翅膀,一边狠狠地去螫敌人。花粉由于蜜蜂的扑打,在阳光中纷纷飞舞。但是,蜘蛛死死咬住不松口。

争斗是短暂的。

不久蜜蜂的翅膀不灵了,接着脚也麻痹起来,长长的嘴最后痉挛着向天空刺了两三次,这就是悲剧的结束。是和人的死并无不同的残酷的悲剧的结束。——一瞬间之后,蜜蜂在红月季花下,伸着嘴倒下去了。翅膀上,脚上,沾

满了喷香的花粉……

雌蜘蛛的身子一动也不动,开始静静地吮吸蜜蜂的血。

不知羞耻的太阳光,透过月季花,在重新恢复起来的白昼的寂静中,照着这个在屠杀和掠夺中取胜的蜘蛛的身子。灰色缎子似的肚子,黑琉璃一般的眼睛,以及好像害了麻风病的丑恶的硬邦邦的节足——蜘蛛几乎是"恶"的化身一般,爬在死蜂身上,令人毛骨悚然。

这种极其残酷的悲剧,以后不知发生过多少次。然而,红月季花在喘不过气来的阳光和灼热中,每天仍在斗艳盛开……

过了不久,蜘蛛在一个大白天,忽然像想起什么似的钻到月季的叶和花朵之间的空隙,爬上一个枝头。枝头上的花苞,被地面酷热的空气烤得将要枯萎,花瓣一边在酷热中抽缩着,一边喷放着微弱的香味儿。雌蜘蛛爬到这里之后,就在花苞和花枝之间不断往还。这时洁白的、富有光泽的无数蛛丝,缠住了半枯萎的花蕾,渐渐又缠向枝头。

不一会工夫,这里出现一个好像绢丝结成的圆锥体的蛛囊,白得耀眼,反射着盛夏的阳光。

蜘蛛做完了巢,就在这华丽的巢里产下无数的卵。接着又在囊口织了个厚厚的丝垫儿,自己坐在上面,然后又张起类似顶棚的像纱一样的幕。幕完全像个圆屋顶,只是留一个窗子,从白昼的天空把凶猛的灰色的蜘蛛遮盖起来。但是,蜘蛛——产后身体瘦弱的蜘蛛,躺在洁白的大厅中间,月季花也好,太阳也好,蜜蜂的翅音也好,好像全忘记了,只是在专心致志地沉思着。

几周过去了。

这时蜘蛛囊巢里,在无数蛛卵中沉睡着的新生命苏醒了。对这件事最先注意到的,是在那白色大厅中间断食静卧的、现在已经老了的母蜘蛛。蜘蛛感觉到丝垫下面不知不觉在蠢动着的新生命,于是慢慢移动着软弱无力的脚,咬开把母与子隔离开的囊巢顶端。无数的小蜘蛛不断地从这儿跑到大厅里来。或者不如说,是丝垫变成了百十个微粒子在活动着。

小蜘蛛马上钻过圆屋顶的窗子,一哄拥上通风透光的红月季的花枝。它们中的一部分拥挤在忍着酷暑的月季的叶子上。还有一部分好奇地爬进喷着蜜香的层层花瓣的月季花里去。另有一部分已经纵横交错于晴空之中的月季花枝与花枝之间，开始张起肉眼看不清的细丝。如果它们能叫的话，在这白昼的红月季花上，一定会像挂在枝头的小提琴在风中歌唱那样，鸣叫轰响。

然而，在这圆屋顶的窗子前边，瘦得像个影子似的母蜘蛛，寂寞地独自蹲在那儿。不只这样，而且过了好久，连脚也不动一动了。那洁白大厅的寂寥，那枯萎的月季花苞的味儿——生了无数小蜘蛛的母蜘蛛，就在这既是产房又是墓地的纱幕般的顶棚之下，尽到了做母亲的天职，怀着无限的喜悦，在不知不觉之间死去了。——这就是那个生于酷暑的大自然之中，咬死蜜蜂，几乎是"恶"的化身的女性。

美　德

[古希腊]苏格拉底

一般地说,灵魂所企图或承受的一切,如果在智慧的指导之下,结局就是幸福。但如果在愚蠢的指导之下,则结局就相反!

如果美德是灵魂的一种性质,并且被认为是有益的,则它必须是智慧或者谨慎,因为灵魂所有的东西,没有一种是本身有益或有害的,它们都是要加上智慧或愚蠢才成为有益或有害的东西。

美德整个的或部分的是智慧。

如果善不是由于本性就是善的,岂不是由于教育而成为善的吗?

美德并不是用金钱能买来的,却是从美德产生的金钱及人的其他一切公的方面和私的方面的好东西。

精神胜过物质

[英国]巴克莱

痉挛来的时候,患者有种种不同的应付方法,有的方法十分有趣。医生说在身上挂一块小磁石,也曾经消除了痉挛。

有位家庭主妇把一袋软木塞放在床上,防止孩子抽筋。伦敦有人说,用大酒桶的塞子,效果更好。有的用一圈水牛角,或者是把红绳绑在脚趾上,或者用海狮牙齿磨的粉、鳝鱼的皮、河马的牙齿。用过的人都说他们的方法有效。

读这类文章仿佛又回到了原始社会相信魔法和符咒的日子,不过也指出一个普遍存在的事实:要是我相信一件事物对自己有用,它就会真的有用。因此你可以明白另外一件事:只要能医好你的心,就能医好你的身体。生活的确靠信心。要是心里相信不能做一件事,这件事便永无完成之日,要是一开始就坚信可以完成,事情就等于做好了一半。因为心里有了信心,身体就会跟着去完成。

量

[英国]荷迦兹

　　高大的树林、雄伟的教堂和宫殿，是多么庄严，多么可爱！甚至仅仅一棵树叶广被的橡树，当它长成之时，也赢得了"神采奕奕"的声望！

　　温莎城堡是表示量的效果的一个高尚的例子。它的少数的、清楚的部分巨大形状，从远处就以一种不寻常的宏大庄严引起我们的注意。量与单纯的结合，使它成为全国最美的建筑物之一，虽然它并没有任何正规的建筑样式。

　　巴黎卢浮宫的正面，也是以其量惊人。这部分建筑物被公认为是法国建筑中最美好的，虽然有许多建筑物，纵使比它高，在所有其他方面也都可以与它媲美，只是在量上比不上它。

　　有哪个人面对着那精心装饰过的埃及的庞大建筑，看着它的整体和装饰着它的许多巨大雕刻时，会无动于衷呢？

　　大象和鲸鱼以它们笨重的巨大身躯讨我们欢喜。甚至身材高大的人物，仅仅因为他们高大，就令人尊敬。是的，量加到人身上，常常会弥补他身体上的缺陷。

　　国王的皇袍总是做得又宽又大，因为这使他看起来很庄严，适合于他那显要的职位。法官的礼服由于所容的量，使人感到一种可敬畏的庄严，当那衣裾被拉起来的时候,从法官的肩头向下一直到拉衣裙人的手,有一条宏大的波浪形线条。当衣裙被轻轻地放到旁边的时候,它总是形成各种折痕,这些折痕也很显眼、引人注意。

远胜过欧洲的东方人所穿的衣服的庄严,不仅是由于华贵,同样也是由于它的量。

总之,量能在秀美之上加上伟大。但是,要避免过量,否则就会变成笨拙、沉重,甚至可笑了。

底部张开的假发,像狮子的鬃毛,具有一种高贵的样子,不仅能增加人容貌的庄严,而且使人显得聪明,如果戴上一个再大一倍的假发,就会变得诙谐了。如果一个不合适的人戴上,则会显得可笑。

不合适或不相合的过量出现时,总会引人发笑。尤其是当这些过量的形状并不优雅时,也就是说,他们是由没有变化的线条组成时,那就更会引人发笑。

生活在大自然的怀抱里

［法国］卢梭

　　为了要到花园看日出，我比太阳起得更早，如果这是一个晴天，我最殷切的期望是不要有信件或来访扰乱这一天的清宁。

　　我用上午的时间做各种杂事。每件事都是我乐意完成的，即使这都不是非立即处理不可的急事，然后我匆忙用膳，为的是躲避那些不受欢迎的来访者，并且使自己有一个充裕的下午。即使最炎热的日子，在中午一点钟前我就顶着烈日带着小狗芳夏特出发了。由于担心不速之客会使我不能脱身，我加紧了步伐。

　　可是，一旦绕过一个拐角，我觉得自己得救了，就激动而愉快地松了口气，自言自语地说："今天下午我是自己的主宰了！"

　　接着，我迈着平静的步伐，到树林中去寻觅一个荒野的角落，一个人迹不至因而没有任何奴役和统治印记的荒野的角落，一个我相信在我之前从未有人到过的幽静的角落，那儿不会有令人厌恶的第三者跑来横隔在大自然和我之间。大自然在我眼前展开一幅永远新的华丽的图景。

　　金色的燃料木、紫红的欧石楠非常繁茂，给我深刻的印象，使我欣悦；我头上树木的宏伟、我四周灌木的纤丽、我脚下花草惊人的纷繁使我眼花缭乱，不知道应该观赏还是赞叹；这么多美好的东西竞相吸引我的注意力，使我在它们面前驻足,从而助长我懒惰和爱空想的习惯,使我常常想:"不,全身辉煌的所罗门也无法同它们当中任何一个相比。"

我的想象不会让如此美好的土地长久渺无人烟。我按自己的意愿在那儿立即安排了居民,我把舆论、偏见和所有虚假的感情远远驱走,使那些配享受如此佳境的人迁进这大自然的乐园。我将把他们组成一个亲切的社会,而我相信自己并非其中不相称的成员。我按照自己的喜好建造一个黄金的世纪,并用那些我经历过的给我留下甜美记忆的情景和我的心灵还在憧憬的情境充实这美好的生活。

我多么神往人类真正的快乐,如此甜美、如此纯洁,但如今已经远离人类的快乐。甚至每当念及此,我的眼泪就夺眶而出!啊!这个时刻,如果有关巴黎、我的世纪、我这个作家的卑微的虚荣心的念头来扰乱我的遐想,我就怀着无比的轻蔑立即将它们赶走,使我能够专心陶醉于这些充溢于我心灵的美妙的感情(然而,在遐想中,我承认,我幻想的虚无有时会突然使我的心灵感到痛苦。甚至即使我所有的梦想变成现实,我也不会感到满足,我还会有新的梦想、新的期望、新的憧憬。我觉得我身上有一种没有什么东西能够填满的无法解释的空虚,有一种虽然我无法阐明,但我感到需要的对某种其他快乐的向往。然而,先生,甚至这种向往也是一种快乐,因为我从而充满一种强烈的感情和一种迷人的感伤——而这都是我不愿意舍弃的东西)!

我立即将我的思想从低处升高,转向自然界所有的生命,转向事物普遍的体系,转向主宰一切的不可思议的上帝。此刻我的心灵迷失在大千世界里,我停止思维,我停止冥想,我停止哲学的推理,我怀着快感,感到肩负着宇宙的重压。我陶醉于这些伟大观念的混杂,我喜欢任由我的想象在空间驰骋,我禁锢在生命的疆界内的心灵感到这儿过于狭窄,我在天地间感到窒息,我希望投身到一个无限的世界中去。我相信,如果我能够洞悉大自然所有的奥秘,我也许不会体会到这种令人惊异的心醉神迷,而处在一种没有那么甜美的状态里,我的心灵所沉湎的这种出神入化的佳境使我在亢奋激动中有时高声呼喊:"啊,伟大的上帝呀!啊,伟大的上帝呀!"但除此之外,我不能讲出也不能思考任何别的东西。

美和崇高

[德国] 康德

第一个称女子为美丽的性别的人,也许只是想恭维她们,其实他表达出来的意思超过了他自己的预料。

我们姑且不说女性容貌清秀,线条柔和,她们面部表现出来的友好、戏谑、和蔼比男人更强烈、更动人……除此之外,女性心灵结构本身首先是具有独特的,和我们男性显然不同的并且以美作为主要标志的特征。

如果并不要求高尚的人推让荣誉,将美称割爱他人,我们就不妨自称是高尚的性别。但是,切不可把这番话理解成这样:妇女似乎缺少高尚品德,而男子似乎缺少美。

恰恰相反,倒是可以认为无论男女都是二者兼而有之,只不过女人身上的其他一切品德都是为了衬托其美的特性而组合在一起,而在男人的各种品格中,以作为男性的显著标志的崇高最为突出……

妇女有较强的爱美、爱优雅、爱漂亮的天性。女性自幼就非常喜欢穿得漂亮,以修饰打扮为乐趣。她们有洁癖,对凡是使人反感的东西都很敏感。她们喜欢谐趣,只要她们的心情好,就可以拿些小饰物哄她们开心……妇女非常会体贴人,心地善良,富于恻隐之心,讲究美而不注重实用……她们对极其微不足道的羞辱都十分敏感,对一丝一毫的怠慢和不尊重,也能觉察出来。

　　总之,多亏有了妇女,我们才能识别人性中美的品格和高尚的品格。女人甚至使男子也变得较为精细……

　　女性的智慧同男性的智慧不相上下,差别只在于:女性的智慧是美的智慧,我们男性的智慧则是深沉的智慧,而这不过是崇高的另一种表现。

　　一种行为之所以美,首先是因为它轻松自然,仿佛无须费力,而花费气力和克服困难,总是令人赞叹的,因而属于崇高行为之列……

　　美最忌讳的是使人反感,而和崇高相去最远的是令人失笑。因此男子最感到难堪的是被人骂为蠢才,女人最感难堪的是人家说她丑陋。

变化的美

[爱尔兰]柏克

美的对象的一个主要特性是：它的各部分线条不断地变换它们的方向。但它们是通过一种非常缓慢的偏离而变换方向的，它们从来不迅速地变换方向使人觉得意外，或者以它们的锐角引起视觉神经的痉挛或震动。没有一件长久保持同一个样子的东西能够是美的，也没有一件突然发生变化的东西能够是美的。因为两者都与令人愉快的松弛舒畅相对立，而松弛舒畅却是美所特有的效果。在所有的感觉里都是这样。

我们走和缓的下坡路时遇到的阻力最小，沿着直线运动是仅次于它的活动方式。然而走直线在使我们感到最不疲劳这方面却不是仅次于走下坡的活动方式。休息当然使人松弛舒畅，可是还有一种运动比休息更使人松弛舒畅，那就是一种时上时下的和缓的摇摆运动。摇动比绝对的静止更易于使孩子入睡。在那种年纪，几乎没有任何活动比轻轻地举上降下给人更大的快感了。保姆和孩子们的玩耍方法，以及孩子们视为心爱娱乐的荡秋千，都充分地证明了这一点。大多数人一定曾经注意到自己坐在一辆舒服的马车里，在和缓地上下起伏不平坦的草地上疾驰时所体验到的那种感觉。这给人以一种更好的美的观念，这比其他任何东西都能更好地指明美的可能原因。相反，当一个人坐车在一条崎岖的、铺碎石的、起伏不平的道路上疾驰时,由于突然的崎岖不平而感到的痛苦则说明为什么类似的视觉、感觉和声音同美如此格格不入。对于感觉来说,无论我把我的手沿着具有一定形状的物体的表面移动,或者这样的物体沿着我的手移动,在其效果上都是完全相同的,或者差不多是相同的。但是,让我们把这种感觉的类似再反过去应用于眼睛,假如呈现在感官面前的物体具有一种波浪形起伏的表面,使从它反射出来的光线连续不断缓慢地从最强的光向最弱的光偏移(在表面逐渐起伏的情况下总是这样),那么它对眼睛或触觉产生的影响一定是完全相似的。在这两者之中,它对一个是直接起作用的,对另一个则间接起作用。假如构成这个物体的表面线条不是始终不变或者以一种方式变化从而可能叫人厌倦或使注意力涣散的话,那么这个物体将是美的。变化本身也必须继续不断。

美与实用有关

[爱尔兰]柏克

猴子长得非常适合于奔跑、跳跃、抓扭和爬行,但在人类的眼里没有动物看起来比猴子更不美了。我需要谈一谈象的鼻子,象的鼻子有着各种各样的用途,但对象的美却不起任何作用。狼长得多么适合于奔跑和跳跃!狮子为了格斗而武装得多么好!但难道有人会因此认为象、狼和狮子是美的吗?我相信不会有人认为人的双腿是和马、狗、鹿及其他运动的腿一样适合于奔跑,至少在外形上就不是这样的,但我相信一条长得匀整的人腿在美的方面将被认为远远胜过所有这些动物的腿。

倘若躯体各部分的适宜性是使它们形式可爱的因素,那么这些部分的实际使用无疑地应该大大提高这种可爱的程度,但情况却远非如此,虽然根据另一个原理,有的时候确实是这样的。

鸟飞的时候不如它栖息的时候美丽。还有一些很少看到它们起飞的家禽并不因此而削减其美。鸟类在形式上同兽类和人有着极大的不同,除非考虑到鸟类躯体各部分是为了完全不同的目的,否则你不可能根据适宜性的原理承认鸟类的身上有什么令人愉快的东西。

我从来没有见过孔雀起飞,但远在我考虑孔雀的形式是否适合于飞翔以前,我就被它那异常的美迷住了,它这种美使它胜过世界上许多出色的飞禽,尽管据我所见,它的生活方式很像猪的生活方式,猪就是和孔雀一起养在院子里的。

公鸡和母鸡以及其他这类家禽也同样存在这种情况,它们在体形上属于飞禽类,但在行动方式上却同人类和兽类没有很大区别。撇开这些人类以外的例子不谈,可以考虑一下:倘若我们人类自身的美是和效用有关的话,男人就该比女人更加可爱,强壮和敏捷就被认为是唯一的美。但是用美这个名词去称呼强壮,只用一种名称去称呼几乎在一切方面都不同的女神维纳斯和大力士海格力斯所具有的品质,这必然是一种不可思议的概念混乱和名词的滥用。我猜想造成这种混乱的原因可能是我们时常见到人类和其他动物的躯体的一些部分既美丽又适应于它们的目的,我们受到一种诡辩的欺骗,这种诡辩将这种适应性说成是一种原因,而实际上它只是一种附着物。下面是苍蝇的诡辩:苍蝇认为自己带起了一大片尘埃,因为它站在一辆真正带起尘埃的战车上面。但实际上却是尘埃把它举起。胃、肺、肝等器官都最适合于它们的目的,然而它们绝没有什么美。此外,人们也无法从许多非常美的东西身上找到任何效用。

天道自然

[德国]歌德

她以肉眼看不见的演出自娱,对于我们,她的演出是极为重要的。

她使每个儿童都来研究她,每个傻瓜都来判断她,可是成千上万的人从她身边走过,却什么也没有发现。而她却从所有的这些人身上得到乐趣,发现益处。

人即使是在抗拒她的规律的时候,也是在服从她的规律,既反对她,又离不开她。

她的每一种赐予都是好的,因为首先她赐予的都是人不可或缺的。她姗姗而来,害得我们望眼欲穿,她匆匆而去,为的是使我们不致对她感到厌倦。

她没有语言文字,但是她创造出了能够感受和说话的心灵和舌头。

她的最高荣誉是爱。我们只有通过爱才能同她接近。她使所有的事物各个有别,但所有的事物却极力要融合到一起。她使事物互不雷同,其实正是要使它们融合在一体。她用她那爱之怀里的玉液琼浆补偿我们生活中的不胜烦恼。

她就是一切。她酬赏自己又惩罚自己。她从自己身上得到喜悦,却又感到苦恼。她既粗鲁又温柔,既仁爱又凶恶,既软弱又力大无穷。每个事物都永远是她的化身。

论真理

[英国]培根

　　善戏谑的彼拉多曾说:"真理是什么呢?"说了之后并且不肯等候回答。世上尽有一般人喜欢把意见变来变去,并且认为固定了一种信仰即等于上了一套枷锁;在思想上和在行为上他们都一样地要求意志的自由。并且虽然这一流的各派哲学家已成过去,然而仍有些心志游移的说者和他们同声同气,——虽然这般人比起古人来血气薄弱一点。但是使人们好伪说的原因,不仅是人们找寻真理时的艰难困苦,亦不是找寻着了真理之后真理所加于人们的思想的约束,而是一种天生的,虽然是恶劣的,对于伪说本身的爱好。希腊晚期哲学学派中有人曾研究过这个问题,他不懂得伪说之中有什么东西竟会使人们为伪说的本身而爱它,因为伪说既不能如诗人之所为,引人入胜;亦不能如商人之所为,导人得利。我亦不懂得这是什么缘故。可是"真理"这件东西可说是一种无隐无饰的白昼之光,世间的那些歌剧、扮演、庆典在这种光之下所显露的,远不如灯烛之光所显露的庄严美丽。真理在世人眼中其价值也许等于一颗珍珠,在日光之下看起来最好,但是它绝够不上那在各种不同的光线下显得最美的钻石和红玉的价值。搀上一点伪说的道理总是给人添乐趣的。要是从人们的心中取去了虚妄的自是,自谀的希望,错误的评价,武断的

最受读者喜爱的120篇美文

想象,就会使许多人的心变成一种可怜的、缩小的东西,充满忧郁和疾病,自己看起来也讨厌。对于这一点会有人怀疑吗?早期的耶教著作家中有一位曾经很严厉地把诗叫做"魔鬼的酒",因为诗能占据人的想象,然而诗不过是伪说的影子罢了。害人的不是那从心中经过的伪说,而是那沉入心中,盘踞心中的伪说,如前所言者是也。然而这些事情,无论其在人们堕落的判断力及好尚中是如何,真理(它是只受本身的评判的)却教给我们说研究真理(就是向它求爱求婚),认识真理(就是与之同处),和相信真理(就是享受它)乃是人性中最高的美德。

当上帝创造宇宙的那几日中,他所创造的头一件东西就是感官的光明,他所创造的末一件东西就是理智的光明,从那以后直到如今在他工作完毕而休息的期间内,他的作为全是以他的圣灵昭示世人。最初他在物或混沌的面上吹吐光明,然后他由人的面目中吹入光明,到如今他还在往他的选民面目之中吐射光明。有一派哲学在别的方面都不如他派,可是有一位诗人为这派哲学增光不少。这位诗人曾说:"站在岸上看船舶在海上簸荡是一件乐事;站在一座堡垒的窗前看下面的战争和它的种种经过是一件乐事;但是没有一件乐事能与站在真理的高峰(一座高出一切的山陵,那里的空气永远是澄清而宁静的)目睹下面谷中的错误、漂泊、迷雾和风雨相比拟的。"只要看的人对这种光景永存恻隐而不要自满,那么以上的话可算是说得好极了。当然,一个人的心若能以仁爱为动机,以天意为归宿,并且以真理为地轴而转动,那这人的生活可真是地上的天堂了。

从教义中的真理和哲学中的真理再说到世事上的真理。即使那些行为并不坦白正直的人也会承认坦白正直地待人是人性的光荣,而真假相混则有如金银币中杂以合金一样,也许可以使那金银用起来方便一点,但是把它们的品质却弄贱了。因为这些曲曲折折的行为可说是蛇走路的方法,蛇是不用脚而是很卑贱地用肚子走路的。没有一件恶德能和被人发现是虚伪欺诈一般使人蒙羞的。所以蒙泰涅在他研究为什么说人说谎算是这样的一种羞辱,一种可恨之极的罪责的时候,说得极好。他说:"仔细考虑起来,要是说某人说谎就等于说他对上帝很大胆,对世人很怯懦。"因为谎言是直对着上帝而躲避着世人的。曾经有个预言,说基督重临的时候,他将在地上找不到信实;所以谎言可说是请上帝来裁判人类全体的最后的钟声。对于虚假和背信的罪恶再不能比这个说法揭露得更高明了。

论结婚与独身

[英国]培根

　　有妻与子的人已经向命运之神交了抵押品了,因为妻与子是大事的阻挠物,无论是大善举或大恶行。无疑地,最好,最有功于公众的事业是出自无妻或无子的人的,这些人在情感和金钱两方面都可说是娶了公众并给以奁资了。然而依理似乎有子嗣的人应当最关心将来,他们知道他们一定得把自己最贵重的保证交代给将来的。有些人虽然过的是独身生活,他们的思想却仅限于自身,把将来认为无关紧要。并且有些人把妻与子认为仅仅是几项开销。尤有甚者,有些愚而富的悭吝人竟以无子嗣自豪,以为如此则他们在别人眼中更显得富有了。也许他们听过这样的话:一人说,"某某人是个大富翁",而另一人不同意地说,"是的,可是他有很大的儿女之累",好像儿女是那人的财富的削减似的。然而独身生活的最普通的原因则是自由,尤其在某种自喜而且任性的人们方面为然,这些人对于各种的约束都很敏感,所以差不多连腰带袜带都觉得是锁链似的。独身的人是最好的朋友,最好的主人,最好的仆人,但是并非最好的臣民。因为他们很容易逃跑,差不多所有的逃人都是独身的。独身生活适于僧侣之流,因为慈善之举若先须注满一池,则难于灌溉地面也。独身于法官和知事则无甚关系,因为假如他们是易欺而贪污的,则一个仆人之恶将五倍于一位夫人之恶也。至于军人，窃见将帅激励士卒时，多使他们忆及他们的妻子儿女，又窃以为土耳其人之不尊重婚姻使一般士兵更为卑贱也。妻子和儿女对于人类确是一种训练。而独身的人，虽然他们往往很慷慨好施，因为他们的钱财不易消耗，然而在另一方面他们较为残酷狠心（作审问官甚好），因为他们不常有用仁慈之处也。庄重的人，常受风俗引导，因而心志不移，所以多是情爱甚笃的丈夫，如古人谓攸立西斯："他宁要他的老妻而不要长生"者是也。贞节的妇人往往骄傲不逊，一若她们是自恃贞节也者。假如一个妇人相信她的丈夫是聪慧的，那就是最好的使她保持贞操及柔顺的维系；然而假如这妇人发现丈夫妒忌心重，她就永不会以为他是聪慧的了。妻子是青年人的情人，中年人的伴侣，老年人的看护。所以一个人只要他愿意，任何时候都有娶妻的理由。

然而有一个人，人家问他，人应当在什么时候结婚？他答道："年青的人还不应当，年老的人全不应当。"这位也被人称为智者之一。常见不良的丈夫多有很好的妻子，其原因也许是因为这种丈夫的好处在偶尔出现的时候更显得可贵，也许是因为做妻子的以自己的耐心自豪。但是这一点是永远不错的，就是这些不良的丈夫必须是做妻子的不顾亲友之可否而自己选择的，因为如此她们就一定非补救自己的失策不可也。

离开比利时

[法国]维克多·雨果

流亡者兄弟们,比利时的朋友们:

在答谢你们热情洋溢地倾听我发表的滔滔不绝的讲话之前,请允许我不谈论自己,我感到忘却自己是很合适的。我落到达一步有什么关系呢?我从法国流亡出来,要同十二月一日的诡计做斗争,同叛变行为决一雌雄;我从比利时流亡出去,是因为写了《小拿破仑》,那么,我被驱逐了两次。如此而已。波拿巴先生在巴黎搜捕我,又在布鲁塞尔追捕我,犯罪的人在自卫,这再简单不过。我尽了自己的责任,我受到了惩罚,这再简单不过。我要继续尽我的责任,我也要继续受惩罚,这仍然再简单不过。我们不再谈这个话题了。我要离开你们,感到很难过,但我们生来不是受苦受难的吗?我的心在流血,让它流血吧。难道我们不是叫做牺牲者吗?

因此,请允许我将感动我的事撇在一边,感谢马迪埃和蒙若慷慨激昂的感情吐露,感谢沙拉斯的豪言壮语和美妙言词,感谢戴沙奈尔高雅迷人的长篇讲话,感谢杜苏斯和阿格里柯尔、佩尔迪占埃动人的告别辞,感谢你们——我的比利时朋友们——衷心表达的兄弟般的同情;在我将要离开这片好客的土地之际,在我或许同你们永远诀别之际,我不知道有什么比最后一次诅咒路易·

波拿巴和最后一次向共和国欢呼,做得更好的了。

共和国万岁,朋友们!

(人们从四面八方呼喊:共和国万岁! 演讲者继续说:)有人说:共和国死了。那么,如果她死了,此时此刻沉浸在物质利益尽情而粗俗的享受中的人,会暂时转过头来,注视着流亡者,向坟墓致敬!

流亡者,如果共和国死了,请给尸体守灵! 点燃我们的心灵吧,让它们面对死去的意识,就像蜡烛在棺柩前面那样耗尽吧。让我们当过保卫她的战士以后,成为埋葬她的教士吧。

不,共和国并没有死去!

公民们,我要宣称,她从来没有这样生龙活虎过。她待在地下墓穴里,这样很好。唯有那些把地下墓穴看作坟墓的人,才会以为她死了。朋友们,地下墓穴不是坟墓,地下墓穴是摇篮。基督教从地下墓穴出来时,头上戴着三重冠;共和国从那里出来时,头上将罩着光环。

共和国死了,伟大的天主,但是她是不朽的! 在什么时候说这种话啊!

眼下,仅仅在法国,就有两千人被屠杀,一千二百人被处死,一万人被流放,四千人要流亡! 共和国死了! 可是,请看看你们的周围。流亡地,用作牢房的船,苦役监,贝利斯勒,马扎斯,非洲,圭亚那,练兵场的壕沟,蒙马特尔墓地,这些地方都充满生命! 公民们,民主、自由、共和国,就是我们大家的宗教。那么,请让我转用这种说法,受难者是我们宗教的动力。在我们的炭盆里这种燃料越多,火焰就升得越高,观念就越显得崇高,真理就越照得明亮。此时此刻,流亡者们,我对你们再说一遍,共和国比任何时候更加生龙活虎,由于有你们的千辛万苦作为光源,它显得更加光辉夺目。

在必要时,我不需要别的证明,只需要这种难以形容的光辉。此刻,这种光辉照亮了你们这些被驱逐出境的人的脸,你们就在我的身边。在你们的眼睛里、额头上,究竟有什么东西呢? 洋溢着喜悦。受害者神圣的喜悦。还不说故乡消失了,财产失去了,工作丢掉了,缺少面包,习惯中断了,家园毁灭了,每个人心里都惦记着父母、兄弟、孩子,可是不得不同他们分离;你们惦记着心爱的分开的妻子,心中埋藏着受到伤害的流血的爱情;你们在受苦受难,你们在

最受读者喜爱的120篇美文

炽热的炭火上备受煎熬；但是你们高昂着头颅，你们的目光说：我们很高兴。这是因为你们知道，共和国，你们的信念，你们对祖国的观念，它从你们的折磨中汲取了新的生命。你们的痛苦是一种确认。火堆燃得旺旺的，受难的人照得满面红光。

共和国万岁，公民们！

（人们呼喊：共和国万岁！有一个声音叫道：给比利时的朋友们说几句！维克多·雨果继续说：）我刚才听见有人对我喊道：对比利时的朋友们说几句话！你们难道竟以为我会忘记你们吗？（"不会！不会！"）在这种分离时刻忘记你们？你们一直尾随我们来到这里，你们此刻友好而热情地围住了我们，你们慷慨激昂地谴责政府的软弱。忘记你们！永远不会！你们虽是小民族，却表现得像伟大的民族。你们争先恐后跑来迎接我们这些流亡者，你们都记忆犹新吧！——那时，我们在十二月二日之后来到边境，受到驱逐和追赶，流亡国外，额上汗水涔涔，耳中还充满了战斗的喧嚣声，衣服沾满了街垒上的泥巴，不减英姿！你们没有嫌弃我们的逆境，你们没有害怕我们的传染病，光荣属于你们！你们既伟大又朴实地让这些人人避之唯恐不及的所谓败兵残将，坐在火炉旁边。比利时的朋友们，我直接就来寻找你们。你们是我们的好客主人，也就是说我们的兄弟。用不着兜什么圈子，才向兄弟们伸出手去，你们当中的一位，这个勇敢的路易·拉巴尔，刚才想到波拿巴先生，用雄辩的语言表明了你们的民族特点，发誓要为保卫它而战死。很好，我非常赞成。我们在这里的所有法国人，我们都表示赞成。

是的，如果波拿巴先生来了，如果波拿巴先生侵犯你们，如果有一天晚上——这是他办事的时间——他倏然而至，到达你们的边境，落在他的随从后面，或者说得更确切些——一直往前推进作开路先锋不是他的行动方式，把今日称为法国的国家往前推进，把如今失去民族标记的这支军队，把他使之成为乌合之众的团队，把侵犯国民议会的御用军，把扼杀厂宪法的近卫军，把本来可以成为英雄、他却使之变成强盗的蒙马特尔大街上的士兵，统统往前推进；如果他来到你们的边境，这个人，他把比利时称作他的管辖区，会把耻辱带给本性尊贵的你们，会把奴役带给爱好自由的你们，会把贪赃枉法带给廉洁的你们！噢！起来吧，比利时人，你们都愤然而起吧！对待路易·波拿巴，就像你们容易冲动的祖先对待卡利古拉那样！赶快拿起叉子、石头、长柄镰刀、犁刀，拿起你们的长刀，拿起你们的步枪，拿起你们的马枪吧！扑向阿尔特韦的古剑吧！扑向柯普诺尔包铁的古棍吧，如果必要，重新在根特的粗大的长炮中装上石弹吧，你们会在哈尔的圣母院里找到这些长炮的！高呼武装起来吧！这不是阿尼拔来到门口，这是中德哈纳来了！敲起警钟，敲起集合鼓；在原野上展开战斗，以墙为战，以灌木丛为战；步步为营，保卫自己，狠狠打击，战斗而死！要想起你们的父辈，他们给你们留下的是荣誉观念；要想起你们的孩子，你们应该给他们留下自由！要向滑铁卢借取它的哀鸣：比利时宁死不屈！如果波拿巴胆敢来犯，你们就要这样做！

但是，比利时人，要是有朝一日，你们沐浴着阳光，在革命的欢乐之风中挥舞着一面单色的旗帜，旗帜上面可以看到：各国人民的博爱，欧洲联盟——伟大、自由、自豪、可爱、宁静的法兰西，真正的法兰西，手里握着麦穗和桂枝，向你们走来。噢！这一次你们也要站起来，不过是用带花的树枝代替包铁皮的棍子！你们站起来是为了迎接法兰西，对她说：敬礼！

你们站起来对她——我们的母亲，伸出手去，就像我们、她的孩子们，对你们伸出手去一样，同时也要向她张开手臂，就像我们向你们张开手臂一样。因为法兰西不会充当征服者的角色，而是一个启蒙者；这不会是征服别人的法兰西，而是解放别人的法兰西；这不会是波拿巴家庭的法兰西，而是各民族的法兰西！

你们就像对一个伟大的朋友那样迎接她吧。你们接待这个胜利者吧，如同过去接待流亡中的她一样。因为此刻你们在向她欢呼，因为法兰西就在这里。眼下正是她穿着工人的罩衣，或者穿着远离家乡的劳动者的粗布罩衫，在你们的城门下哭泣，她有时会受到你们的统治者残害，却总是被你们扶起来，安慰一番。

朋友们，今天的情况是受迫害和受煎熬；明天则是欧洲联盟，各国人民成为兄弟。对我们的敌人来说，这是不可避免的明灭，对我们来说，这是必然的结局。朋友们，不管过去的一刻多么令人烦恼和艰难重重，请把我们的思路集

最受读者喜爱的120篇美文

中在已经清晰可见的灿烂的明天上,集中在自由和博爱这遥远的口子上。法国的流亡者,你们要在这种遥望中平静下来,有时,正像我刚才对你们提起的那样,在你们眼下所处的阴森森的黑夜里,人们惊讶地看到你们的眼中光芒在闪烁。这种光芒就是你们充满信心的未来闪射出的光辉。

　　法国和比利时的公民们,面对暴君,要发扬你们的民族白信心;在民主面前,则要虚怀若谷。民主,这是伟大的祖国。世界共和国,这是大家的祖国。有朝一日,各国的民族性和祖国观念会对暴君发出战斗的呼喊。大业既毕,统一,人类神圣的统一,将要在各民族的额角上印上和平的一吻。让我们节节上升,逐渐得到启蒙,忍受千辛万苦和贫困的折磨,上升到伟大的形式中。但愿每越过一级都扩展我们的眼界。有一样东西在德国人、比利时人、意大利人、英国人、法国人之上,这就是公民;有一样东西在公民之上,这就是人。各民族的终极是统一,就像树根之上是树干一样,又像风的顶上是天空一样,有如河流的终点是大海一样。各国人民! 只有一种人民。世界共和国万岁!

1852 年 8 月 1 日于安特卫普

《诺曼底号》的沉没

[法国]维克多·雨果

有人写信问我，我对蒙塔朗贝之死有什么想法。我回答：毫无想法，绝对的无动于衷——但是，下面这件事令我非常难过。

《诺曼底号》轮船四天前在大海沉没，这艘船上有一个可怜的木匠和他的妻子，他们是这里的人，属于救世主教区的。他们从伦敦返回，男的到伦敦去是为了医治手臂上的一个瘤子。

在漆黑的夜晚，轮船突然断为两截，沉到海里。只剩下一只救生艇，上面挤满了人，他们正要砍断缆绳，逃命而去。那个木匠大喊："等一下我们，我们要下船。"艇上的人回答他："只有一个位置，是给女人的。让你的妻子下来吧。"

"去吧，屋里的。"丈夫说。

而女人回答："不嘛。我不下去。没有你的位置。我们死在一起。"这个"不嘛"十分可爱。用方言道出的这种英雄气概令人揪心。

这是在坟墓面前怀着甜蜜的微笑说出的温柔的"不嘛"。

于是可怜的女人用双臂搂住丈夫的脖子，两个人同归于尽。

　　在给你写这几行字的时候,我潸然泪下,而且我想起了我出色的女婿沙尔·瓦克里……

1860 年 3 月 27 日于上城之家

塔莱朗

[法国]维克多·雨果

在圣弗洛朗丹街,有一座大宅和一条阴沟。

大宅是座巍峨、富丽而又阴森森的建筑,长期以来人们称之为"王子官邸";今日,在它正上方的二角楣上只见几个字:"塔莱朗公馆"。这座大宅最后一位主人在这条街上住了四十年,他兴许从没有向这条阴沟扫过一眼。

这是一个古怪、令人惧怕的重要人物,他原名沙尔·莫里斯·德·佩里戈尔,他像马基雅维里一样高贵,像贡迪一样是个教士,像富歇一样还俗,像伏尔泰一样才思敏捷,像魔鬼一样瘸腿。简直可以说,他身上的一切都像他一样一瘸一拐:他以贵族的身份成为共和国的奴仆,他举着教士的职衔出入于练兵场所,之后被弃之如敝屣,他那引起多少次丑闻并以自愿分居使之破裂的婚姻,以及被他以卑劣行为辱没了的精神。

然而这个人具有伟大之处,两种政体的光彩融汇在他身上:他是法兰西王国的亲王,又是法兰西帝国的亲王。

三十年来他从大宅深处,从思想深处,几乎支配了欧洲。他同革命亲密相处,讥讽地朝革命微笑,这倒是真的。但革命没有发觉。他接触过、组织过、观察过、洞悉过、感动过、搅乱过、深究过、嘲笑过、丰富过他的时代的一切人和他的世纪的一切思想。他的一生中有过这样的时刻:他手中牵着四五根使文明世界活动的妙不可言的线,法国人的皇帝、意大利国王、莱茵联邦的保护人、瑞士联邦的调停者拿破仑一世都成了他的傀儡。这个人玩弄的手段就是这样高明。

七月革命以后,由他担任侍从长的那个老朽家族倒下了,他却重新站稳脚跟,对光着手臂坐在一堆铺路石上面的 1830 年的民众说:让我成为你们的大使。

他接受过米拉波的忏悔和梯也尔最初的推心置腹。他谈及自己时说,他是一个大诗人,在三个朝代之中谱写了一个三部曲:第一幕,拿破仑帝国;第二幕,波旁王室;第三幕,奥尔良王室。

他在自己的大宅里完成这一切,而且在这座大宅里,正如蜘蛛在网中一样,他相继引诱和逮住英雄、思想家、伟人、征服者、国王、王公、皇帝、拿破仑、西埃叶斯、斯塔尔夫人、夏多布里昂、邦雅曼·贡斯当、俄皇亚历山大、普鲁士的威廉皇帝、奥地利的弗朗索瓦、路易十八、路易·菲利普,在近四十年的历史上所有金光闪闪的嗡嗡叫的密探。

所有这闪光的一群,被这个人深邃的目光所迷惑,相继穿过这道阴暗的大门,门楣上写着:塔莱朗公馆。

前天,1838 年 5 月 17 日,这个人辞世了。医生们赶来用防腐香料给尸体做了处理。为此,医生们按照埃及人的方式,取出肚子里的内脏和脑壳里的大脑。手术既毕,将塔莱朗亲王变成木乃伊,又将这具木乃伊钉进内壁蒙上白缎的棺柩,医生们便告退了,把大脑留在桌上。这只脑子曾经思考过多少事,启迪过多少人,建造过多少建筑,引导过两次革命,欺骗过二十个国王,容纳过世界。医生走后,有个仆人进来,他看到医生留下的东西:瞧! 医生忘了这个。拿它怎么办? 他想起街上有条阴沟,他走到那里,把大脑扔到这阴沟里。

莱茵河的瀑布

[法国]维克多·雨果

　　我的朋友,给您说些什么呢? 我适才看到了一样闻所未闻的东西。我距离它只有几步路远。我听到了它的轰鸣声。我给您写信,却不知道头脑里会产生什么想法。思路和形象纷至沓来,乱七八糟地堆积在一起,互相碰撞,互相击碎,化成轻烟、泡沫、嘈杂声和乌云而遁去。我的心中就像一锅无边的沸腾的水。我觉得莱茵河的瀑布落在我的脑海里。

　　我随兴之所至,信笔写来。相信您会尽其所能去理解的。

　　我们来到洛芬。这是十三世纪的一座城堡,非常漂亮的一个庞然大物,风格也非常出色。门口有两尊金色的吞婴蛇,大口张开。它们在咆哮。简直可以说,人们听到的神秘响声就是它们发出的。

　　大家走了进去。

　　来到了城堡的院子里。这不再是一个城堡,而是一个农庄。只见母鸡、鹅、火鸡、粪堆,一个角落里放着一架手推车,一只石灰池。一道门敞开着。瀑布展现在眼前。

　　真是神奇的景象啊!

　　可怕的轰鸣声,这是第一个印象。然后是凝望:瀑布切断了海湾,宽大的白色鳞片布满了海湾。如同在火灾中一样，在这令人恐怖万状的景象中，也有平静的小角落，小树丛混杂于泡沫之中，苔藓中间流淌着可爱的溪水；也有普桑笔下为了阿卡迪亚牧人而设的喷泉，掩映在轻轻地摇动的枝叶间——随后，这些细节消失了，整体印象来到你的脑海中。这是永恒的暴风雪，活动着的狂怒的雪。

波涛透明得古怪。黑黝黝的蝇岩在水中的倒影阴森森的，好像刚触到水面似的，岩石有一丈之深。在瀑布的两个主要出口的下面，有两大束泡沫绽放开来，化作绿色云彩消散了。从莱茵河的另一边，我眺望到一片宁静的小房子，家庭主妇进进出出。

正当我观察的时候，我的向导对我说话了——康士坦茨湖在1829至1830年的冬季结过冰，近四百年来它还没有结过冰呢。人们可以从湖面上坐车过去。在沙夫豪兹却有穷人冻死。

我朝深渊往下走了一段路。天空灰蒙蒙、阴沉沉的。瀑椎像老虎一样咆哮。水尘既化作烟，又化作雨。透过这片雾，可以看到瀑布展开的全景。五块巨大的悬岩把瀑布切成五片不同形状和不同气势的水帘，人们会以为看到提坦巨人的一座桥把五座桥墩蚕食了。冬天，结冰使这些黑色的桥台上形成蓝色的桥拱。

这些悬岩最靠近的地方形状古怪，似乎能看到从翻滚的波涛中冒出一个印度人的偶像、长着象鼻的可怕而冷漠的脑袋。在瀑布顶部，纵横交错的树和灌木，使瀑布长出耸起的可怖的头发。

瀑布最可怕之处是，一大块岩石好似一个麻木的巨人的脑壳出没于泡沫之中，这个巨人六千年来被这可怕的沐浴打倒了。

向导继续他的独白——莱茵河的瀑布离沙夫豪兹有一法里远。

整条河流从"七十尺"高的地方倾落下来。

从洛芬古堡下到深渊的那条崎岖小径，穿过一个花园。正当人们被巨大的瀑布震得耳聋，从花园穿过的时候，一个习惯于同这个世界奇迹和睦相处的孩子，正在花丛中玩耍，他一面唱歌，一面把小手指放到粉红色的金鱼草中。

这条小径上有不同的站头，人们不时要付一点钱，可怜的瀑布不会徒劳地工作。请看到它的艰辛劳动吧。它必须把所有的泡沫抛掷到树丛中、岩石中、河流中、云彩中，它也必须把一铜钱投到某个人的口袋里。这样做是最起码的。

我从这条小径一直来到一座摇摇欲坠的像阳台的地方，它设在尽里面，既在深渊上面，又在深渊当中。

在那里，一切都使人心潮翻滚。你会目眩神迷，昏头转向，惊慌失措，恐怖异常，心驰神往。可以倚靠在一道摇摇晃晃的木栅栏上。发黄的树木——现在是秋天——红色的花楸围绕着一座土耳其咖啡馆风格的小楼阁，从那里可以观察到令人心惊胆颤的景象。妇女们用漆布披肩式大翻领盖住自己（每个人一法郎），因为轰轰响的可怕急雨会覆盖住每一个人。

美丽的黄色小蜗牛闲适地在阳台边的露水下爬行。高悬在阳台上的岩石，将一滴滴水珠洒落在瀑布中。在位于瀑布中间的那块悬岩之上，伫立着一个油漆的木制游方骑士，倚在一面镌刻着白色十字架的红盾牌上。要冒着生命危险才能把这幅昂比古剧的布景，放到耶和华的伟大而永恒的诗意创造中去。

两个昂首挺胸的巨人，我是想说两块最大的悬岩，仿佛在互相说话。这种轰鸣声就是他们的声音。在一个触目惊心的泡沫圆顶之上，可以瞥见一所安宁的小屋和一个小牧童。可以说，这条可怕的水蛇注定要永远背负着这间可爱而美好的木板屋。

我一直走到阳台的边缘，背靠在岩石上。

景象变得更加吓人。落水令人胆寒。丑恶而光闪闪的深渊，将珠雨狂洒在敢于如此靠近地观察它的人身上。真是美妙绝伦。瀑布分成的四道巨大的水帘，倾落而下，不断地起伏。简直可以认为看到了风雨这部战车四只闪烁的轮子，在自己眼前旋转。

木桥被水淹没，木板滑溜溜的。枯叶在我的脚下沙沙作响。在岩石的一个凹处，我注意到一小束干草。它是在沙夫豪兹瀑布底下干枯的！有的人心就像这束草一样。在人类繁荣兴盛的漩涡中，它们干枯了。唉！它们缺少的正是这种不从地下冒出来，而是从天上落下来的水滴，即爱！

这座土耳其的阁楼镶着彩色玻璃,而且是多么华丽的玻璃啊!有一本来客登记簿。翻阅了一下,我注意到这个签名:亨利,还带着花缀:y。这是一个v吗?

我沉醉在这幅壮观的景象中,待了多久呢?我无法告诉您。在观赏的时候,时间掠过脑际,就像波涛落入深渊一样,既不留下痕迹,又不留下记忆。

可是,有人来告诉我,白昼将尽。我又登上古堡,再从那里来到沙滩,越过莱茵河,到达对岸。这片沙滩在瀑布下面,大家就在离瀑布几寻远的地方越过莱茵河。乘坐的是条可爱、轻巧、美好、制造得像野人的独木舟一样的小船,冒险越过这段距离。这条小船用鲨鱼皮一样的柔软木头制成,牢固、富有弹性、纹路清晰,小船每时每刻都要触到岩石,但仅仅擦着表皮,操纵起来像莱茵河和马斯河的所有小艇那样,使用一把拖钩和一把铲形的桨。在这只小船中感受水渡的激烈摇晃,没有什么比这更奇特的了。

正当小船远离岸边时,我看到头顶上盖着瓦片的雉堞和俯临悬岩的古堡的山墙。在河边的卵石上晾着渔网。那么,是在这漩涡里打渔吗?毫无疑问,是的。由于鱼儿无法穿越瀑布,所以这里能捕获很多鲑鱼。再说,人在怎样的漩涡里捕不到鱼呢?

现在,我想概括一下所有这些如此鲜明、几乎令人揪心的感觉。

第一个印象:真不知怎么说才好,宛若被伟大的诗篇所征服一样。然后,整体明朗化了,美从云端显露出来。总之,这是伟大的、阴森森的、可怕的、丑恶的、壮观的、无法形容的。

在莱茵河的另一边,瀑布使磨房运转。

一边的河岸是古堡。另一边的河岸是村庄,名叫纳豪森。

我一面任凭小船摇荡,一面欣赏河水的碧绿,仿佛就像在蛇纹的液体中划行。

令人不可思议的是,两条源于阿尔卑斯山的大河,离开了大山,都具有所注入的大海的颜色。罗讷河从日内瓦湖流出,就像地中海一样湛蓝;莱茵河从康士坦茨湖流出,就像大西洋一样碧绿。

遗憾的是,天空布满了乌云。因此,我不能说看到了洛芬瀑布的全部壮丽景色。没有什么比我在上文告诉您的珠雨更繁丽更美好的了，瀑布使珠雨洒到很远的地方；当太阳把这些珍珠变成了钻石，而且彩虹将它碧玉般的脖子伸入闪闪发光的波涛中，宛如到深渊来喝水的神鸟一样的时候，景色无疑就格外美艳了。

此刻我正在莱茵河给您写信。从莱茵河的另一边，瀑布显出它的全景，分为非常清晰的五部分，每一部分都有特殊的面貌，又形成一种逐渐加强的效果。第一部分是磨房的涌出。第二部分是因岁月的努力而神秘地形成的，这是凡尔赛的一道喷泉。第三部分是一道瀑布。第四部分是一次雪崩。第五部分是混沌。

再说一句话，我就结束这封信。离开瀑布几步远，人们在开采石灰岩，这种石灰岩非常美丽。在那边的一个采石场的中央，有个苦役工满脸灰土和黑色，手握鸭嘴锄，脚上套着双重锁链，他在遥望瀑布。有时真是凑巧，大自然的作品和社会的作品，会相聚在一起，作出时而忧郁、时而骇人的对比。

论自然美

[美国]爱默生

　　对自然形象的感知是一种快感。自然的形象和动作对人十分重要,在它最低级的作用上,它好像兼有美感和实用的双重作用。讨厌的工作、讨厌的同事使人身心歪曲,自然对他们却如药物,能使他们恢复健康。商人和律师走出了喧嚣狡狯的市尘看到了天空和树木,在大自然永恒的宁静之中找到了自己。眼睛似乎需要广阔的视野来维护它的健康。只要我们还能放眼四望,我们便不会疲倦。在其他的时刻自然也以它的可爱使人满意,其中并不混有肉体的满足。在我看到我屋后山顶上从破晓到日出的奇景时,我的感情简直可以和天使共享。细长的云块漂浮在一片红彤彤的光海里,像各式各样的鱼。我站在地面,仿佛站在海岸边上往外望着静悄悄的海洋。我似乎也参与它的瞬息千变的变化。那动人的魅力渗入了我的四肢百骸。我跟着早上的清风扩展,跟它声气相通。大自然是怎样只凭少量无足轻重的物质便把我们变成了神啊!只要给我健康和一天的美景,我便能使帝王的豪华变得寒碜可笑。黎明是我的亚述帝国(古代中东的一个帝国,光荣的象征)。日落和月出是我的帕佛斯神庙(古代塞浦路斯的古城,爱神阿芙洛黛特的神庙所在地)。都是我难以描绘的神仙境界。正午是我感官和理解力的英格兰,夜是我的有着神秘的哲学和梦想的德国。

昨天那一月份的黄昏的落日，其动人也不亚于晨曦，只要我们还没有因为处在下午减弱了自己的感受力。西方的云块越分越小，成了朵朵粉红，更染上了几种难以描述的柔和的色调。空气里这样多的生气和甜美，要离开它进入屋子简直是一种痛苦。大自然表达的是什么意思？磨坊后面的山谷里那生动的静谧难道会是没有意义的吗？那是荷马和莎士比亚也无法用语言为我重新描述的。凋落的树木映着落日，衬托着东边蓝色的天空，变成了幢幢火焰的塔。花萼状的星星，像死去的火焰。一株株凋萎的树干和霜冻的残梗，每一株都给这无声的音乐增加一分旋律。

城市的居民以为野外的风景只有半年受人喜爱，我却喜爱冬日田野的美丽。我相信它的动人绝不亚于舒适欢乐的夏天。只要有一双注意力集中的眼睛，就能在一年四季的每时每刻发现独特的美。哪怕在同一原野里，眼睛也能随时发现一些以前没有发现过、以后再也发现不了的东西。天空每时每刻地变化着，把它的阴晴晦明投射到下面的原野上，农田地上禾稼的生长情况一周一周地改变着大地的表情。牧场和路旁的当地植物的变化是没有声音的时钟，从它们可以看出夏日的时间，敏锐的眼睛可以观察到时辰的变化。各种飞鸟和虫子也如准时生长的植物随着季节的变化在更迭出现，一年之内各有自己的时间。河道溪流的两旁变化更大。六月，我们那条可爱的河流（指作者住地附近的康科德河）。浅滩上大片大片地开着蓝色的梭鱼草花，上面不断飞翔着成群结队的黄蝴蝶。这样的大红和金黄的炫示是什么艺术品也比不上的。河流的确是一场无穷无尽的狂欢节，每个月都有一番装点和炫示。然而，这种为人们看得见感觉得到的美只是自然美的最小部分。一天之内的种种景色：露珠晶莹的清晨、繁花盛开的果园、彩虹、山峦、星星、月光，平静的水里的倒影等等，若是你故意追求，它们便会变得浮光掠影，以虚幻嘲弄我们。你走出屋子有意地去欣赏月色，它便显得皮相，不如在趁你有事出门时悄然袭来的月色动人心弦。七月的闪耀着微黄的光影的午后，它的美谁能把握得住？你走上前去，想抓住它，它已经溜走了。但你从勤奋工作的窗前望去，它却美如海市蜃楼。

最受读者喜爱的120篇美文

云与波

［印度］泰戈尔

妈妈，

住在云端的人对我唤道——

"我们从醒的时候游戏到白日终止。"

"我们与黄金色的曙光游戏，我们与银白色的月亮游戏。"

我问道："但是，我怎么能够上你那里去呢？"

他们答道："你到地球的边上来，举手向天，就可以被接到云端里来了。"

"我妈妈在家里等我呢。"我说，"我怎么能离开她而来呢？"

于是他们微笑着浮游而去。

但是我知道一件比这个更好的游戏，妈妈。

我做云，你做月亮。

我用两只手遮盖你，我们的屋顶就是青碧的天空。

住在波浪上的人对我唤道——

"我们唱歌从早晨到夜晚，我们前进又前进地旅行，也不知我们所经过的是什么地方。"

我问道："但是，我怎么能加入你们队伍里去呢？"

他们告诉我说,"来到岸旁,站在那里,紧闭你的两眼,你就被带到波浪上来了。"

我说,"傍晚的时候,我妈妈常要我在家里——我怎么能离开她而去呢?"

于是他们微笑着,跳着舞奔流过去。

但是我知道一件比这个更好的游戏。

我是波浪,你是陌生的岸。

我奔流而进,进,进,笑哈哈地撞碎在你的膝上。世界上就没有一个人会知道我们俩在什么地方。

信仰自由

[德国]爱因斯坦

可以和能够把自己最好的观察和研究能力奉献给客观的、非时间性的现象，做一个这样的人，真是有特殊的福分。我有幸享有这种福分，它使我在很大程度上不依赖个人的命运和周围人的行为。对此，我是多么高兴和感激啊！但是，这种独立性并不允许我们漠视把我们与过去、现在和将来的人类联系在一起的义务。

我们这些生活在地球上的人的状况奇特得很。

我们中的每个人，既非自愿也无人邀请，就在这世界上作一短暂的逗留，对于为了什么和目的何在却毫无所知。

在日常生活中，我们只是感受到：人是为别人而生存的，即为我们所爱的以及许多与我们命运攸关的人而活着的。

我一直在想，我的生活在多大程度上依赖着其他人的劳动，我想知道，我欠他们多少。

我不相信意志自由。叔本华说："人虽然能够做他想要做的，但不能要他所想要的。"这句话在任何情况下都陪伴着我，并使我与人们的行为和解，即使这些行为确实伤害了我。

这种对意志不自由的认识使我得以不过分严肃地对待作为行为和判断的个体的自己和他人,并使我保持有益的幽默。

我从不追求舒适和奢侈,毋宁说我甚至十分鄙视这一切。

我的社会正义激情经常使我与人们发生冲突。

同样,我对不是绝对必要的束缚和依赖的反感也使我与人们发生冲突。

我始终尊重个人,我对暴力和社团狂热怀有不可克服的反感。

出于这种动机,我是一个热情的和平主义者和反军国主义者,我拒绝任何形式的民族主义,即使它装出爱国主义的样子。

我认为,来自地位和财产的特权是不公正和腐败的,过分的个人崇拜也是如此。

尽管我熟知民主国家形式的缺点,但我仍然拥护民主的理想。社会的平衡和个人的经济保障,我始终认为这是国家的重要目标。

虽然,我在日常生活中是一个典型的独往独来者,但是,归属于一个追求真理、美和正义的看不见的共同体的意识,阻止了孤独感的产生。

人所能体验的最美和最深刻的东西是充满神秘的感情。

这是宗教和艺术、科学中所有深刻追求的基础。

我认为,体验不到这一切的人,即使不像一个死人,那也像一个盲人。在我们经验之外,隐藏着为我们心灵所不可企及的东西,它的美和崇高只能间接地、通过微弱的反光抵达我们,感受到这些,就是宗教。

只是在这意义上,我才是个有宗教感情的人。满怀惊异地预感和寻求这种神秘,谦恭地在心灵上把握存在的庄严结构的黯淡摹本,对我来说,已是足够的了。

从百草园到三味书屋

鲁迅

我家的后面有一个很大的园,相传叫作百草园。现在是早已并屋子一起卖给朱文公的子孙了,连那最末次的相见也已经隔了七八年,其中似乎确凿只有一些野草,但那时却是我的乐园。

不必说碧绿的菜畦,光滑的石井栏,高大的皂荚树,紫红的桑椹;也不必说鸣蝉在树叶里长吟,肥胖的黄蜂伏在菜花上,轻捷的叫天子(云雀)忽然从草间直窜向云霄里去了。单是周围的短短的泥墙根一带,就有无限趣味。油蛉在这里低唱,蟋蟀们在这里弹琴。翻开断砖来,有时会遇见蜈蚣;还有斑蝥,倘若用手指按住它的脊梁,便会"啪"的一声,从后窍喷出一阵烟雾。何首乌藤和木莲藤缠络着,木莲有莲房一般的果实,何首乌有臃肿的根。有人说,何首乌根是有像人形的,吃了便可以成仙,我于是常常拔它起来,牵连不断地拔起来,也曾因此弄坏了泥墙,却从来没有见过有一块根像人样。如果不怕刺,还可以摘到覆盆子,像小珊瑚珠攒成的小球,又酸又甜,色味都比桑椹要好得远。

长的草里是不去的,因为相传这园里有一条很大的赤练蛇。

长妈妈曾经讲给我一个故事听:先前,有一个读书人住在古庙里用功,晚间,在院子里纳凉的时候,突然听到有人在叫他。答应着,四面看时,却见一个美女的脸露在墙头上,向他一笑,隐去了。他很高兴,但竟给那走来夜谈的老和尚识破了机关。说他脸上有些妖气,一定遇见"美女蛇"了;这是人首蛇身的怪物,能唤人名,倘一答应,夜间便要来吃这人的肉的。他自然吓得要死,而那老和尚却道无妨,给他一个小盒子,说只要放在枕边,便可高枕而卧。他虽然照样办,却总是睡不着,——当然睡不着的。到半夜,果然来了,沙沙沙!门外像是风雨声。他正抖作一团时,却听得"豁"的一声,一道金光从枕边飞出,外面便什么声音也没有了,那金光也就飞回来,敛在盒子里。后来呢?后来,老和尚说,这是飞蜈蚣,它能吸蛇的脑髓,美女蛇就被它治死了。

结末的教训是:所以倘有陌生的声音叫你的名字,你万不可答应他。

这故事很使我觉得做人之险,夏夜乘凉,往往有些担心,不敢去看墙上,而且极想得到一盒老和尚那样的飞蜈蚣。走到百草园的草丛旁边时,也常常这样想。但直到现在,总还没有得到,但也没有遇见过赤练蛇和美女蛇。叫我名字的陌生声音自然是常有的,然而都不是美女蛇。

冬天的百草园比较的无味,雪一下,可就两样了。拍雪人(将自己的全形印在雪上)和塑雪罗汉需要人们鉴赏,这是荒园,人迹罕至,所以不相宜,只好来捕鸟。薄薄的雪,是不行的;总须积雪盖了地面一两天,鸟雀们久已无处觅食的时候才好。扫开一块雪,露出地面,用一支短棒支起一面大的竹筛来,下面撒些秕谷,棒上系一条长绳,人远远地牵着,看鸟雀下来啄食,走到竹筛底下的时候,将绳子一拉,便罩住了。但所得的是麻雀居多,也有白颊的"张飞鸟",性子很躁,养不过夜的。

这是闰土的父亲所传授的方法,我却不大能用。明明见它们进去了,拉了绳,跑去一看,却什么都没有,费了半天力,捉住的不过三四只。闰土的父亲是小半天便能捕获几十只,装在叉袋里叫着撞着的。我曾经问他得失的缘由,他只静静地笑道:"你太性急,来不及等它走到中间去。"

我不知道为什么家里的人要将我送进书塾里去了,而且还是全城中称为最严厉的书塾。也许是因为拔何首乌毁了泥墙罢,也许是因为将砖头抛到间壁的梁家去了罢,也许是因为站在石井栏上跳下来罢,……都无从知道。总而言之:我将不能常到百草园了。Ade,我的蟋蟀们!Ade,我的覆盆子们和木

莲们!

出门向东,不上半里,走过一道石桥,便是我的先生的家了。从一扇黑油的竹门进去,第三间是书房。中间挂着一块匾道:三味书屋;匾下面是一幅画,画着一只很肥大的梅花鹿伏在古树下。没有孔子牌位,我们便对着那匾和鹿行礼。第一次算是拜孔子,第二次算是拜先生。

第二次行礼时,先生便和蔼地在一旁答礼。他是一个高而瘦的老人,须发都花白了,还戴着大眼镜。我对他很恭敬,因为我早听到,他是本城中极方正,质朴,博学的人。

不知从那里听来的,东方朔也很渊博,他认识一种虫,名曰"怪哉",冤气所化,用酒一浇,就消释了。我很想详细地知道这故事,但阿长是不知道的,因为她毕竟不渊博。现在得到机会了,可以问先生。

"先生,'怪哉'这虫,是怎么一回事?……"我上了生书,将要退下来的时候,赶忙问。

"不知道!"他似乎很不高兴,脸上还有怒色了。

我才知道做学生是不应该问这些事的,只要读书,因为他是渊博的宿儒,决不至于不知道,所谓不知道者,乃是不愿意说。年纪比我大的人,往往如此,我遇见过好几回了。

我就只读书,正午习字,晚上对课。先生最初这几天对我很严厉,后来却好起来了,不过给我读的书渐渐加多,对课也渐渐地加上字去,从三言到五言,终于到七言。

三味书屋后面也有一个园,虽然小,但在那里也可以爬上花坛去折腊梅花,在地上或桂花树上寻蝉蜕。最好的工作是捉了苍蝇喂蚂蚁,静悄悄地没有声音。然而同窗们到园里的太多,太久,可就不行了,先生在书房里便大叫起来:

"人都到那里去了?"

人们便一个一个陆续走回去,一同回去,也不行的。他有一条戒尺,但是不常用,也有罚跪的规矩,但也不常用,普通总不过瞪几眼,大声道:

"读书!"

于是大家放开喉咙读一阵书,真是人声鼎沸。有念"仁远乎哉我欲仁斯仁至矣"的,有念"笑人齿缺曰狗窦大开"的,有念"上九潜龙勿用"的,有念"厥土下上上错厥贡苞茅橘柚"的……先生自己也念书。后来,我们的声音便低下去,静下去了,只有他还大声朗读着:

"铁如意,指挥倜傥,一座皆惊呢;金叵罗,颠倒淋漓噫,千杯未醉嗬……"

我疑心这是极好的文章,因为读到这里,他总是微笑起来,而且将头仰起,摇着,向后面拗过去,拗过去。

先生读书入神的时候,于我们是很相宜的。有几个便用纸糊的盔甲套在指甲上做戏。我是画画儿,用一种叫作"荆川纸"的,蒙在小说的绣像上一个个描下来,像习字时候的影写一样。读的书多起来,画的画也多起来;书没有读成,画的成绩却不少了,最成片断的是《荡寇志》和《西游记》的绣像,都有一大本。后来,因为要钱用,卖给一个有钱的同窗了。他的父亲是开锡箔店的,听说现在自己已经做了店主,而且快要升到绅士的地位了。这东西早已没有了罢。

雪

鲁迅

暖国的雨,向来没有变过冰冷的坚硬的灿烂的雪花。博识的人们觉得他单调,他自己也以为不幸否耶?江南的雪,可是滋润美艳之至了。那是还在隐约着的青春的消息,是极壮健的处子的皮肤。雪野中有血红的宝珠山茶,白中隐青的单瓣梅花,深黄的磬口的腊梅花;雪下面还有冷绿的杂草。蝴蝶确乎没有,蜜蜂是否来采山茶花和梅花的蜜,我可记不真切了。但我的眼前仿佛看见冬花开在雪野中,有许多蜜蜂们忙碌地飞着,也听得他们嗡嗡地闹着。

孩子们呵着冻得通红,像紫芽姜一般的小手,七八个一齐来塑雪罗汉。因为不成功,谁的父亲也来帮忙了。罗汉就塑得比孩子们高得多,虽然不过是上小下大的一堆,终于分不清是壶卢还是罗汉;然而很洁白,很明艳,以自身的滋润相粘结,整个地闪闪地生光。孩子们用龙眼核给他做眼珠,又从谁的母亲的脂粉奁中偷得胭脂来涂在嘴唇上。这回确是一个大阿罗汉了。他也就目光灼灼地嘴唇通红地坐在雪地里。

第二天还有几个孩子来访问他,对了他拍手,点头,嬉笑。但他终于独自坐着了。晴天又来消释他的皮肤,寒夜又使他结一层冰,化作不透明的水晶模样;连续的晴天又使他成为不知道算什么,而嘴上的胭脂也褪尽了。

但是，朔方的雪花在纷飞之后，却永远如粉，如沙，他们绝不粘连，撒在屋上，地上，枯草上，就是这样。屋上的雪是早已就有消化了的，因为屋里居人的火的温热。别的，在晴天之下，旋风忽来，便蓬勃地奋飞，在日光中灿灿地生光，如包藏火焰的大雾，旋转而且升腾，弥漫太空，使太空旋转而且升腾地闪烁。

在无边的旷野上，在凛冽的天宇下，闪闪地旋转升腾着的是雨的精魂……

是的，那是孤独的雪，是死掉的雨，是雨的精魂。

社 戏

鲁迅

我在倒数上去的二十年中,只看过两回中国戏,前十年是绝不看,因为没有看戏的意思和机会,那两回全在后十年,然而都没有看出什么来就走了。

第一回是民国元年我初到北京的时候,当时一个朋友对我说,北京戏最好,你不去见见世面吗?我想,看戏是有味的,而况在北京呢。于是都兴致勃勃地跑到什么园,戏文已经开场了,在外面也早听到冬冬地响。我们挨进门,几个红的绿的在我的眼前一闪烁,便又看见戏台下满是许多头,再定神四面看,却见中间也还有几个空座,挤过去要坐时,又有人对我发议论,我因为耳朵已经嗥嗥地响着了,用了心,才听到他是说"有人,不行!"

我们退到后面,一个辫子很光的却来领我们到了侧面,指出一个地位来。这所谓地位者,原来是一条长凳,然而他那坐板比我的上腿要狭到四分之三,他的脚比我的下腿要长过三分之二。我先是没有爬上去的勇气,接着便联想到私刑拷打的刑具,不由得毛骨悚然地走出了。

走了许多路,忽听得我的朋友的声音道:"究竟怎的?"我回过脸去,原来他也被我带出来了。他很诧异的说:"怎么总是走,不答应?"我说:"朋友,对不起,我耳朵只在冬冬嗥嗥的响,并没有听到你的话。"

后来我每一想到,便很以为奇怪,似乎这戏太不好,——否则便是我近来在戏台下不适于生存了。

第二回忘记了哪一年,总之是募集湖北水灾捐而谭叫天还没有死。捐法是两元钱买一张戏票,可以到第一舞台去看戏,扮演的多是名角,其一就是小叫天。我买了一张票,本是对于劝募人聊以塞责的,然而似乎又有好事家乘机对我说了些叫天不可不看的大法要了。我于是忘了前几年的冬冬喤喤之灾,竟到第一舞台去了,但大约一半也因为重价购来的宝票,总得使用了才舒服。我打听得叫天出台是迟的,而第一舞台却是新式构造,用不着争座位,便放了心,延宕到九点钟才去,谁料照例,人都满了,连立足也难,我只得挤在远处的人丛中看一个老旦在台上唱。那老旦嘴边插着两个点火的纸捻子,旁边有一个鬼卒,我费尽思量,才疑心他或者是目连的母亲,因为后来又出来了一个和尚。然而我又不知道那名角是谁,就去问挤在我的左边的一位胖绅士。他很看不起似的斜瞥了我一眼,说道:“龚云甫!”我深愧浅陋而且粗疏,脸上一热,同时脑里也制出了决不再问的定章,于是看小旦唱,看花旦唱,看老生唱,看不知什么角色唱,看一大班人乱打,看两三个人互打,从九点多到十点,从十点到十一点,从十一点到十一点半,从十一点半到十二点,——然而叫天竟还没有来。

我向来没有这样忍耐地等待过什么事物,而况这身边的胖绅士的吁吁的喘气,这台上的冬冬喤喤的敲打,红红绿绿的晃荡,加之以十二点,忽而使我省误到在这里不适于生存了。我同时便机械地拧转身子,用力往外只一挤,觉得背后便已满满的,大约那弹性的胖绅士早在我的空处胖开了他的右半身了。我后无回路,自然挤而又挤,终于出了大门。街上除了专等看客的车辆之外,几乎没有什么行人了,大门口却还有十几个人昂着头看戏目,别有一堆人站着并不看什么,我想:他们大概是看散戏之后出来的女人们的,而叫天却还没有来……

然而夜气很清爽,真所谓“沁人心脾”,我在北京遇着这样的好空气,仿佛这是第一遭了。

这一夜,就是我对于中国戏告了别的一夜,此后再没有想到他,即使偶尔

经过戏园，我们也漠不相关，精神上早已一在天之南一在地之北了。

但是前几天，我忽在无意之中看到一本日本文的书，可惜忘记了书名和著者，总之是关于中国戏的。其中有一篇，大意仿佛说，中国戏是大敲，大叫，大跳，使看客头昏脑眩，很不适于剧场，但若在野外散漫的所在，远远地看起来，也自有他的风致。我当时觉着这正是说了在我意中而未曾想到的话，因为我确记得在野外看过很好的戏，到北京以后的连进两回戏园去，也许还是受了那时的影响哩。可惜我不知道怎么一来，竟将书名忘却了。

至于我看好戏的时候，却实在已经是"远哉遥遥"的了，其时恐怕我还不过十一二岁。我们鲁镇的习惯，本来是凡有出嫁的女儿，倘自己还未当家，夏间便大抵回到母家去消夏。那时我的祖母虽然还康健，但母亲也已分担了些家务，所以夏期便不能多日的归省了，只得在扫墓完毕之后，抽空去住几天，这时我便每年跟了我的母亲住在外祖母的家里。那地方叫平桥村，是一个离海边不远，极偏僻的，临河的小村庄；住户不满三十家，都种田，打渔，只有一家很小的杂货店。但在我是乐土：因为我在这里不但得到优待，又可以免念"秩秩斯干幽幽南山"了。

和我一同玩的是许多小朋友，因为有了远客，他们也都从父母那里得了减少工作的许可，伴我来游戏。在小村里，一家的客，几乎也就是公共的。我们年纪都相仿，但论起行辈来，却至少是叔子，有几个还是太公，因为他们合村都同姓，是本家。然而我们是朋友，即使偶而吵闹起来，打了太公，一村的老老少少，也绝没有一个会想出"犯上"这两个字来，而他们也百分之九十九不识字。

我们每天的事情大概是掘蚯蚓，掘来穿在铜丝做的小钩上，伏在河沿上去钓虾。虾是水世界里的呆子，绝不惮用了自己的两个钳捧着钩尖送到嘴里去的，所以不半天便可以钓到一大碗。这虾照例是归我吃的。其次便是一同去放牛，但或者因为高等动物了的缘故罢，黄牛水牛都欺生，敢于欺侮我，因此我也总不敢走近身，只好远远地跟着，站着。这时候，小朋友们便不再原谅我会读"秩秩斯干"，却全都嘲笑起来了。

至于我在那里所第一盼望的，却是到赵庄去看戏。赵庄是离平桥村五里的较大的村庄；平桥村太小，自己演不起戏，每年总付给赵庄多少钱，算作合作的。当时我并不想到他们为什么年年要演戏。现在想，那或者是春赛，是社戏了。

就在我十一二岁时候的这一年，这日期也看看等到了。不料这一年真可惜，在早上就叫不到船。平桥村只有一只早出晚归的航船是大船，绝没有留用的道理。其余的都是小船，不合用；央人到邻村去问，也没有，早都给别人定下了。外祖母很气恼，怪家里的人不早定，絮叨起来。母亲便宽慰伊，说我们鲁镇的戏比小村里的好得多，一年看几回，今天就算了。只有我急得要哭，母亲却竭力地嘱咐我，说万不能装模装样，怕又招外祖母生气，又不准和别人一同去，说是怕外祖母要担心。

总之，是完了。到下午，我的朋友都去了，戏已经开场了，我似乎听到锣鼓的声音，而且知道他们在戏台下买豆浆喝。

这一天我不钓虾，东西也少吃。母亲很为难，没有法子想。到晚饭时候，外祖母也终于觉察了，并且说我应当不高兴，他们太怠慢，是待客的礼数里从来没有的。吃饭之后，看过戏的少年们也都聚拢来了，高高兴兴地来讲戏。只有我不开口，他们都叹息而且表同情。忽然间，一个最聪明的双喜大悟似的提议了，他说："大船？八叔的航船不是回来了么？"十几个别的少年也大悟，立刻撺掇起来，说可以坐了这航船和我一同去。我高兴了。然而外祖母又怕都是孩子，不可靠；母亲又说是若叫大人一同去，他们白天全有工作，要他熬夜，是不合情理的。在这迟疑之中，双喜可又看出底细来了，便又大声的说道："我写包票！船又大，迅哥儿向来不乱跑，我们又都是识水性的！"

诚然！这十多个少年，委实没有一个不会凫水的，而且两三个还是弄潮的好手。

外祖母和母亲也相信，便不再驳回，都微笑了。我们立刻一哄地出了门。

我的很重的心忽而轻松了，身体也似乎舒展到说不出的大。一出门，便望见月下的平桥内泊着一只白篷的航船，大家跳下船，双喜拨前篙，阿发拨后篙，年幼的都陪我坐在舱中，较大的聚在船尾。母亲送出来吩咐"要小心"的时候，我们已经点开船，在桥石上一磕，退后几尺，即又上前出了桥。于是架起两支橹，一支两人，一里一换，有说笑的，有嚷的，夹着潺潺的船头激水的声音，在左右都是碧绿的豆麦田地的河流中，飞一般径向赵庄前进了。

两岸的豆麦和河底的水草所发散出来的清香，夹杂在水气中扑面的吹来，月色便朦胧在这水气里。淡黑的起伏的连山，仿佛是踊跃的铁的兽脊似的，都远远地向船尾跑去了，但我却还以为船慢。他们换了四回手，渐望见依稀的赵庄，而且似乎听到歌吹了，还有几点火，料想便是戏台，但或者也许是渔火。

那声音大概是横笛，宛转，悠扬，使我的心也沉静，然而又自失起来，觉得要和他弥散在含着豆麦蕴藻之香的夜气里。

那火接近了，果然是渔火；我才记得先前望见的也不是赵庄。那是正对船头的一丛松柏林，我去年也曾经去游玩过，还看见破的石马倒在地下，一个石羊蹲在草里呢。过了那林，船便弯进了叉港，于是赵庄便真在眼前了。

最惹眼的是屹立在庄外临河的空地上的一座戏台，模糊在远处的月夜中，和空间几乎分不出界限，我疑心画上见过的仙境，就在这里出现了。这时船走得更快，不多时，在台上显出人物来，红红绿绿的动，近台的河里一望乌黑的是看戏的人家的船篷。

"近台没有什么空了，我们远远地看罢。"阿发说。

这时船慢了，不久就到了赵庄，果然近不得台旁，大家只能下了篙，比那正对戏台的神棚还要远。其实我们这白篷的航船，本也不愿意和乌篷的船在一处，而况没有空地呢……

在停船的匆忙中，看见台上有一个黑的长胡子的背上插着四张旗，捏着长枪，和一群赤膊的人正打仗。双喜说，那就是有名的铁头老生，能连翻八十四个筋斗，他日里亲自数过的。

我们便都挤在船头上看打仗，但那铁头老生却又并不翻筋斗，只有几个赤膊的人翻，翻了一阵，都进去了，接着走出一个小旦来，咿咿呀呀地唱。双喜说："晚上看客少，铁头老生也懈了，谁肯显本领给白地看呢？"我相信这话对，因为其时台下已经不很有人，乡下人为了明天的工作，熬不得夜，早都睡觉去了，疏疏朗朗地站着的不过是几十个本村和邻村的闲汉。乌篷船里的那些土财主的家眷固然在，然而他们也不在乎看戏，多半是专到戏台下来吃糕饼水果和瓜子的。所以简直可以算白地。

　　然而我的意思却也并不在乎看翻筋斗。我最愿意看的是一个人蒙了白布,两手在头上捧着一支棒似的蛇头的蛇精,其次是套了黄布衣跳老虎。但是等了许多时都不见,小旦虽然进去了,立刻又出来了一个很老的小生。我有些疲倦了,托桂生买豆浆去。他去了一刻,回来说:"没有。卖豆浆的聋子也回去了。日里倒有,我还喝了两碗呢。现在去舀一瓢水来给你喝罢。"

　　我不喝水,支撑着仍然看,也说不出见了些什么,只觉得戏子的脸都渐渐的有些稀奇了,那五官渐不明显,似乎融成一片的再没有什么高低。年纪小的几个多打呵欠了,大的也各管自己谈话。忽而一个红衫的小丑被绑在台柱子上,给一个花白胡子的用马鞭打起来了,大家才又振作精神地笑着看。在这一夜里,我以为这实在要算是最好的一折。

　　然而老旦终于出台了。老旦本来是我所最怕的东西,尤其是怕他坐下了唱。这时候,看见大家也都很扫兴,才知道他们的意见是和我一致的。那老旦当初还只是踱来踱去地唱,后来竟在中间的一把交椅上坐下了。我很担心,双喜他们却就破口喃喃地骂。我忍耐的等着,许多工夫,只见那老旦将手一抬,我以为就要站起来了,不料他却又慢慢地放下在原地方,仍旧唱。全船里几个人不住地吁气,其余的也打起哈欠来。双喜终于熬不住了,说道:"怕他会唱到天明还不完,还是我们走的好罢。"大家立刻都赞成,和开船时候一样踊跃,三四人径奔船尾,拔了篙,点退几丈,回转船头,驾起橹,骂着老旦,又向那松柏林前进了。

　　月还没有落,仿佛看戏也并不很久似的,而一离赵庄,月光又显得格外的皎洁。回望戏台在灯火光中,却又如初来未到时候一般,又飘渺得像一座仙山楼阁,满被红霞罩着了。吹到耳边来的又是横笛,很悠扬;我疑心老旦已经进去了,但也不好意思说再回去看。

　　不多久,松柏林早在船后了,船行也并不慢,但周围的黑暗只是浓,可知已经到了深夜。他们一面议论着戏子,或骂,或笑,一面加紧地摇船。这一次船头的激水声更其响亮了,那航船,就像一条大白鱼背着一群孩子在浪花里蹿,连夜渔的几个老渔父,也停了艇子看着喝采起来。

　　离平桥村还有一里模样,船行却慢了,摇船的都说很疲乏,因为太用力,而且许久没有东西吃。这回想出来的是桂生,说是罗汉豆正旺相,柴火又现成,我们可以偷一点来煮吃。大家都赞成,立刻近岸停了船;岸上的田里,乌油油的都是结实的罗汉豆。

"阿发,阿发,这边是你家的,这边是老六一家的,我们偷那一边的呢?"双喜先跳下去了,在岸上说。

我们也都跳上岸。阿发一面跳,一面说道:"且慢,让我来看一看罢。"他于是往来地摸了一回,直起身来说道:"偷我们的罢,我们的大得多呢。"一声答应,大家便散开在阿发家的豆田里,各摘了一大捧,抛入船舱中。双喜以为再多偷,倘给阿发的娘知道是要哭骂的,于是各人便到六一公公的田里又各偷了一大捧。

我们中间几个年长的仍然慢慢地摇着船,几个到后舱去生火,年幼的和我都剥豆。不久豆熟了,便任凭航船浮在水面上,都围起来用手撮着吃。吃完豆,又开船,一面洗器具,豆荚豆壳全抛在河水里,什么痕迹也没有了。双喜所虑的是用了八公公船上的盐和柴,这老头子很细心,一定要知道,会骂的。然而大家议论之后,归结是不怕。他如果骂,我们便要他归还去年在岸边拾去的一枝枯柏树,而且当面叫他"八癫子"。

"都回来了!哪里会错。我原说过写包票的!"双喜在船头上忽而大声地说。

我向船头一望,前面已经是平桥。桥脚上站着一个人,却是我的母亲,双喜便是对伊说着话。我走出前舱去,船也就进了平桥了,停了船,我们纷纷都上岸。母亲颇有些生气,说是过了三更了,怎么回来得这样迟,但也就高兴了,笑着邀大家去吃炒米。

大家都说已经吃了点心,又渴睡,不如及早睡的好,各自回去了。

第二天,我向午才起来,并没有听到什么关系八公公盐柴事件的纠葛,下午仍然去钓虾。

"双喜,你们这班小鬼,昨天偷了我的豆了罢?又不肯好好地摘,踏坏了不少。"我抬头看时,是六一公公棹着小船,卖了豆回来了,船肚里还有剩下的一堆豆。

"是的。我们请客。我们当初还不要你的呢。你看,你把我的虾吓跑了!"双喜说。

六一公公看见我,便停了楫,笑道:"请客?——这是应该的。"于是对我说:"迅哥儿,昨天的戏可好么?"

我点一点头,说道:"好。"

"豆可中吃呢?"

我又点一点头,说道:"很好。"

不料六一公公竟非常感激起来,将大拇指一翘,得意地说道:"这真是大市镇里出来的读过书的人才识货!我的豆种是粒粒挑选过的,乡下人不识好歹,还说我的豆比不上别人的呢。我今天也要送些给我们的姑奶奶尝尝去……"他于是打着楫子过去了。

待到母亲叫我回去吃晚饭的时候,桌上便有一大碗煮熟了的罗汉豆,就是六一公公送给母亲和我吃的。听说他还对母亲极口夸奖我,说:"小小年纪便有见识,将来一定要中状元。姑奶奶,你的福气是可以写包票的了。"但我吃了豆,却并没有昨夜的豆那么好。

真的,一直到现在,我实在再没有吃到那夜似的好豆,——也不再看到那夜似的好戏了。

一九二二年十月

原始的媒妁

夏丏尊

媒妁者叫做"月老",这典故据说出于《续幽异录》所载唐韦因的故事。据那故事:月下老人执掌人间婚姻簿册,对于未来有夫妻缘分的男女,暗中给他们用红丝系在脚上。月下老人就是司男女婚姻的神。

古今笔记中常见有"跳月"的记载,说某些民族每年择期作"跳月"之会,聚未婚男女在月下跳舞,彼此相悦,即为配偶。陆次云有一篇《跳月记》,述苗人跳月的情形非常详尽。

把上面两段话联结了看来,月亮与男女的结合似乎很有关系。男女的结合发生于夜,婚姻的"婚"字原作"昏",就是夜的意思。说虽如此,黑夜究有种种不便,在照明装置还非常幼稚或竟缺的原始社会,月亮就成了婚姻的媒介者。中国月下老人的传说也许是唐以后就有的,无非是把月亮加以拟人化罢了。月下老人其实就是月亮的本身。

在我们现代,"跳月"的风习原已没有了,可是痕迹还存在。日本有所谓"盆踊"(bonadori)者,至今尚盛行于各地。"盆"即"于兰盆"之略语,为民间祭名之一,日期在旧历七月十五日。日本每至七月十五前后,各地举行盆祭,男女饮酒跳舞为乐,较我国之兰盆会热狂得多,因此常发生攸关风化的事件。

中国各乡间迎神赛会，日期亦常在月圆的望日，吾乡（浙东上虞）的会节差不多都在旧历月半，如"正月半"，"三月半"，"六月半"，"八月半"，"九月半"，"十月半"之类。届时家长迎亲接眷，男女都盛装了空巷而往。观于从来有"好男不看灯，好女不游春"之诫，足以证明这是"跳月"的变形了。吾乡最盛的会是"三月半"，无妻的男妇向有"看过三月半，心里宽一半"的谣谚。意思是说：会场上有女如云，不怕讨不着老婆。

月亮对于男女的关系似并不偶然，莫泊桑有一篇描写性欲的短篇，就叫《月光》。由此类推去看，古来名句"月上柳梢头，人约黄昏后"是具着有机的技巧的，那都会中作为男女情场的跳舞厅与影剧院中的电灯光，其朦胧宛如月夜，也是合乎性心理的了。

随感录五一

钱玄同

有一位中国派的医生说："外国医生动辄讲微生虫。其实那里有什么微生虫呢？就算有微生虫也不要紧。这微生虫我们既看不见，想必比虾子鱼子还要小我们天天吃虾子鱼子还吃不死，难道吃了比他小的什么微生虫，倒会死吗？"我想这位医生的话讲得还不好。我代他再来说一句："那么大的牛，吃了还不会死，难道这么小的微生虫吃了倒还死吗？"——闲话少讲。那位医生自己爱拿微生虫当虾子鱼子吃，我们原可不必去管他。独是中国这样的医生，恐怕着实不少。病人受了他的教训，去放量吃那些小的虾子鱼子，吃死的人大概也就不少。我想中国人给"青天老爷"和"丘八太爷"弄死了还不够，还有这班"功同良相"的"大夫"来帮忙，也未免太可怜了。但是"大夫"医死了人，人家不但死而无怨，还要敬送"仁心仁术"，"三折之良"，"卢扁再世"的招牌给他，也未免太奇怪了。

恭贺爱新觉罗溥仪君迁升之喜并祝进步。

人，总应该堂堂地做一个人，保持他的人格，享有他的人权，这才是幸福。一个人要是沦为强盗，瘪三，青皮，痞棍，土豪，地主，王爷，皇帝等等，他们的生活方面虽大有贫富苦乐的不同，但其丧却人的地位则完全一致，我认为这都是些不幸的人们。这些人们因为自己不幸而丧却人的地位,于是便不能完全享有人权,于是常常要做出许多没有人格的事来,于是好好的人们便要遭他的损害,于是他便被好好的人们所敌视了。

张三要损害李四,李四敌视张三,向他决斗,这是极正当的防卫,丝毫无可非议,所以一切革命反抗(不幸的人们称为"犯上作乱")的行动,都是绝对不错的。但是再进一步想,敌人原来也是朋友!只因他一念之差以致做了不够人格的事,别人固然遭了他的损害,他自己也是很不幸呀!

奋斗的时候,固然应该毁灭他的武器;但武器毁灭以后,还应该救济他:恢复他固有的人格和人权。据说一千九百多年以前有一个木厂子里的少掌柜的叫人们要爱敌人,他的理由怎样,且不去管它,我用断章取义的办法,很赞同这句话;但我以为在敌人有武器的时候是不应该爱他的,到了敌人的武器毁灭以后便应该爱他,爱他的第一步便是恢复他固有的人格和人权。

北京城里有一位十九岁的青年,他姓爱新觉罗,名溥仪,这人便是上列各种丧却人的地位的不幸人之一。原来他的祖宗在三百年以前不幸沦入帝籍,做了皇帝,不克厕于编户齐民之列。他家父传子,子传孙,传了好几代,经了三百多年,干了许多对不住人的事体。到了十三年前,有些明白的人们起来向他家奋斗,居然把他家的武器毁灭了。但是还给这位青年留下那个极不名誉的名目叫做什么"皇帝"的,而且还任他住在一个不是住家的房子里,还任一班不要脸的东西常常弯了腿装矮子去引他笑,低下脑袋瓜儿扮成叩头虫的模样去逗他玩,以至于把这位年龄已经到了应该在初级中学毕业的时候的青年,弄到他终日如醉如痴,成了一个傻哥儿;他在七年前还被那班不要脸的东西簇拥到外面来胡闹了一回,险些又要恢复那毁灭了的旧武器,再来做对不住人的事体。他弄到这样的地步,真是他的大不幸。你想,咱们可以自由居住,自由行动,为什么他不可以,咱们家的子弟可以入学校,得到相当的知识和技能,为什么他不可以?咱们可以得到选举和被选举的资格,为什么他不可以?在北京说北京,咱们的原籍无论是否北京,只要在北京住居几年以上,便可以得到北京市民的参政权,他家自从一六四四年到北京以来,到现在整整的二百八十年了,为什么他还得不到北京市民的参政权?他这样的不幸,不消得说,便是

"皇帝"这名目害了他。"皇帝"这名目之不名誉,固与"青皮,瘪三"等等相同;而他的称号,"皇帝"之上还有"大清宣统"四字,这又好比青皮瘪三有那些"四眼狗,独眼龙,烂脚阿二,缺嘴老四"等等绰号一般。青皮瘪三改邪归正之后,总得好好地取一个平常人的名字:若仍旧称为"四眼狗"等等,怎能怪人家厌恶他,歧视他?(况且保存这等绰号,实在也真有些危险,因为他可以藉此再做青皮瘪三。)由是可知十三年以前毁灭他的武器而留下"皇帝"这个名目给他,真是不彻底的办法,不但他有时要借此胡闹,弄得咱们受累,并且使他因此而不克恢复他固有的人格和人权。咱们也实在对不住他。

这几年来,我常常对人家说,我很希望这位十九岁的青年肯力图向上,不甘永沦帝籍,自动地废除帝号,刻这样一个名片,以表示超出帝籍,上册于民国国民之列。但我这希望终于希望而已。

现在爱新觉罗溥仪君自己虽然还未觉悟,未能自动的超拔自己,而有冯玉祥君,黄郛君,鹿钟麟君,张璧君等居然依了李石曾先生等明白人的建议,于一九二四年十一月五日派了人去劝告爱新觉罗溥仪君:"大清宣统帝从即日起,永远废除皇帝尊号,与中华民国国民在法律上享有同等之权利";"清室应按照原优待条件第三条,即日移出宫禁,以后得自由选择住居"。爱新觉罗溥仪君一一照办,立刻搬出那"不是住家的房子"而回到他的本生的老太爷的府上去住了。

好了好了!爱新觉罗溥仪君从此超出帝籍,恢复他固有的人格和人权了!"爱新觉罗溥仪君!我很诚恳的向您道喜:恭喜恭喜!恭喜您超升啦!"

我对于爱新觉罗溥仪君还要说几句祝望的话:"您虽然是一位十九岁的青年,可是您以前处在一个很不幸的环境里,成日价和那班不要脸的假矮子假叩头虫鬼混,读那些于您不但无用而且有害的书如《尚书》之类,您的知识和技能大概要比一般的中学生差些吧,这不必讳言,也无须追悔。"往者不可谏,来者犹可追。"我听人说,您在那不幸的环境里,居然爱看《新青年》《晨报副镌》,康白情的《草儿》和俞平伯的《冬夜》之类,我觉得您还是一位有希望的青年。我祝望您,从今以后,可以好好地补习些初中程度的科学常识,选读几部白话文学的作品;过了一两年之后,大可去考高级中学或大学预科;将来更可上外国去留学,把您自己造就成一个知识丰富学问深造的人,您的幸福可就不可限量啦。您的先德玄烨先生在二百年以前的皇帝队里,总算是留心学问的人了,但是就现代的平民看来,他的学问也不过尔耳。您如今已经超升为现代的平民了,您肯用功上进,将来必定"跨灶",这是无疑的。还有一层,听说您已经结婚了,而且因为您以前在那不幸的环境里,听说您已经有了姨太太了。咱们姑且"成事不说",您既已结婚,便应该了解两性的关系,我现在要介绍两部好书给您:一部是ㄅㄚㄆㄣㄊㄜ的《爱的成年》,一部是ㄙㄊㄜㄆㄥ士的《结婚的爱》,至于二十四史里的皇后传外戚传之类,于您不但毫无用处,而且还大有害。

中国之美

[美国]赛珍珠

美国秋天的树林是美丽的,迷人的,唯有一个生长于异国他邦的美国人,才能完全领略。令我不解的是,在我回美国之前,竟然从未听到有人提起过它。我先前一直生活在中国,那儿一片宁静,风景如画,自有其独特和可爱之处:清瘦的翠竹摇曳生姿,荷塘倒映出庙宇那翘起的飞檐,大地一片郁郁葱葱。亚热带明媚的阳光和繁星密布的夜空,又使它显得千般的娇、万般的柔。夏去秋来,金菊盛开,但转眼又是萧瑟西风,黄花憔悴,一片苍凉。有道是:残秋不堪忍,蓄芳待来春。树木飘尽落叶,只留下灰暗的棕色树丫,在风中瑟瑟地抖动。几乎是一夜之间,大地就披上了素净的冬装,一切都是灰蒙蒙的。苍凉的天地间,蜷伏着几座小小的农家土屋,一切都没有了生气。人们也都裹进了深蓝色和黑色的棉袍中,失去了往日的活力。

这样,漫游东方之后,我踏上了美丽的英国原野,夏末的淡紫与黄褐的色调,令我神荡意迷。道道树篱,即使在樱草时节也不会更可爱,那一片如醉如梦的恬静,使人忘却尘世的烦恼,而沉醉于静谧的良田和座座古老的灰色石房,沉醉于静止的大气中依依上升的炊烟。英格兰大地笼罩着一习优美安逸的气氛,真不啻劳累过后酣然入梦。

带着这心绪,我渡过大西洋,直抵纽约城。喧嚣的纽约显示出骇人的活力,除了坐惯了中国那慢悠悠的电车、黄包车和手推车的人,还有谁能感受得到呢? 大街上,汽车一辆接着一辆,你刚躲过一辆,马上又有千百辆开过来——横过马路也成了惊心动魄的历险。相比之下,中国那些拦路抢劫的土匪也显得温和了。高架铁路上,火车隆隆驶过,令人头晕目眩,还有显然是宇宙腹部发出的地下呼啸。我被打着哈欠的地球迷住了,它在一个地方把人成百上千地吞将下去,又在数里以外的某个地方吐将出来,而这些人依然是那样匆匆忙忙,烦躁不安。沉闷的地铁让我不堪忍受,无轨电车也让我紧张万分。每当我抓紧电车里的吊带时,我就不无遗憾地忆起昔日在中国的情形:手推车缓缓前行,路旁几池碧水,鸭儿悠然划动双蹼,我不时探身摘一朵野花,扔给那些光着黑黝黝的身子在尘土中滚爬的孩子们。

纽约惊醒了我温馨的梦,美国秋林又让我惊叹不已。

一周以后,当我在弗吉尼亚一个树林里散步时,我的狂喜之情无法言表。在此之前,从未有人告诉过我林中景色有多么奇美。当然他们也曾说过:"你知道树叶在秋天都变了颜色了。"但这又能给人什么印象呢? 我原以为不过是些淡黄、黄褐或淡淡的玫瑰红罢了。然而,我却看到了一片生机盎然、五彩缤纷的景象,令人难以置信的粗犷、艳丽、充满野性的活力。黝黑的峭壁下,一棵参天大树拔地而起,一株火红的藤蔓攀援而上,俨然一位精神抖擞的哨兵——我永远也不会忘记这情景。

枫林中曲径幽幽,犹如通往天国黄金大街的小路。漫步而去,头顶上枝丫交错,橙黄、粉红、猩红、深褐、淡黄……色彩纷呈。林中徜徉,仿佛踱在一块鲜艳的地毯上,这是北京地毯也没有的鲜艳,是以帝王之富也难以买到的色泽。那些细藤、幼草,夏日里想必还是柔弱娇小的吧,现在却也不甘寂寞,争奇斗妍。

太美了! 地球上再也没有能与这相媲美的了! 然而我却怀疑,年复一年,美国人是否能欣赏这景观。不管怎样,美国秋林让我叹为观止。北极光不会让我吃惊,虽然这要在以后才能证实,维苏威火山也不会让我吃惊。即使有一天,天空随着加百利的喇叭吹出的曲调消失不见了,我也怀疑我是否还会吃

最受读者喜爱的120篇美文

惊。平生第一次散步美国秋林，我就被这产生于幽静之物的美深深打动了。我不相信世上还有别的什么，能给我以更深刻的美的启示。

我又一次陷入了对美的冥想之中。寻找世间万物的可爱之处，思考各个民族的天性是怎样以不同的美的方式自然流露出来的，这一直是我引以为乐的事情。也就是说，我的注意力不在那些旅游者趋之若鹜的名胜，因为在那些游览胜地很少能看到那个国家的普通人民。

我不是在卢浮宫，而是在一个老妇身上找到法国的。她身穿蓝布长裙，头戴白色纱巾，跪在叮咚作响的小溪旁捣衣。她是那样任劳任怨，那样贤慧。她突然抬起头冲我笑了，笑出了她无处不在、无时不有的幽默和风情。一张爬满皱纹的脸上，那对永远年轻的眸子，光波流动，充满活力——我几乎看呆了。

人迹罕至的阿尔卑斯山脉，白雪皑皑，在蓝天的映衬下，显得格外雄伟壮丽，但它并没真正体现出瑞士人民的特性，瑞士人民吃苦耐劳，平和沉稳。在那块面积不大的土地上，梨树要小心地靠墙栽上，葡萄藤要认真修剪，不让它疯长，结出的串串果实也要仔细地数来数去。那儿的一切小巧整齐，自有其独特的美。巍峨的少女峰，天长地久地耸立在那块不大的土地上，但我却怀疑，瑞士人一年到头能否对她看上两眼。

真奇怪！不知怎的，只有当我的思绪与养育我的祖国——中国，联系在一起时，我才能这样有条不紊地思考各个民族的差异。

不知有多少外国人，刚走下从上海开来的火车，结束了他们到中国的首次旅行后，就对我说："……嗨，中国可不如日本美！"

我只是笑笑，不想马上回答，因为我知道中国之美。

日本给人的感觉是精美。这不仅在于它那可爱的瓷器、华丽文雅的和服和那些嘝叭嘝叭急促行走的迷人的孩童——这些尽人皆知。它的精美也不仅仅在于山坡上的小块梯田，不在于那些整洁但不坚固的房屋和那仙境般的小小的生活乐园——这些举目可见。

日本伟大的美存在于你和我，作为匆匆过客，在走马观花之间很难发现的地方。

正是这种美使一个劳累了一天的苦力，放下扁担，随便吃一些米饭加鱼，便到那手帕大的花园里忙碌起来。他们神情专注地干着，轻松愉快地干着，完全沉浸在为自己也为家庭创造美的欢欣之中了。全家人都围在你身边，钦佩地看着。日本人家家都有花园，如果命运不肯赏赐给一个穷人一平方英尺土地的话，他也会花上一分钱，买上一块大大的地盘，几个小时辛苦而又欢愉的劳动之后，他便逐渐有了一个微型花园：假山、凉亭、一池清水。几片青苔，权作草坪；一些小草，且作树木；再把羊齿植物塞入石缝，便有了一片灌木丛。

也正是这种美，使得一个日本客栈主人，为了让客人舒心，每天都在客人房间里更换一件精致的摆设。今天，他从珍藏中挑出一幅水墨画，画面淡雅逼真，一只小鸟正立于芦苇之上。明天，你屋里又会有一个深蓝色的瓷瓶，瓶里插上一枝怒放的梨花，放得恰到好处，让你禁不住要参悟佛道了。有时，出现在你房间里的会是一副旧地毯，褪了色的毯面上，一队手提灯笼的人正在行进，看上去古怪而有趣。

最近，我听到许多议论日本的闲语。有些人甚至说日本人连普通人的品质也不具备。我不敢妄论，我要等到有人为我把无比的邪恶和对美的温柔的爱这两种品质融在一起时再发表意见。这种温柔的爱，在日本的穷人、富人身上几乎都能找到。人们穷毕生精力，自发地追求着美，不是出于对金钱的考虑，而是出于对美的渴求。倘若美即真是正确的，那么，难道这里面就没有一点真吗？

这种在日本比比皆是的优雅美，在中国当然并非随处可见。因此，我不能责备那些刚看了中国一眼就断言她丑陋的朋友们。无疑，生活的拮据让穷人们时刻都在想着怎样填饱肚子，在普通百姓的生活中，美少得可怜。

有一天，我的园丁正在花园翻地，我问他："你愿不愿意要点这种花籽种在你房前？"

他不信任地看了我一眼，用力掘着地。"穷人种花没有用，"他说，"那都是供有钱人玩赏的。"

"不错，但这并不要你花钱。你看，我可以给你几种花籽，如果你那片地不肥，你可以从这儿的肥堆上弄点肥料。我会给你时间让你侍弄它们的。种点花会让你感到心神愉快的。"

最受读者喜爱的120篇美文

他俯身拾起一块石头扔了出去，"我要种点菜。"园丁的回答很干脆。

无疑，中国的穷人们干什么都讲求经济实惠。我也曾在内地某处居住过一段时间。在那儿，我问一个农妇，如果哪一年收成好，有了盈余的话，吃穿用是怎样安排的，是把余钱存起来呢还是花掉？

回想起过去的好年景，那农妇笑了，她兴奋地说："我们就多吃点！"

在一个土匪遍地的国家，他们没有把自己那点积蓄存入可信赖的钱庄，而是统统都吃进了肚里，因为那儿是最安全的地方，至少没有人能把它们抢走了！天知道他们的身体是否会因此好一点。

逛一下中国的城市，它们的丑陋会使你大吃一惊——到处拥挤不堪，又脏又乱，街道上臭气熏天，令人作呕。病病歪歪的乞丐、蓬头垢面，使出他们卑鄙的生财手段，可怜巴巴地哀求着，过着寄生虫的生活。几只癞皮狗在胆怯地溜来溜去。倘若你朝商店或居民家里扫一眼，你会发现一切都是以实用为准则：桌子没有上油漆，凳子在打造时显然是没有考虑到要让人们坐上去感到舒服，箱子、床、乱七八糟的破旧玩意儿，还有原始的炊具——所有这些都挤在那一点点小得令人难以置信的空间里，让人心烦意乱，丝毫没有对美中所能体现出的精神财富的追求。

前几天，我站在江西的一个山顶上，放眼百里大好河山，极觉心旷神怡——阳光下，溪水波光激滟，长江悠悠，蜿蜒人海，恰似一条黄色大道。绿树成荫，村舍掩映。块块稻田，绿如碧玉，棋盘般整齐，似乎一切都那么宁静，一切都那么美丽。

然而我太了解我的祖国了。我知道，如果我走进那仙境之中，我会发现溪流已被污染，河边挤满了用席苇作仓顶的破旧不堪的小船，那里就是成千上万食不果腹的渔民的唯一栖身之地。绿树下面，房屋一个紧挨着一个，垃圾在阳光的曝晒下散发着阵阵臭气，苍蝇成群，到处可见的黄狗会冲我狂吠。那儿尽管有人人可享用的新鲜空气，但房子却小而无窗，里面暗如洞穴，孩子们脏得要命，头发乱蓬蓬的，鼻子就别提了，鼻涕总是流到嘴里！看不到一朵鲜花，看不到一处人为的美为解除生活的单调沉闷，就连草房前那一块空地也被碾成了打谷场，坚硬的场地在阳光的照射下泛着青光。贫穷？是的，但也往往是懒惰与无知的结果。

那么,中国究竟美在何处呢?反正它不在事物的表面。别着急,且听我慢慢道来。

这个古老的国家,几个世纪以来,一直缄默不言,无精打采,从不在乎其他的国家对它的看法,但正是在这儿,我发现了世上罕见的美。

中国并没有在那些名胜古迹中表现自己,即使在旅行者远东之行的目标——北京,我们看到的也不是名胜古迹:紫禁城、天坛、大清真寺……都是这个民族根据生活的需要逐步建立起来的。那是为他们自己建造的,根本不是为了吸引游客或是赚钱。的确,多少年来,这些名胜都是你千金难睹的。

中国人天生不知展览、广告为何物。在杭州无论你走进哪家大丝绸店,你都会发现,店里朴素大方,安静而昏暗。排排货架,整齐的货包,包上挂着排列匀称的价格标签。在国外,店主们常在陈列架上,挂着精心叠起的绸缎,用以吸引人们的目光,招徕顾客。但这儿却没有这些。你会看到一个店员走上前来,当你告诉他想买什么之后,他会从货架上给你拿下五六个货包。包装纸撕掉了,你面前突然出现一片夺目的光彩,龙袍就是用这料子做成的。看着闪闪发光、色泽鲜艳的织锦、丝绒、绸缎在你面前堆起,你会感到眼花缭乱,就像有一群破茧而出的五彩缤纷的蝴蝶在你眼前飞舞一样。你选好了所要之物,这辉煌的景色也就重又隐入了黑暗。

这就是中国!

她的美是那些体现了最崇高的思想,体现了历代贵族的艺术追求的古董、古迹,这些古老的东西,也和它们的主人一样,正缓慢走向衰落。

这堵临街的灰色高墙,气势森严,令人望而却步。但如果你有合适的钥匙,你或许可以迈进那雅致的庭院。院内,古老的方砖铺地,几百年的脚踏足踩,砖面已被磨损了许多。一株盘根错节的松树,一池金鱼,一只雕花石凳,凳上坐一位鹤发长者,身着白色绸袍,宝相庄严,有如得道高僧。在他那苍白、干枯的手里,是一管磨得锃亮、顶端镶银的黑木烟袋。

倘若你们有交情的话,他便会站起身来,深鞠几躬,以无可挑剔的礼数陪你步入上房。二人坐在高大的雕花楠木椅子上,共品香茗。挂在墙上的丝绸卷轴古画会让你赞叹不已,空中那雕梁画栋,又诱你神游太虚。美,到处是美,古色古香,含蓄优雅。

我的思绪又将我带到了一座寺院。寺院的客厅虽然宽敞,却有点幽暗。客厅前有一片小小的空地,整日沐着阳光。空地上有一个用青砖垒起的花坛,漫长的岁月,几乎褪尽了砖的颜色。

每至春和景明,花坛里硕大的淡红色嫩芽便破土而出。我五月间造访时,阳光明媚,牡丹盛开,色泽鲜艳,大红、粉红红成了一团火。花坛中央开着乳白色的花朵,淡黄色的花蕊煞是好看。花坛造型精巧,客人只有从房间的暗处才能欣赏到那美妙之处。斯时斯地,夫复何言?夫复何思?

我知道有些家庭珍藏有古画、古陶器、古铜器,还有年代已久的刺绣,这些东西出世时,还没人想到会有什么美洲的存在,它们的历史说不定真的和古埃及法老的宝藏一样古老呢!

变化中的中国发生了一些让人伤心的事情。一些无知的年轻人,或者为贫困所迫,或者是因为粗心大意,竟学会了拿这些文物去换钱。这些古玩实乃无价国宝,是审美价值极高的艺术珍品,是任何个人都不配私人占有,而只应由国家来收藏的。但他们目前还不能明白这一点!

外国对中国犯下了种种罪行,不容忽视的一点就是对中国美的掠夺。那些急不可耐的古玩搜集商,足迹遍及全球的冒险家,还有各大商行的老板,从中国美的宝库中掠夺了不知多少珍品。这委实是对一个无知的人的掠夺,因为她不知道自己认为可以卖到三十块银元的东西,根本就不该卖掉。

此外,中国年轻一代中,有很多人的思想似乎尚未成熟,他们的表现让人感到惊愕。他们既然怀疑过去,抛弃传统,也就不可避免地抛弃旧中国那些无与伦比的艺术品,去抢购许多西方的粗陋的便宜货,挂在自己的屋里。这个国家的许多特色是我们所热爱的,而现在我们却要看着这些特色一个个消失,这的确是一个伤心的问题,中国的古典美谁来继承?盲目崇洋所带来的必然堕落怎样解决?难道说随着人们对传统的抛弃,我们也必须失掉庙宇的斗拱飞檐吗?

但我也不时感到欣慰:一定会有一些人继承所有那些酷爱美的先辈,以大师的热情去追求美并把它带到较为太平的年代。

前几天,我去了一个著名中国现代画家的画室。看着那一幅幅广告画,一幅幅俗套的健美女郎像和那用色拙劣的海上落日图,我的心直往下沉——一堆粗制滥造的油画!但是在画室的一个不显眼的角落,我发现一幅小小的水彩画。那是一条村巷,在夏日黄昏的阵雨中,弥漫着淡蓝色的雾,一些银灰色的斜线划过画面。从一座让人感到亲切的小屋的窗口,闪出微弱的烛光。一个孤零零的人手撑油伞踽踽独行,湿漉漉的石块上投上了他那摇晃的身影。

我转过身来,对画家说:"这是最好的一幅。"

他的脸顿时明朗起来。

"你真这么看?我也是这样想的!这是我以前每天都看到的故乡街巷,但是,"画家叹息一声,"这是我为消遣而画的,这画不能卖掉。"

倘若一定要我找出中国之美的瑕疵来,我只能说它太隐逸,太高雅了,多数平民很少能享受,这美本来也是属于他们的,而那些公侯之家或宗教团体却将它据为己有,许多人无法获得审美知识,因而无法充分享受生活的乐趣。几百年来,那些极为贫困和没有文化的人们,只能默默地降生,又默默地死去,对那种妙不可言、令人倾倒的美漠然视之,无动于衷。追求美成了贵族社会、有闲阶级的特权,穷人们则认为那只是富人的消遣,与自己无缘。

普通中国人需要培养审美情趣,去发现他周围有待于挖掘的美。一旦他懂得了美的意义,一旦他认识到美根本不存在于那令人讨厌的、要价四角的石版画中,甚至也不完全存在于有钱人的那些无价之宝中,一旦他认识到美就存在于他们的庭院之中,正等待他从粗心懒散造成的脏乱环境中去发掘时,一种崭新的精神将会在这块美丽的大地上传播开来。

虽然这儿的千百万在贫困中挣扎的人们,一直都在为一口饭而终日辛劳,但我知道,无论如何,人不能仅靠植物生活。我们最需要的是那些大家都能自由享用的美——澄塘霞影,婀娜的花卉,清新的空气,可爱的大自然。

前几天,我把我这个想法对我的中国老师讲了,他随口答了一句:"仓廪实则知礼仪,衣食足则知荣辱。"

我想是这样的。

然而,我相信我的园丁昨晚美餐了一顿。当时,他在草坪上快活地干活,我则坐在竹丛下沉思。突然,一片奇异的光彩把我从沉思中惊醒,我抬头一看,西天烧起了绚丽的晚霞,令我心驰神往。

"噢,看哪!"我喊道。

"在哪儿?在哪儿?"园丁紧紧抓住锄把叫道。

"在那儿。看那颜色有多美!"

"哦,那呀!"园丁却不胜厌恶地说,弯下腰去接着修整草坪。"你那样大声喊叫,我还以为有蜈蚣爬到你身上了呢!"

说实在的,我并不认为爱美要以填饱肚子为前提,再多的美食家也只是美食家。此外,如果我的中国老师说的那句话绝对正确,那我该怎样解释下列情况呢?那又老又聋的王妈妈,可怜的寡妇中更可怜的一个,整日里靠辛辛苦苦为人缝衣换碗饭吃,然而,她桌子上那个有缺口的瓶子里,整个夏天都插有不知她从哪儿弄来的鲜花。当我硬是送她一个碧绿的小花瓶时,她竟高兴得流出了眼泪。

还有那个小小的烟草店。那位掉光了牙齿的老店主,整天都在快活地侍弄他的陶盆里一株不知其名的花草。我院外的那位农夫,让一片蜀葵在房子四周任其自然地长着。还有那些街头"小野孩儿",也常常害羞地把脸贴在我门上,向我讨一束花儿。

不,我认为每个儿童的心田里,都能播下爱美的种子。尽管困苦的生活有时会将它扼杀,但它却是永生不灭的,有时它会在那些沉思冥想的人的心田里茁壮成长,对这些人来说,即使住进皇宫与皇帝共进晚餐也远非人生之最大乐趣。他们知道自己将永远不会满足,除非他们以某种方式找到了美,找到人生之最高境界。

滑稽剧中的惨痛教训

邹韬奋

做现代的中国人至少有一种特殊的权利，那就是睁着眼饱看以国事为儿戏的一幕过了又一幕的滑稽剧！寻常的滑稽剧令人笑，令人看了觉得发松，这类滑稽剧却另有妙用，令人看了欲哭无泪，令人惨痛！最近又有奉送热河的一幕滑稽剧刚在很热闹的演着。何以说是"滑稽"呢？

打算不抵抗而逃，这原也是一件虽不光明正大而总算是这么一回事，但心里早就准备三十六着的第一着，而嘴里却说得棚棚硬，别的要人们的通电演说谈话等等里的激昂慷慨其甜如蜜的好文章姑不尽提，也没有工夫尽提，就是这次逃得最快，逃得最有声有色的老汤，他除偕同张学良张作相等二十七将领通电全国，说什么"时至今日，我实忍无可忍，惟有武力自卫，舍身奋斗，以为救国图存之计，学良等待罪行间，久具决心……但有一兵一卒，亦必再接再励"。（讲得实在不错也！）并堂而皇之地特发告所属将士书，有"吾侪守土有责，敌如来犯，决与一拼，进则有赏。退则有罚，望我将士为民族争光荣，为热军增声誉"等语；后来又亲对美联社记者伊金士说"非至中国人死尽，必不容日人得热河。"他临逃时还接见某外记者，正谈话间，老汤忽托词更衣，一去不返！

逃就逃，说的话算狗屁，也滑稽不到哪里去，他却逃得十分有声有色，竟把原要用来运输供给翁照垣将军所率炮队的粮食与炮弹用的汽车二百四十辆，及后援会的汽车十余辆扣留，席卷所住行宫里的宝物财产，带着艳妾，由卫队二千多人，蜂拥出城，浩浩荡荡地大队逃去！途中老百姓扶老携幼，哭声遍地，有要攀援上车的，都被车上兵士用皮鞭猛打下来！

军用的运输汽车既被扣留着大运其宝物财产，于是只得雇人力车参加征战，听说翁将军在前方迭电催请速运弹药，平方当局不得已，乃以代价雇大批人力车运往古北口，许多人力车前进虽不无浩浩荡荡之概，但和"速运"却是背道而驰的了！敌人以飞机大炮来，我们以人力车往，不是愈益显出了我国的军事当局对于军事有了充分的准备吗？

以号称十五万国军守热河，日兵一百二十八名长驱直入承德，甚至不够分配接收各官署机关，这也不得不算是一个新纪录！

这种种滑稽现象，说来痛心，原无滑稽之可言。身居军政部长的何应钦于五日到津，谓"热战使人莫名其妙"，他都"莫名其妙"，无怪我们老百姓更"莫名其妙"了。此幕滑稽剧开演后，代理行政院长宋子文发表谈话，谓最大原因为器械窳劣，训练不良，准备毫无。我们也有同感，所不知者，"准备毫无"，应由谁负责罢了。

我们在这滑稽剧中所得的惨痛教训。即愈益深刻地感到只有能代表民众的武力才真能抗敌，把国事交给军阀和他们的附属品干，无论你存何希望，终是给你一个幻灭的结果。"置之死地而后生"，现在中国在"死地"上者绝轮不到军阀和他们的附属品，像老汤的"宝物财产"。从前已宣传有一大批运到天津租界，（当时有的报上说他此举正是表示抗敌决心）此次还有二百余辆汽车的"宝物财产"可运，至少又有半打艳妾（参看本期杜重远先生的《前线通讯》）供其左拥右抱，这在他不但是绝无自置"死地"之理，简直是尚待享尽人间幸福的人物——至少在他是算为幸福——只配挨"皮鞭猛打"的老百姓，和这类军阀乃至他们的附属品，有何关系？他们的最大目的就只为他们的地盘，私利，（老汤从前一面对国内宣言尽职守土，一面对日方表示抑制义军，本也为的是自己地盘，等到地盘无法再保，便逃之夭夭）什么国难不国难，关他们鸟事？

无论帝国主义者和军阀的势力，都不过在加紧地自掘坟墓，被他们"置之死地"的大众,为客观的条件所逼迫,必要起来和他们算账的。大众努力的程度,和他们解放的迟早是成正比例的,中途的挫折和困难,不但不应引起颓废或悲观,反应增强努力的勇气,增加猛进的速度。

匆　匆

朱自清

　　燕子去了,有再来的时候;杨柳枯了,有再青的时候;桃花谢了,有再开的时候。但是,聪明的,你告诉我,我们的日子为什么一去不复返呢? ——是有人偷了他们罢。那是谁? 又藏在何处呢? 是他们自己逃走了罢,现在又到了那里呢?

　　我不知道他们给了我多少日子,但我的手确乎是渐渐空虚了。在默默里算着,八千多日子已经从我手中溜去;像针尖上一滴水滴在大海里,我的日子滴在时间的流里,没有声音,也没有影子。我不禁头涔涔而泪潸潸了。

　　去的尽管去了,来的尽管来着;去来的中间,又怎样的匆匆呢? 早上我起来的时候,小屋里射进两三方斜斜的太阳。太阳他有脚啊,轻轻悄悄地挪移了,我也茫茫然跟着旋转。于是——洗手的时候,日子从水盆里过去;吃饭的时候,日子从饭碗里过去;默默时,便从凝然的双眼前过去。我觉察他去得匆匆了,伸出手遮挽时,他又从遮挽着的手边过去,天黑时,我躺在床上,他便伶伶俐俐地从我身上跨过,从我脚边飞去了。等我睁开眼和太阳再见,这算又溜走了一日。我掩着面叹息。但是新来的日子的影儿又开始在叹息里闪过了。

　　在逃去如飞的日子里,在千门万户的世界里的我能做些什么呢? 只有徘徊罢了,只有匆匆罢了;在八千多日的匆匆里,除徘徊外,又剩些什么呢? 过去的日子如轻烟,被微风吹散了,如薄雾,被初阳蒸融了;我留着些什么痕迹呢? 我何曾留着像游丝样的痕迹呢? 我赤裸裸来到这世界,转眼间也将赤裸裸地回去罢? 但不能来的,为什么偏要白白走这一遭啊? 你聪明的,告诉我,我们的日子为什么一去不复返呢?

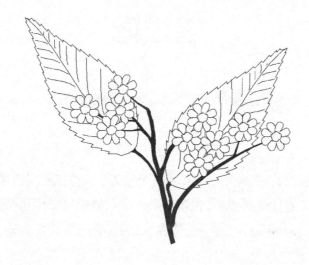

给亡妇

朱自清

　　谦,日子真快,一眨眼你已经死了三个年头了。这三年里世事不知变化了多少回,但你未必注意这些个,我知道。你第一惦记的是你几个孩子,第二便轮着我。孩子和我平分你的世界,你在日如此;你死后若还有知,想来还如此的。告诉你,我夏天回家来着:迈儿长得结实极了,比我高一个头。闰儿,父亲说是最乖,可是没有先前胖了。采芷和转子都好。五儿全家夸她长得好看,却在腿上生了湿疮,整天坐在竹床上不能下来,看了怪可怜的。六儿,我怎么说好,你明白,你临终时也和母亲谈过,这孩子是只可以养着玩儿的,他左挨右挨去年春天,到底没有挨过去。这孩子生了几个月,你的肺病就重起来了。我劝你少亲近他,只监督着老妈子照管就行。你总是忍不住,一会儿提,一会儿抱的。可是你病中为他操的那一份儿心也够瞧的。那一个夏天他病的时候多,你成天儿忙着,汤呀,药呀,冷呀,暖呀,连觉也没有好好儿睡过。哪里有一分一毫想着你自己?瞧着他硬朗点儿你就乐,干枯的笑容在黄蜡般的脸上,我只有暗中叹气而已。

　　从来想不到做母亲的要像你这样。从迈儿起,你总是自己喂乳,一连四个都这样。你起初不知道按钟点儿喂,后来知道了,却又弄不惯;孩子们每夜里几次将你哭醒了,特别是闷热的夏季。我瞧你的觉老没睡足。白天里还得做菜,照料孩子,很少得空儿。你的身子本来坏,四个孩子就累你七八年。到了第五个,你自己实在不成了,又没乳,只好自己喂奶粉,另雇老妈子专管她。但孩子跟老妈子睡,你就没有放过心;夜里一听见哭,就竖起耳朵听,工夫一大就得过去看。十六年初,和你到北京来,将迈儿,转子留在家里;三年多还不能去接他们,可真把你惦记苦了。你并不常提,我却明白。你后来说你的病就是惦记出来的,那个自然也有份儿,不过大半还是养育孩子累的。你的短短的十二年结婚生活,有十一年耗费在孩子们身上;而你一点不厌倦,有多少力量用多少,一直到自己毁灭为止。你对孩子一般儿爱,不问男的女的,大的小的。也不想到什么"养儿防老,积谷防饥",只拼命地爱去。你对于教育老实说有些外行,孩子们只要吃得好玩得好就成了。这也难怪你,你自己便是这样长大的。况且孩子们原都还小,吃和玩本来也要紧的。

你病重的时候最放不下的还是孩子。病得只剩皮包着骨头了,总不信自己不会好,老说:"我死了,这一大群孩子可苦了。"后来说送你回家,你想着可以看见迈儿和转子,也愿意,你万不想到会一走不返的。我送车的时候,你忍不住哭了,说:"还不知能不能再见?"

可怜。你的心我知道,你满想着好好儿带着六个孩子回来见我的。

谦,你那时一定这样想,一定的。

除了孩子,你心里只有我。不错,那时你父亲还在,可是你母亲死了,他另有个女人,你老早就觉得隔了一层似的。出嫁后第一年你虽还一心一意依恋着他老人家,到第二年上我和孩子可就将你的心占住,你再没有多少工夫惦记他了。你还记得第一年我在北京,你在家里。家里来信说你待不住,常回娘家去。我动气了,马上写信责备你。你教人写了一封复信,说家里有事,不能不回去。这是你第一次也可以说第末次的抗议,我从此就没给你写信。

暑假时带了一肚子主意回去,但见了面,看你一脸笑,也就拉倒了。

打这时候起,你渐渐从你父亲的怀里跑到我这儿。你换了金镯子帮助我的学费,叫我以后还你;但直到你死,我都没有还你。你在我家受了许多气,又因为我家的缘故受你家里的气,你都忍着。这全为的是我,我知道。那回我从家乡一个中学半途辞职出走。家里人讽你也走。哪里走！只得硬着头皮往你家去。那时你家像个冰窖子，你们在窖里足足住了三个月。好容易我才将你们领出来了，一同上外省去。小家庭这样组织起来了。你虽不是什么阔小姐，可也是自小娇生惯养的，做起主妇来，什么都得干一两手；你居然做下去了，而且高高兴兴地做下去了。菜照例满是你做，可是吃的都是我们，你至多夹上两三筷子就算了。你的菜做得不坏，有一位老在行大大地夸奖过你。你洗衣服也不错，夏天我的绸大褂大概总是你亲自动手。你在家老不乐意闲着，坐前几个"月子"，老是四五天就起床，说是躺着家里事没条没理的。其实你起来也还不是没条理，咱们家里那么多孩子，哪儿来条理？在浙江住的时候，逃过两回兵难，我都在北平。真亏你领着母亲和一群孩子东藏西躲的，末一回还要走多少里路，翻一道大岭。这两回差不多只靠你一个人。你不但带了母亲和孩子们，还带了我一箱箱的书，你知道我是最爱书的。在短短的十二年里，你操的心比人家一辈子还多；谦，你那样身子怎么经得住！你将我的责任一股脑儿担负了去，压死了你，我如何对得起你！

你为我的捞什子书也费了不少神，第一回让你父亲的男佣人从家乡捎到上海去，他说了几句闲话，你气得在你父亲面前哭了。

第二回是带着逃难，别人都说你傻子。你有你的想头："没有书怎么教书？况且他又爱这个玩意儿。"其实你没有晓得，那些书丢了也并不可惜；不过教你怎么晓得，我平常从来没和你谈过这些个！

总而言之，你的心是可感谢的。这十二年里你为我吃的苦真不少，可是没有过几天好日子。我们在一起住，算来也还不到五个年头。

无论日子怎么坏，无论是离是合，你从来没对我发过脾气，连一句怨言也没有。——别说怨我，就是怨命也没有过。老实说，我的脾气可不大好，迁怒的事儿有的是。那些时候你往往抽噎着流眼泪，从不回嘴，也不号啕。不过我也只信得过你一个人，有些话我只和你一个人说，因为世界上只你一个人真关心我，真同情我。你不但为我吃苦，更为我分苦；我之有我现在的精神，大半是你给我培养着的。这些年来我很少生病。但我最不耐烦生病，生了病就呻吟不绝，闹那伺候病的人。你是领教过一回的，那回只一两点钟，可是也够麻烦了。你常生病,却总不开口,挣扎着起来;一来怕搅我,二来怕没人做你那份儿事。我有一个坏脾气,怕听人生病,也是真的。后来你天天发烧,自己还以为南方带来的疟疾,一直瞒着我。

明明躺着,听见我的脚步,一骨碌就坐起来。我渐渐有些奇怪,让大夫一瞧,这可糟了,你的一个肺已烂了一个大窟窿了!大夫劝你到西山去静养,你丢不下孩子,又舍不得钱;劝你在家里躺着,你也丢不下那份儿家务。越看越不行了,这才送你回去。明知凶多吉少,想不到只一个月工夫你就完了!本来盼望还见得着你,这一来可拉倒了。你也何尝想到这个?父亲告诉我,你回家独住着一所小住宅,还嫌没有客厅,怕我回去不便哪。

前年夏天回家,上你坟上去了。你睡在祖父母的下首,想来还不孤单的。只是当年祖父母的坟太小了,你正睡在圹底下。这叫做"抗圹",在生人看来是不安心的,等着想办法吧。那时圹上圹下,密密地长着青草,朝露浸湿了我的布鞋。你刚埋了半年多,只有圹下多出一块土,别的全然看不出新坟的样子。我和隐今夏回去,本想到你的坟上来,因为她病了没来成。我们想告诉你,五个孩子都好,我们一定尽心教养他们,让他们对得起死了的母亲——你!谦,好好儿放心安睡吧,你。

我所见的清华精神

朱自清

　　这半年来同事们和同学们常常谈到"清华精神"。自己虽然不是清华人，但是在校服务多年，对这个问题也感到很大的兴趣。有一回和一位同学谈话，曾经假定清华精神是"服务"。后来和钱伟长先生谈起，他似乎觉得清华精神是"独立的、批评的"，例如清华人到一个机关服务，往往喜欢表示自己的意见，不甘心苟同。我承认钱先生的看法，连带着他的例子，是有理由的。但是关于"服务"，我还请申说一下。

　　提到"服务"，很容易想到青年会。青年会的服务精神有它的好处和缺点，这里不想讨论。我所假定的清华的服务精神，跟青年会的不同。为清楚起见，我现在想改为"实干"。清华毕业生不论旧制新制，在社会的各部门里做中级干部的最多。顾樵先生十多年前说过这样的话，现在看来大体似乎还是如此。顾先生说这些中级干部是平实的工作者，他们的贡献虽然是点滴的，然而总起来看也够重大的。钱先生的看法是指出他们的不重世故。这正是为了重事，要实干，要认真地干。青年人讨厌世故，重实干，虽然程度不同，原是一般的趋向。不过清华跟都市隔得远些，旧制生出洋五年，更跟中国隔得远些，加上清华学生入学时一般年岁也许小些，因此这种现象就特别显著。有些人谈清华精神,强调在学时期的爱清洁守秩序等。乍看这些似乎是小事,可是实在是跟毕业后服务时期的按部就班的实干精神密切的联系着的。

有人也许觉得这种实干的精神固然很好,不过太强调了这种精神,有时会使人只见树而不见林。然而这是春秋责备贤者的话,能够一棵树一棵树地修整着,究竟是对林子有帮助的。

春

朱自清

盼望着,盼望着,东风来了,春天的脚步近了。

一切都像刚睡醒的样子,欣欣然张开了眼。山朗润起来了,水长起来了,太阳的脸红起来了。

小草偷偷地从土里钻出来,嫩嫩的,绿绿的。园子里,田野里,瞧去,一大片一大片满是的。坐着,躺着,打两个滚,踢几脚球,赛几趟跑,捉几回迷藏。风轻悄悄的,草绵软软的。

桃树、杏树、梨树,你不让我,我不让你,都开满了花赶趟儿。红的像火,粉的像霞,白的像雪。花里带着甜味,闭了眼,树上仿佛已经满是桃儿、杏儿、梨儿!花下成千成百的蜜蜂嗡嗡地闹着,大小的蝴蝶飞来飞去。野花遍地是:杂样儿,有名字的,没名字的,散在草丛里,像眼睛,像星星,还眨呀眨的。

"吹面不寒杨柳风",不错的,像母亲的手抚摸着你。风里带来些新翻的泥土的气息,混着青草味,还有各种花的香,都在微微润湿的空气里酝酿。鸟儿将巢安在繁花嫩叶当中,高兴起来了,呼朋引伴地卖弄清脆的喉咙,唱出宛转的曲子,与轻风流水应和着。牛背上牧童的短笛,这时候也成天在嘹亮地响。

雨是最寻常的,一下就是三两天。可别恼,看,像牛毛,像花针,像细丝,密密地斜织着,人家屋顶上全笼着一层薄烟。树叶子却绿得发亮,小草也青得逼你的眼。傍晚时候,上灯了,一点点黄晕的光,烘托出一片安静而和平的夜。乡下去,小路上,石桥边,撑起伞慢慢走着的人;还有地里工作的农夫,披着蓑,戴着笠。他们的草屋,稀稀疏疏地在雨里静默着。

天上风筝渐渐多了,地上孩子也多了。城里乡下,家家户户,老老小小,他们也赶趟儿似的,一个个都出来了。舒活舒活筋骨,抖擞抖擞精神,各做各的一份事去。"一年之计在于春",刚起头儿,有的是工夫,有的是希望。

春天像刚落地的娃娃,从头到脚都是新的,它生长着。

春天像小姑娘,花枝招展的,笑着,走着。

春天像健壮的青年,有铁一般的胳膊和腰脚,领着我们上前去。

春晖的一月

朱自清

　　去年在温州,常常看到本刊,觉得很是欢喜。本刊印刷的形式,也颇别致,更使我有一种美感。今年到宁波时,听许多朋友说,白马湖的风景怎样怎样好,更加向往。虽然于什么艺术都是门外汉,我却怀抱着爱"美"的热诚,三月二日,我到这儿上课来了。在车上看见"春晖中学校"的路牌,白底黑字的,小秋千架似的路牌,我便高兴。出了车站,山光水色,扑面而来,若许我抄前人的话,我真是"应接不暇"了。于是我便开始了春晖的第一日。

　　走向春晖,有一条狭狭的煤屑路。那黑黑的细小的颗粒,脚踏上去,便发出一种摩擦的噪音,给我多少清新的趣味。而最系我心的,是那小小的木桥。桥黑色,由这边慢慢地隆起,到那边又慢慢地低下去,故看去似乎很长。我最爱桥上的栏杆,那变形的纹的栏杆;我在车站门口早就看见了,我爱它的玲珑!桥之所以可爱,或者便因为这栏杆哩。我在桥上逗留了好些时。这是一个阴天。山的容光,被云雾遮了一半,仿佛淡妆的姑娘。但三面映照起来,也就青得可以了,映在湖里,白马湖里,接着水光,却另有一番妙景。我右手是个小湖,左手是个大湖。湖有这样大,使我自己觉得小了。湖水有这样满,仿佛要漫到我的脚下。湖在山的趾边,山在湖的唇边;他俩这样亲密,湖将山全吞下去了。吞的是青的，吐的是绿的，那软软的绿呀，绿的是一片，绿得却不安于一片，它无端地皱起来了。如絮的微痕，界出无数片的绿；闪闪闪闪的，像好看的眼睛。湖边系着一只小船，四面却没有一个人，我听见自己的呼吸。想起"野渡无人舟自横"的诗，真觉物我双忘了。

好了，我也该下桥去了，春晖中学校还没有看见呢。弯了两个弯儿，又过了一重桥。当面有山挡住去路，山旁只留着极狭极狭的小径。挨着小径，抹过山角，豁然开朗，春晖的校舍和历落的几处人家，都已在望了。远远看去，房屋的布置颇疏散有致，决无拥挤、局促之感。我缓缓走到校前，白马湖的水也跟我缓缓地流着。我碰着丏尊先生。他引我过了一座水门汀的桥，便到了校里。校里最多的是湖，三面潺潺地流着；其次是草地，看过去芊芊的一片。我是常住城市的人，到了这种空旷的地方，有莫名的喜悦！乡下人初进城，往往有许多的惊异，供给笑话的材料；我这城里人下乡，却也有许多的惊异——我的可笑，或者竟不下于初进城的乡下人。闲言少叙，且不说校里的房屋、格式、布置固然疏落有味，便是里面的用具，也无一不显出巧妙的匠意，绝无笨伯的手泽。晚上我到几位同事家去看，壁上有书有画，布置井井，令人耐坐。这种情形正与学校的布置，自然界的布置是一致的。美的一致，一致的美，是春晖给我的第一件礼物。

有话即长，无话即短，我到春晖教书，不觉已一个月了。在这一个月里，我虽然只在春晖待了十五日（我在宁波四中兼课），但觉甚是亲密。因为在这里，真能够无町畦。我看不出什么界线，因而也用不着什么防备，什么顾忌；我只照我所喜欢的做就是了。这就是自由了。从前我到别处教书时，总要作几个月的"生客"，然后才能坦然。对于"生客"的猜疑，本是原始社会的遗形物，其故在于不相知。这在现社会，也不能免的。但在这里，因为没有层叠的历史，又结合比较的单纯，故没有这种习染。这是我所深愿的！这里的教师与学生，也没有什么界限。在一般学校里，师生之间往往隔开一无形界限，这是最足减少教育效力的事！学生对于教师，"敬鬼神而远之"；教师对于学生，尔为尔，我为我，休戚不关，理乱不闻！这样两橛的形势，如何说得到人格感化？如何说得到"造成健全人格"？这里的师生却没有这样情形。无论何时，都可自由说话；一切事务,常常通力合作。校里只有协治会而没有自治会。感情既无隔阂,事务自然都开诚布公,无所用其躲闪。学生因无须矫情饰伪,故甚活泼有意思。又因能顺全天性,不遭压抑;加以自然界的陶冶,故趣味比较纯正。——也有太随便的地方,如有几个人上课时喜欢谈闲天,有几个人喜欢吐痰在地板上,但这些总容易矫正的。——春晖给我的第二件礼物是真诚,一致的真诚。

春晖是在极幽静的乡村地方,往往终日看不见一个外人！寂寞是小事,在学生的修养上却有了问题。现在的生活中心,是城市而非乡村。乡村生活的修养能否适应城市的生活,这是一个问题。此地所说适应,只指两种意思:一是抵抗诱惑,二是应付环境——明白些说,就是应付人,应付物。乡村诱惑少,不能养成定力;在乡村是好人的,将来一入城市做事,或者竟抵挡不住。从前某禅师在山中修道,道行甚高;一旦入闹市,"看见粉白黛绿,心便动了"。这话看来有理,但我以为其实无妨。就一般人而论,抵抗诱惑的力量大抵和性格、年龄、学识、经济力等有"相当"的关系。除经济力与年龄外,性格、学识,都可用教育的力量提高它,这样增加抵抗诱惑的力量。提高的意思,说得明白些,便是以高等的趣味替代低等的趣味,养成优良的习惯,使不良的动机不容易有效。用了这种方法,学生达到高中毕业的年龄,也总该有相当的抵抗力了,入城市生活又何妨？（不及初中毕业时者,因初中毕业,仍须续入高中,不必自己挣扎,故不成问题。）有了这种抵抗力,虽还有经济力可以作祟,但也不能有大效。前面那禅师所以不行,一因他过的是孤独的生活,故反动力甚大,一因他只知克制,不知替代;故外力一强,便"虎兕出于柙"了！这岂可与现在这里学生的乡村生活相提并论呢？至于应付环境,我以为应付物是小问题,可以随时指导;而且这与乡村,城市无大关系。我是城市的人,但初到上海,也曾因不会乘电车而跌了一交,跌得皮破血流。这与乡下诸公又差得几何呢？若说应付人,无非是机心！什么"逢人只说三分话,未可全抛一片心",便是代表的教训。教育有改善人心的使命。这种机心,有无养成的必要,是一个问题。姑不论这个,要养成这种机心,也非到上海这种地方去不成;普通城市正和乡村一样,是没有什么帮助的。凡以上所说,无非要使大家相信,这里的乡村生活的修养，并不一定不能适应将来城市的生活。况且我们还可以举行旅行，以资调剂呢。况且城市生活的修养，虽自有它的好处，但也有流弊。如诱惑太多，年龄太小或性格未佳的学生，或者转易陷溺——那就不但不能磨练定力，反早早地将定力丧失了！所以城市生活的修养不一定比乡村生活的修养有效。——只有一层，乡村生活足以减少少年人的进取心，这却是真的！说到我自己，却甚喜欢乡村的生活，更喜欢这里的乡村的生活。我是在狭的笼的城市里生长的人，我要补救这个单调的生活，我现在住在繁嚣的都市里，我要以闲适的境界调和它。我爱春晖的闲适！闲适的生活可说是春晖给我的第三件礼物！

我已说了我的"春晖的一月"，我说的都是我要说的话。或者有人说，赞美多而劝勉少，近乎"戏台里喝彩"！假使这句话是真的，我要切实声明：我的多赞美，必是情不自禁之故，我的少劝勉，或是观察时期太短之故。

可怕的冷静

闻一多

一个从灾荒里长成的民族，挨着一切的苦难，总像挨着天灾一样，以麻木的坚忍承受打击，没有招架，没有愤怒，甚至没有呻吟，像冬眠的蛰虫一般，只在半死状态中静候着第二个春天的来临，——这样便是今天的中国，快挨过了第七个年头的国难，它会准备再挨下去，直到哪一天，大概一觉醒来，自然会发现胜利就在眼前。客观上，战争与饥饿本也久已打成一片了，因此，愈是实在的战斗员，愈有挨饿的责任，不像人家最前线的人们吃得最好最饱，我们这里真正的饿莩恰恰就是真正的兵士。抗战与灾荒既已打成一片，抗战期中的现象，便更酷肖荒年的现象了。照例是灾情愈重，发财的愈多，结果贫穷的更加贫穷，富贵的更加富贵。照例是灾情严重了，呼吁的声音海外比国内更响，于是救济的主要责任落在外人身上，而国内人士，相形之下，便愈能显出他们那"不动心"的沉着而雍容的风度了。现在一切荒年的社会现象在抗战中又重演一次，不过规模更大，严重性更深刻些罢了。但是说来奇怪，分明是痼疾愈深，危机愈大，社会表层偏要装出一副太平景象的面孔。配合着冠冕堂皇的要人谈话和报纸社评的，是一般社会情绪——今天一个画展，明天一个堂会，"顾左右而言他"的副刊和小报一天天充斥起来，内容一天比一天软性化。从抗战开始以来,没有见过今天这样"众人熙熙如享太牢,如登春台"的景象,这不知道是肺结核患者脸上的红晕呢,还是将死前的回光返照!

一部分人为着旁人的剥削,在饥饿中畜生似的沉默着,另一部分人却在舒适中兴高采烈地粉饰着太平,这现象是叫人不能不寒心的,如果他还有一点同情心与正义感的话。然而不知道是为了谁的体面,你还不能声张。最可虑的是不通世故而血气方刚的青年,面对这种事实,又将作何感想?对了,怕动摇抗战,但饥饿能抗战吗?粉饰饥饿就是抗战吗?如果抗战是天经地义,不要忘记当年的青年,便是撑持这天经地义最有力的支柱,可见青年盲目而又不盲目,在平时他不免盲目,但在非常时期他永远是不盲目的。原来非常时期所需要的往往不是审慎,而是勇气,而在这上面,青年是比任何人都强的。正如当年激起抗战怒潮的是青年,今天将要完成抗战大业的力量,也正是这蕴藏在青年心灵中的烦躁。这不是浮动,而是活力的脉搏。民族必须生存,抗战必须胜利,在这最高原则之下,任何平时的轨范都是暂时可以搁置的枝节。

火烧上了眉毛,就得抢救。这是一个非常时期!

如果老年人中年人能负起责任,那自然更好,但事实上,战争先天的是青年人的工作(它需要青年的体质和青年的热情),所以如果老年人中年人肯负起责任,也只是参加青年的工作,或与青年分工合作,而不是代替青年的工作。战争既先天的是青年的工作,那么战时的国家就得以青年的意志为意志,虽则在战争的技术上,老年人中年人的智慧也是不可少的。

从抗战开始到今天,我们遭遇过两个关键,当初要不要抗战,是第一个关键,今天要不要胜利,是第二个关键,而第一个关键本来早已决定了第二个,因为既打算抗战,当然要胜利。但事实上目前的一切分明是朝着与胜利相反的方向发展,所以可怪的,是一部分人虽然看出方向的错误,却还要力持冷静,或从一些烦琐的立场,认为不便声张,不必声张。眼看青年完成抗战,争取胜利的意志必须贯彻,然而没有老年人中年人的智慧予以调节与指导,青年的力量不免浪费。万一还有人固执起来,利用他们的地位与力量,阻止了青年意志的贯彻,那结果便更不堪设想了。时机太危急了,这不是冷静的时候,希望老年人中年人的步调能与青年齐一,早点促成胜利的来临!大众的坚忍的沉默是可原谅的,因为他们是灾荒中生长的,而灾荒养成了他们的麻木,有着粉饰太平的职责的人们是可原谅的,因为他们也有理由麻木。可是负有领导青年责任的人们,如果过度的冷静,也是可怕的,当这不宜冷静的时候!

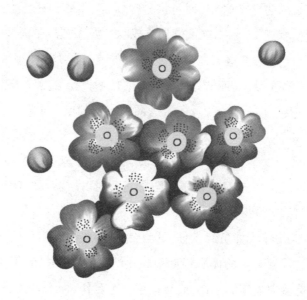

"儿时"课外学习

瞿秋白

狂胪文献耗中年，亦是今生后起缘；

猛忆儿时心力异，一灯红接混茫前。

生命没有寄托的人，青年时代和"儿时"对他格外宝贵。这种罗曼蒂克的回忆其实并不是发现了"儿时"的真正了不得，而是感觉到"中年"以后的衰退。本来，生命只有一次，对于谁都是宝贵的。但是，假使他的生命溶化在大众的里面，假使他天天在为这世界干些什么，那么，他总在生长，虽然衰老病死仍旧是逃避不了，然而他的事业——大众的事业是不死的，他会领略到"永久的青年"。而"浮生如梦"的人，从这世界里拿去的很多，而给这世界的却很少，——他总有一天会觉得疲乏的死亡：他连拿都没有力量了。衰老和无能的悲哀，像铅一样的沉重，压在他的心头，青春是多么短啊！

"儿时"的可爱是无知。那时候，件件都是"知"，你每天可以做大科学家和大哲学家，每天都在发现什么新的现象，新的真理。现在呢？"什么"都已经知道了，熟悉了，每一个人的脸都已经看厌了。宇宙和社会是那么陈旧，无味，虽则它们其实比"儿时"新鲜得多了。我于是想念"儿时"，祷告"儿时"。

不能够前进的时候，就愿意退后几步，替自己恢复已经走过的前途。请求

"无知"回来,给我求知的快乐。可怕啊,这生命的"停止"。

过去的始终过去了,未来的还是未来。究竟感慨些什么——我问自己。

轿 夫

罗 淑

　　记得是在一个暑期里,因为一时的高兴,答应了几个住在辽远的 L 县的同学,一同到她们的家乡去过夏。只给家里通了个信去,并不等候许可,就同着她们走了。

　　起初的两天是坐木船。可是在船上没有像我们想象中的那么潇洒,平静,因为我们搭着的是一只装载菜油往下河去的货船,蔑篷终日给阳光炙得火烫,舱底的油蒸发着强烈的熏人的气味,而且搭客太多,起居上也深感到不便当。于是在第二天的晚上,我们便商议改走山路,虽是多了一日的路程,免不了要受她们家庭的埋怨,但是有我这一个外客,凡事只往我身上推,不就什么都干净了吗? 等到早晨船靠了一个市镇的时候,我们就上岸去,在这里雇了四乘凉轿。

　　没有上轿以前,我们叮咛轿夫说:"四乘轿子要接连一起走,不许隔得太远,有赶不上的,走拢了不添酒钱。"

　　于是四乘轿子,八个轿夫,热热闹闹地拉了一长串,在满是树木的山道上蜿蜒地前进。

　　轿夫们全都很驯良,又因许了他们到家后多付小费,供给一餐饭食,所以他们就格外的殷勤。

我们一路上耽搁着,只要有好风景的地方,或者看见了一些不曾见过的花木,总把轿子停了下来,逗留好些时候才肯再走。要是停轿的地方有人家,他们就趁着我们向乡里人买东西的时候,向人讨碗凉水,几口吞完之后,再打一个欠,坐在突出地面的大树根上,石头上,抽着旱烟低声地闲话着。从那不善掩饰的目光里,我猜想得到他们谈话的主题是我们,可是我拿得定,那是不含着任何恶意的:我们没有像穿黄衣服的兵大爷,时刻用枪柄在他们干柴似的骨架上敲打,也不像着长袍大褂的老爷们,惯于用口唾和脚头对付他们。

"我看那两个轿夫的模样有些特别。"

一次下轿来买甘蔗,我的一个朋友对我这样说。随着她的视线,我望了一下立在一棵庞大古松底下的抬我的那俩青年轿夫,他们正在对着一群找野食的鸡抛石子。

"有什么特别呢?"我问。

"你仔细看看,我也说不出他们的特别地方,总之,我觉得他们的确有点异样就是了。"

我又仔细再看,这一次仍然没有发现他所谓的特别的地方,只不过他们不像别的六个轿夫一样打着赤膊,身上老是挂着一件给汗水灰尘糊紧了的褴褛的衣裳,除此,便是他们的眼睛比较其余的要显得温和一点罢了。

"没有什么希奇,还不是一个样子?"

我的朋友便不再说什么。

我的轿子本来是在第三,渐渐地,第四乘冲上去了。我招呼我的轿夫说:

"快点啊,看看你们就要跟不上了,叫前面的等一等吧!"

"赶得上的,不要他们等!"他们似乎不愿意输气。

话虽这样说,他们的脚步分毫没有加快,而且不到多久,连前面的三乘轿子的影子都几乎望不见了。我很着急,不断地催促他们赶快走,可是无论怎样,我总是和前面的人愈隔愈远,终于他们在我的视线中不见了踪影!

太阳已经沉西,灿烂的彩霞失掉了鲜明的颜色,路上的行人也少了,这时起了一阵凉风,全山的树木全都披头散发地抖擞着,似乎在欢迎临近了的温柔的夜。

我不住地叫苦，身上的汗直淌，心像要跳出腔子似的那么难过。我在轿里蹬脚大声地喊道：

"等到了店子再给你们算账！……叫你们喊他们等等，你们偏不叫！……这样配当轿夫吗？坏东西，明天不要你们抬，我另自换人，呵！我另自换人！"

"呵呵！小姐，你生气！老实地讲，我们跟得上他们男子汉吗？老天偏又不给我们这些人多生两只脚，……"前面的一个说。

"什么？你们是女人?"我惶惑地问。

"不是女人是男人?"后面的一个咕噜道。

我的一团怒气完全给这几句简单的话语消除得一丝无存，我由不得随口问了一句：

"为什么女人也要跑来抬轿子呢?"

"哈！哈！哈！我的老天爷，为什么！……"后面的一个大笑说。

"为肚皮啊！小姐!"前面的一个接口道。

这句话一完，两个人合拢又是几声哈哈。

这种笑，在她们也许是单纯的，可是我觉得那里面夹杂着讽刺，夹杂着血和泪，愤怒和呼号，它使我发起呆来，我木然的任她们把我抬着在苍茫的暮色里缓慢地走着。

乐观的故事

[捷克]尤利乌斯·伏契克

十二月的白雪,密集片片地飘落在节日前热闹的布拉格街头。雪没有在大道和人行道上积存,立即由特制的机器把雪堆积起来运走了。机器是装在崭新的载重汽车上的。安东尼看了机器一眼,不由得回想起了他年轻时的光景。那时,布拉格街头的积雪是由失业工人把它堆成了堆运出去的,他们的衣服又单薄又破烂,双手冻得又红又硬,脚上是粗笨难看而又不合脚的木底鞋子。

安东尼今天分外匆忙。他和玛尔姐约好一块儿去新的人民剧院看话剧《时间的脚步》。这个剧今天已经是演到第七十场了。

现在是六点十分,他在自己的卡尔拖拉机工厂下了班,匆匆忙忙地洗了个脸,就跑出了工厂的大门。他需要跑回家一趟,洗个澡,刮刮脸,换上休息时穿的衣服,但主要的是买戏票。他犯了个不可原谅的错误——在头一天没有关心戏票的事,所以现在总放心不下:万一全部戏票被抢购一空,弄得他和玛尔姐进不了戏院,那可怎么办?

在地下铁道的车站,他坐上了开往他住的德伊维茨区的"B"号列车。从前,这里住的只是一些富翁,在石砌院墙后面的花园中,耸立着两层楼的私邸。现在,这里住的是劳动人民了。崭新的大楼里是舒适的住宅,楼是这样高,需要把头仰得高高的,才能看到最上一层。

安东尼跳上了电梯,按了一下十五层楼的电钮。

"自己的错!"他责骂着自己,"没有事先把票买好,现在只得拼命地赶了。""我也没有错到哪儿去,"他内心的另一种声音申辩着,"难道我关心的事情还少吗? 特别是自从工厂委员会委托我在俱乐部里建立电影院以来。"上星期,为这个问题他已经开了三个会:一个是工会会议,另一个是文娱委员会议,第三个是和建筑师联合开的会。"瞧着吧,丹达,可不要丢脸,我们的电影院在各方面都应当是最最漂亮的。"同志们要求着他。

在地下铁道里,安东尼遇见了从前的朋友别比克。和蔼可亲的、活泼愉快的别比克,圆圆的面孔,闪烁着儿童般的目光。他们亲热地互相握手。别比克早先是在林霍佛男爵的工厂里当炼钢工人,熟悉和热爱自己的事业;此外,他还是航空体育的热心参加者,是工厂里航空组的组长,并且创造了一些纪录。

"我可以告诉你一个新消息,丹达。下周我们工厂委员会就又要得到一架飞机! 美丽非凡的飞机! 双发动机的复翼飞机! 四百五十匹马力! 问题不是飞机,而是欢乐! 理想!"

安东尼微笑道:"我敢打赌,别比克,你一定在打算亲自驾驶新飞机来试飞。"

"当然是这样,这没有什么可猜三猜四的!"

"要谨慎小心! 现在你听听我的新闻吧。在我们拖拉机工厂批准了修建雄伟堂皇的电影院的计划之后,我们决定把电影院命名为弗恩格斯。春天,再过三个月,我们就要动工了。你来看第一次上演吧。你会看到这将是一座什么样的大厅啊! 戏院到了,我要下车了,祝你健康!"

"祝你成功!"

安东尼登上自动电梯,急忙奔往戏院的售票处。售票处前面是一条长蛇阵。"这就是说票还有。"他高兴地想着,排上了队。许多思想挤在他的头脑中。他想道:"这个别比克真棒。真是个好动的小伙子! 但不管怎么说,我的电影院总比他的双发动机飞机还有趣。说句玩笑话,要建立个模范电影院! 但要知道电影院落成后,就要产生节目单问题。这可不是这样简单的,我们将来只上演最精彩、最优秀的片子。严肃的、阐明问题的片子和轻松的、使人感到愉快的片子间的比例,是需要好好考虑的;而四百五十匹马力的飞机……也是需要的玩意儿。我们俱乐部应当关心得到这样一个'理想'——用别比克的话说。"

"接着,不可避免地会产生一个问题:挨着卡尔拖拉机工厂要修建一个新机场。把现在的机场重新装备一下,和工厂的运动场连在一起。那么运动场将会容纳十二万观众。但是,很快这个运动场对布拉格来说,对我们日益发展、繁荣着的首都来说又将显得小了……多少要关心的事情啊……"想到这儿,安东尼叹了一口气,突然之间,"关心"这个字眼所引起的1936年时的思想和心情涌进脑际。那时对希特勒的恐惧还笼罩着欧洲呢。

的确,当时是个黑暗时期,工人阶级的生活条件是艰难痛苦的。有工作就算是幸福。工作的利润,装进了别人的口袋。要是这点"幸福"丧失了,一个人就会常常没犯任何过错而失了业,变成失业统计表中不知其为何物的号码、数字,再不被当人看待了。但就是对于有工作的人们来说,生活条件又是怎样呢?工人们住在破旧的陋室茅舍中,在伊诺尼茨城郊,人们像野兽似的居住在窑洞里……

"你要什么样的票,同志?"他听到一个人的声音。

票? 什么样的票? 他竟这样奔入了回忆的世界,遗忘了世上的一切;而现在,他又怀着多么愉快的心情回到了现实世界!

"请给两张楼上座位挨着的票。"他手中是戏票,心中是欢乐。

现在玛尔姐就要来了,她将会非常满意。安东尼出来到了街上,走近售报处买了一张《布拉格晚报》,开始走马观花地看了看报纸的大标题。

"红色造纸工人巨型联合工厂在斯洛伐克开工!""沙贝里茨一千座新房屋的设计!""科拉德诺冶金工厂完成了生产计划的百分之一百五十八!""努塞尔多林纳桥落成通车!""捷克斯洛伐克工人图书馆已达两万处!"

安东尼想着图书馆的数目,认定图书馆也许就如在布拉格的十七座戏院一样,还嫌不够用。正在这时,玛尔姐走来了,他们找到自己的座位坐下,话剧开演了。

戏的主演是一个医生。他设法找寻延长寿命的途径。全场观众怀着焦急的心情注视着话剧一幕一幕地发展下去。"生活——这是多么美妙啊!"他俩想着,"对于那些对生活有兴趣,并且生活得很好的人们来说,寻常平庸的延长寿命是不够的。"接着安东尼又回忆起了1936年的冬天,当时捷克斯洛伐克和其他资本主义国家的许多劳动人民不时想着:"总起来说是不是值得活下去?因为生活中有的只是一个痛苦。"

在幕间休息的时候,他把自己的想法告诉了玛尔姐。他们争先回忆着过去,幻想着比幸福的现在将更要美妙万倍的未来。

安东尼说:"我非常想活到现在我们仅能幻想的一切变成现实的时候。我想,人们在共产主义社会时将是另一个样子。他们的心会永远年轻。很遗憾,在我们的心中,还有不少沉痛的旧时代的痕迹。"

"不,"玛尔姐说,"不要这样说,丹尼克!我衷心地希望在我们死后活在世界上的人们,能有像我们这样的心肠,能有像我们这样的感情。想想看吧,我们曾生活在抑郁沉闷、充满恐惧的时代,但是,我们没有向恐惧投降,我们没有感到恐惧。时代愈艰苦难熬,我们愈坚强不屈。我们是勇敢的,丹尼克,我们一刻也没有怀疑过我们必将胜利。虽然,还远不是在任何时候都能想象得出,在我们胜利之后,我们的国家将是什么样子。"

他们步行回家,沿着华丽的、闪耀着柏油光辉的街道。十二月的新鲜空气散播着蓬勃的朝气。虽然时间已经不早,但到处还是人来人往,生活沸腾着。

安东尼沉默了一会,说道:"也许,你是对的,玛尔姐……我想到了自己和1936年的同志们。恰恰在圣诞节那天,有一个同志到隐避的地方来,带给我们一张报纸,共产党的报纸。报纸上登着一个故事,这故事我记得很清楚,题目叫做《乐观的故事》。这个故事的开头是极其平凡的字句:'十二月的白雪,密集片片地飘落在节日前热闹的布拉格街头。'接着描写的是光辉的、公正的、美妙的生活。我们未来的、指日可待的未来的生活。"说着,安东尼笑了起来,"我确切地知道,在这个故事中,每一个字都是真理,但是,怀疑主义者却认为活不到这样美妙的时候……"

林 子

[德国]瓦尔泽

我伫立林中,这片森林陡陡地高出我们的城市。纷纭的思绪匆匆闪过我的脑际,但却没有一个念头够得上美好。我追思自己的思想,我思考了又思考。傍晚降临林中。透过树干和树桠我已看到下面城市闪亮的灯光。此时,月亮,这个苍白高贵的魔术师,从一朵云彩后面钻了出来,于是一切变得神样的美,于是我与周遭的万物都被魔化。

我以为我已死去。月亮的笑容是无与伦比的妩媚、和蔼与善良。善良崇高的上帝就是这样向他的创造物微笑的。忧郁的微笑。森林中下起轻轻细雨,林中还有一种朦胧的预感和轻微的动静。

除此之外一切静悄悄,仿佛在一间远僻高阔的大厅里。我的眼睛望着月亮,心中想起一位女子,仿佛唯有它,那高挂在天空的苍白的月亮才肯向我悄悄吐露心曲。

她是我先前的直立者,像是一串点着的蜡烛。在沙冈与石栏之间的窟窿里,甚至于在盖着草的屋顶的罅裂里,有黄的佛甲草密贴地生着,层层叠叠的像黄的地衣。

此刻的生活

[美国]丽莎·普兰特

如果天上的星辰一生只出现一次，那么每个人一定都会出去仰望，而且看过的人一定都会大谈这次经历的壮观，传媒也一定会提前大做宣传，而事后许久还大赞其美。星辰果真只出现一次，我们一定会早做准备，决不愿错过星辰之美。不幸的是它们每晚都闪亮，所以我们愿都不愿抬头望一眼天空。

正如罗丹所说："生活中不是缺少美，而是缺少发现。"不会欣赏每日的生活是我们最大的悲哀，其实我们不必费心地四处寻找，美本来是随处可见的。可惜的是，生活中的此时此地总是被忽略，我们无意中预支了"此刻的生活"。想一想吧，早上还没起床时，你就开始担心起床后的寒冷而错失了被子里最后几分钟的温暖；吃早餐的时候你又在想着开车上班的路上可能会堵车；上班的时候就开始设计下班后怎样打发时间。

梭罗说："我可以杀死时间而毫无后遗症。"我们确实在"杀"时间。这曾经是无所事事的说法，但现在我们是真的在摧毁我们的时间。我们的时间花在杀死灵性、杀死享受愉悦的能力上。

幸福是什么

[美国]丽莎·普兰特

　　幸福是什么？在我看来,幸福来源于"简单生活"。文明只是外在的依托,成功、财富只是外在的荣光,真正的幸福来自于发现真实独特的自我,保持心灵的宁静。

　　有人问我,"简单生活"是否意味着苦行僧般的清苦生活,辞去待遇优厚的工作,靠微薄的存款过活,并清心寡欲? 这是对"简单生活"的误解。"简单"意味着"悠闲",仅此而已。丰富的存款,如果你喜欢,那就不要失去,重要的是要做到收支平衡,不要让金钱给你带来焦虑。无论是中产阶级,还是收入微薄的退休工人,都可以生活得尽量悠闲、舒适,在过"简单生活"这一点上人人平等。这个时代,不是人人都必须像梭罗一样带上一把斧子走进森林,才能获得平静安逸的感觉。关键是我们对待生活的方式,是我们是否愿意抵制媒体、商业向我们大力促销的"财富中心论",是我们如何在日常生活中挖掘、发展生命的热情、真实和意义。

　　简单,是平息外部无休无止的喧嚣,回归内在自我的唯一途径。当我们为拥有一幢豪华别墅、一辆漂亮小汽车而加班加点地拼命工作,每天晚上在电视机前疲惫地倒下,或者是为了一次小小的提升,而默默忍受上司苛刻的指责,并一年到头赔尽笑脸,为了无休无止的约会,精心装扮,强颜欢笑,到头来回家面对的只是一个孤独苍白的自己的时候,我们真该问问自己干吗这样,它们真的那么重要吗?

简单的好处在于:也许我没有海滨前华丽的别墅,而只是租了一套干净漂亮的公寓,这样我就能节省一大笔钱来做自己喜欢的事,比如旅行或者是买上早就梦想已久的摄影机。我也再用不着在上司面前唯唯诺诺,我自己就是自己的主人,提升并不是唯一能证明自己的方式,很多人从事半日制工作或者是自由职业,这样他们就有更多的时间由自己支配。而且如果我不是那么太忙,能推去那些不必要的应酬,我将可以和家人、朋友交谈,分享一个美妙的晚上。

我们总是把拥有物质的多少,外表形象的好坏看得过于重要,用金钱、精力和时间换取一种有目共睹的优越生活,却没有察觉自己的内心在一天天枯萎。事实上,只有真实的自我才能让人真正地容光焕发,当你只为内在的自己而活,并不在乎外在的虚荣,幸福感才会润泽你干枯的心灵,就如同雨露滋润干涸的土地。

我们需求的越少,得到的自由就越多。正如梭罗所说:"大多数豪华的生活以及许多所谓的舒适的生活,不仅不是必不可少的,反而是人类进步的障碍,对于豪华和舒适,有识之士更愿过比穷人还要简单和粗陋的生活。"简朴、单纯的生活有利于清除物质与生命本质之间的樊篱。为了认清它,我们必须从清除嘈杂声和琐事开始,认清我们生活中出现的一切。哪些是我们必须拥有的,哪些是必须丢弃的。

多一份舒畅,少一份焦虑;多一份真实,少一份虚假;多一份快乐,少一份悲苦,这就最简单生活所追求的目标。外界生活的简朴将带给我们内心世界的丰富,从而我们将发现新生活在面前敞开,我们将变得更敏锐,能真正深入、透彻地体验和理解自己的生活,我们将为每一次日出、草木无声的生长而欣喜不已,我们将重新向自己喜爱的人们敞开心扉,表现真实的自然,热情地置身于家人、朋友之中,彼此关心,分享喜悦,真诚以对。那时我们将发现不能接近他人,因隔阂而不能相互沟通,不过是匆忙、疲惫造成的假象。只有当我们轻松下来,开始悠闲的生活才能体验亲密和谐,友爱无间。我们将不是在生活的表面游荡不定,而是深入进去,聆听生活本质的呼唤,让生活变得更有意义。

拉丁美洲的孤独

[哥伦比亚]加西亚·马尔克斯

　　跟随麦哲伦一道进行首次环球航行的佛罗伦萨航海家安东尼奥,经过我们南美洲之后,写了一篇准确的报道,然而它更像一篇虚构出来的历险记。他这样写道,他看见过肚脐长在背上的猪,还看见过没有爪的鸟,这种鸟的雌鸟在雄鸟背上孵蛋。此外,还有一种酷似鲣鸟却没有舌头的鸟,它们的喙部像把羹匙。他还写道,还有一种奇怪的动物,它们长着驴头和驴耳,身体像骆驼,腿像鹿,叫起来却又像马。他写道,当他们把一面镜子放到在巴塔哥尼亚遇见的第一个土著居民眼前时,那个身材魁梧的巨人,被自己在镜子中的形象吓得魂不附体。

　　从这本引人入胜的小册子里,已经隐约可见我们现在小说的萌芽。但是,它远非那个时代的现实中最令人惊奇的证明。西印度群岛的史学家们,给我们留下了无数的类似记载。埃尔多拉多这块为人垂涎,但并不存在的国土,长期以来出现在许多地图上,并随着绘图者的想象而不断改变其原来的位置和形状。那位传奇式阿尔瓦尔,为了寻找长生不老的源泉,在墨西哥进行了为期八年的探查。在一次疯狂的远征中,他的同伴们之间发生了人吃人的事,以至于出发时的六百人,在到达终点时,仅有五人幸存。在无数个从未被揭开的奥秘中,有这样一个:一天,有一万一千头骡子从库斯科出发,每头牲口驮有一百磅黄金,去赎回印加国王阿塔瓦尔帕,可最终并没有到达目的地。后来在殖民地时期,在西印度群岛中的卡塔赫纳出售过一些在冲积土壤上饲养的母鸡,在它们的鸡肫里发现了金粒。我们开国者的这种黄金狂,直到不久前还在我们中间蔓延。就在上个世纪,研究在巴拿马地峡修筑连结两大洋铁路的德国代表团,还作出这样的结论:只要铁轨不用当地稀有的车铁来制造而是用黄金,那么方案便是可行的。

从西班牙的统治下独立后,我们并未摆脱这种疯癫的状态。曾三次连任墨西哥独裁者的安东尼奥将军,竟用豪华的葬礼来掩埋他在一次称之为"糕点"战争中被打断的右腿。在厄瓜多尔进行了十六年君主独裁统治的加夫列尔将军,死后的尸体竟然被穿上大礼服和挂满勋章的铠甲,还安放在总统宝座上让人们守灵。萨尔瓦多特奥索福的独裁者马克西米利亚诺将军,在一次惨绝人寰的大屠杀中,使三万农民丧生,他发明了一种用来测试食物中毒的摆锤,还下令用红纸遮盖街灯,以控制猩红热的传染。修建在特占西加尔巴中心广场的佛朗西斯科纪念碑,实际上是从巴黎一个旧雕塑制品仓库里买来的奈元帅的塑像。

当代杰出的大诗人,智利的聂鲁达,十一年前,用他精彩的演说使这个地方生辉。那些有良知的欧洲人,当然也有居心不良的人,开始以前所未有的热情,关注起来自拉美神话般的消息,关注起那个广阔土地上富有幻想的男人和富有历史感的女人,他们生活节俭的程度可同神话故事相媲美。我们从未得到过片刻的安宁,一位普罗米修斯式的总统,凭借火焰中的总统府为工事,同一支正规军对抗,最后英勇战死。两次令人怀疑,而又永远无法澄清的空中遇难,使一位性格豪爽的总统和一位恢复了民族尊严的民主军人丧生。爆发过五次战争和十六次政变,出现过一个魔鬼式的独裁者,他以上帝的名义对当代的拉美实行了第一次种族灭绝。与此同时,两千万拉美儿童,未满两周岁就夭折了。这个数字比 1970 年以来欧洲出生的人口总数还要多。因遭迫害而失踪的人数约有十二万,这等于乌默奥全城的居民不知去向。无数被捕的孕妇,在阿根廷的监狱里分娩,但随后便不知道孩子的下落和身份。实际上,他们有的被别人偷偷收养,有的被军事当局送进孤儿院。为了改变这种局面,全大陆有二十万男女英勇牺牲。十多万人死于中美洲三个任意杀人的小国:尼加拉瓜、萨尔瓦多和危地马拉,如果这些比例数用之美国,便相当于四年内有一百六十万人暴卒。

智利这个以好客闻名的国家,竟有一百万人外逃,即占智利人口的百分之十。乌拉圭历来被认为是本大陆最文明的国家,在这个只有二百五十万人口的小国里,每五个公民中便有一人被放逐。1979年以来,萨尔瓦多的内战,几乎每二十分钟就迫使一人逃难,如果把拉美所有的流亡者和难民合在一起,便可组成一个比挪威人口还要多的国家。

我甚至这样认为,正是拉美这些非同寻常的现实,而不仅仅是它的文学表现形式,博得了瑞典学院的重视。这非同寻常的现实并非写在纸上,而是与我们共存的,并且造成我们每时每刻的大量死亡,同时它也成为永不枯竭的、充满不幸与美好事物的创作源泉。而我这个流浪和思乡的哥伦比亚人,只不过是一个被命运圈定的数码而已。诗人和乞丐,音乐家和预言家,武士和恶棍,总之,我们,一切隶属于这个非同寻常的现实的人,很少需要求助于想象力。因为对我们最大的挑战,是我们没有足够的常规手段来让人们相信我们生活的现实。朋友们,这就是我们感到孤独的症结所在。

因此,如果说这些困难尚且造成我们这些了解困难实质的人感觉迟钝,那就不难理解,世界这一边有理智、有才干的人们,由于醉心于欣赏自己的文化,便不可能正确有效地理解我们拉美了。同样可以理解的是,他们用衡量自己的尺度来衡量我们,而忘却了生活给人们带来的灾难并不是平等的;他们忘却了追求平等对我们——如同他们所经历过的一样——是艰巨和残酷的。用他人的模式来解释我们的生活现实,只能使我们显得更加陌生,只能使我们越发不自由,只能使我们越发感到孤独。假如可尊敬的欧洲乐于用他们的历史来对照我们的今天,那么他们的理解力也许会增加一些。如果欧洲人能够记得伦敦曾经需要三百年时间才建成它的城墙,又用另外三百年才有了一位大主教;如果他们能够记得,在埃特鲁里亚,在一位国王确立罗马在历史上的地位之前,它曾经在蒙昧的黑暗里挣扎了两千年之久;如果他们能够记得今天用酥香的奶酪和精确的钟表使我们感到快乐的、热爱和平的瑞士人,在16世纪时曾像野蛮的大兵一样血洗欧洲,那么他们的理解力也许会提高一些。就是在文艺复兴的高潮时期,一万二千名由东罗马帝国圈养的德国雇佣军,还对罗马烧杀抢掠,用刀子捅死了八千个当地居民。

我并不想把托尼阿的幻想加以实体化,五十三年前托马斯·曼曾在这个大厅里赞扬过这位主人公统一纯洁的北方和热情的南方的梦想。但是,我相信那些思想敏锐的欧洲人,那些也在为更人道、更正义的伟大国家而奋斗的欧洲人,只要认真地修正自己看待我们的方式,便能够从远方帮助我们。对渴望在世界之林享有一席之地的人民的支持,如果不变成真正的具体行动,而仅仅声援我们的幻想,那是丝毫也不能减少我们的孤独感的。

拉美不愿意,也没有理由成为任他人摆布的棋子。她除了希望自己保持在西半球的独立自主地位,没有任何不切实际的幻想。尽管航海技术的进步大大缩短了我们美洲和欧洲之间在地理上的距离,然而我们双方在文化上的距离却扩大了。为什么可以允许我们在文学上保持特色,却疑团满腹地拒绝我们在社会变革方面要求的独立自主呢? 为什么认为,先进的欧洲人在其国内努力追求的社会正义,不能以不同的方式,在不同的条件下,也成为拉美的目标呢? 不,我们历史上无所顾忌的暴力和过分的痛苦,是世代的不公正和无止无休的苦难的恶果,而不是什么远离我们家园三千海里之外的地方策划出来的预谋。可是,不少欧洲领导人和思想家却相信这种策划,他们犯了和他们祖辈同样的幼稚病,忘记了他们祖辈年轻时代进取向上的狂热,似乎以为除了任凭世界两大主宰者的摆布之外就没有其他生路。朋友们,这就是我们孤独的严重程度。

虽然如此,面对压迫、掠夺和歧视,我们的回答是生活下去,任何洪水猛兽、瘟疫、饥饿、动乱,甚至数百年的战争,都不能削弱生命战胜死亡的优势。这种优势还在发展,还在加速:每年的出生者要比死亡者多七千四百万,新出生的人口相当于纽约每年人口增长的七倍,而他们大部分出生在并不富裕的国家里,其中当然包括拉美。相反地,那些最繁荣的国家却积蓄了足够摧毁不仅数百倍于当今存在的人类,而且可以消灭存在于这个倒霉世界上的任何生物的破坏力。

也是在像今天这样一个场合里,我的导师福克纳在这个大厅里说过:"我拒绝接受人类末日的说法。"他在三十二年前拒绝接受这一世界灾难的说法,如今它仅仅是纯属科学判断上的一种可能。假若我未能充分认识到这一点,

最受读者喜爱的120篇美文

我便感到不配占据他曾占据的这一讲坛。面对这个出人意外,从人类史看似乎是乌托邦式的现实,我们作为寓言的创造者,想念这一切是可能的;我们感到有权利相信:着手创造一种与这种乌托邦相反的现实还为时不晚,那将是一个新型的、锦绣般的、充满活力的乌托邦。到那时,任何人无权决定他人的生活或者死亡的方式;到那时,爱情将成为千真万确的现实,幸福将成为可能;到那时,命中注定一百年处于孤独的家族最终会获得并将永远享有出现在世上的第二次机会。